魅丽文化

我在云端看见黎明

I see the dawn in the clouds

时白——著

江苏凤凰文艺出版社
JIANGSU PHOENIX LITERATURE AND ART PUBLISHING

图书在版编目（CIP）数据

我在云端看见黎明 / 时白著 . —南京 : 江苏凤凰文艺出版社, 2023.10
ISBN 978-7-5594-6474-3

Ⅰ . ①我… Ⅱ . ①时… Ⅲ . ①长篇小说 - 中国 - 当代 Ⅳ . ① I247.5

中国国家版本馆 CIP 数据核字 (2021) 第 269973 号

我在云端看见黎明

时白 著

出版统筹 曾英姿
责任编辑 张 倩
特约编辑 喻 戎 吴 龄
装帧设计 芬文布织
内页设计 刘芳英
出版发行 江苏凤凰文艺出版社
南京市中央路 165 号，邮编：210009
网 址 http://www.jswenyi.com
印 刷 长沙金鹰印务有限公司
开 本 880mm × 1230mm 1/32
印 张 9
字 数 288 千字
版 次 2023 年 10 月第 1 版
印 次 2023 年 10 月第 1 次印刷
书 号 ISBN 978-7-5594-6474-3
定 价 46.80 元

目录

CONTENTS

第1章

小姐姐，方便加个微信吗

晚上六点，下班高峰期，地铁车厢内人头攒动，辛禾背着吉他站在靠近车门的角落。

地铁停靠站台后，车门打开，源源不断的乘客从外面涌进来。辛禾将手背到身后，小心翼翼地护着吉他。

车门关上之后，整节车厢已经被挤得满满当当。辛禾没地方可以扶靠，列车开动的时候，她因为惯性往后一倒，还没站稳，身旁就有个中年男人擦着肩从她的身旁挤过，辛禾被撞得往旁边倾斜了一下，撞到了一个人。

余昱川站在车门边，低头正看着手机。突然，有个人往这边撞了过来。他抬起头来，同时伸手扶了一下撞到跟前的吉他袋。

吉他的主人站稳后转过身来，余昱川就看见了一张白净清秀的小脸。

辛禾扶着门站好，抬头看了那人一眼，一只手悄悄攥住了吉他包的肩带。她低下头，小声地道歉："对不起。"

余昱川站直身体，往旁边挪了一小步，给她腾了个小空间出来。

"没事。"

周围都是人，辛禾只能站在原地，身旁的男生跟她只有一尺之距。

男生比她高出许多，辛禾低下头，抬手压低了戴在头上的帽子。

余昱川微抬起头，余光扫了一眼站在跟前低着头的女生。她头上戴着一顶黑色帽子，从他这个角度只能看到对方圆润小巧的下巴。他看了一眼，很快便收回目光。

列车进站，车门打开之后，辛禾就随着人群走出去。她注意到，身旁的男生也跟她在同一个站台下了。

出站的人很多，她很快就没再留意对方，出了地铁站就直接往这个区域最繁华的美食街走去。

这条街有一间很有名的Dream's音乐主题餐厅，晚上七八点是这间餐厅客流量顶峰的时期，辛禾到的时候排位号已经排到了五六十桌。

在门口负责招待客人的前台小姐看到她，热情地朝她招了招手："禾禾来了？快进去吧，桐子已经调好设备在等你了。"

餐厅用餐的人很多，每个店员都很忙碌。店员们见到她进店，跟她打了声招呼后就继续忙自己的事了。她一路走到舞台边上，一个身材微胖的男人正好从台上下来。

"禾禾来了？"桐子下台之后看见了她。

辛禾朝对方点了点头，打招呼道："舅舅。"

桐子搓了搓手，说："设备我已经给你调好了，你自己试试音，有什么问题再让人叫我。今天店里忙，我得到前面帮忙去。"

辛禾没耽误对方的时间，连忙点头应了。

等人走了，辛禾回头环视整间餐厅。看到店内每个角落都坐了人，她微微捏紧了手掌。

今天的人真的好多……

她抿了抿唇，缓解了一下紧张的情绪，才走旁边的台阶登了台。

舞台这一侧的灯光稍暗，辛禾把吉他袋放在地上，拉开拉链，将里面的吉他取出来。

身后的大屏幕亮着光，辛禾拿着吉他坐在舞台中央的吧台椅上，底下有些顾客被这边的动静吸引，纷纷抬头看过来。

辛禾抱着吉他坐好，调整了一下麦克风的高度，一抬头就看见坐在前排的一些客人正仰头望着自己。她的心跳骤然加速，掌心不自觉地扣住了琴弦。

"咦，台上这个小姐姐长得不错哟。"宋阳坐在舞台正下方的这一桌，他扬了扬眉，开口说了一句。

"别光顾着看美女了，赶紧在群里问一下寿星，看人到哪儿了。"坐在他右侧的顾思明说。

“行、行……等一下啊，让我来问问人到哪儿了。”宋阳拿出手机。

温凡意坐在他们对面，双手搭在腿上，时不时抬头往餐厅门口看去。

“温凡意，你是不是很紧张啊？”坐在她斜对面的男生见她这副模样，笑着打趣道。

“没……”温凡意温和地笑了笑。

男生看着肤白貌美的温凡意，感叹了一声，然后跟身旁的宋阳和顾思明小声说：“哎，你说川少多好的福气，有这么漂亮的女生追他。你说这货怎么就那么死心眼呢，要是换了我，我早就答应跟人家在一起了！”

宋阳说：“你懂什么？萝卜青菜各有所爱。如果她是川少喜欢的类型，俩人早就在一起了，还用等到今天？”

顾思明拍了拍男生的肩膀，喟叹了一声，语重心长道：“兄弟，我跟你说，等会儿别乱说话，要不然回头挨揍可别怪我没提醒你啊。”

宋阳手机振动，他看了一眼信息，说：“哎哎，说曹操曹操到，昱川说他到了。”

听到这个名字，温凡意的心顿时一紧，双手不自觉地扣在一起。

宋阳转头看向餐厅门口，看到人之后，他站起身来，朝门口的方向挥了挥手。

看到自己同寝室的好友冲自己挥手，余昱川走了过去。

“嘿，昱川，你总算来了，等你好久了。”宋阳走上前捶了一下他的肩膀。

这桌坐着七八个人，余昱川看了一圈，都是他们班的。他的视线从温凡意脸上扫过，没有停顿，他转头看向宋阳：“怎么来这么多人？”

“这不是想着今天是你生日，我们多喊点人来给你庆生嘛，人多热闹一点。”顾思明也跟着站起来，在旁边接话道。

“大寿星，来晚了是不是得自罚一杯啊。”桌上有人起哄道，“哎，那谁，拿个杯子给我们川少满上！”

装满酒的杯子被推到跟前，余昱川看了一眼，随后看着起哄的男生，笑了：“倒这么满，等会儿我要是醉了，你们几个负责背我回去啊？”

“没问题，川少要是喝得醉，等会儿我们兄弟几个负责把你扛回宿舍。”男生大笑道。

“行啊。”余昱川点点头，单手端起酒杯，朝在场的人示意了一下，“抱歉各位，我来晚了，自罚一杯，你们随意。”

“好！”众人鼓掌，有人笑着说，“川少就是川少，纯爷们儿！”

余昱川喝完一杯酒，将空酒杯搁在桌面上，神色平稳，眼睛一如既往地黑亮。

温凡意坐在位子上，偷偷抬头瞧他，看到的就是他这副从容的姿态，她的心跳越发快了。

“别站着了，坐下吧。”有人说。

余昱川酒量很好，看到他一杯酒灌下去，宋阳和顾思明没怎么担心，回了自己的位子上。

“来，川少，坐这儿，C 位都给你留好了。”温凡意斜对面的男生拉开了自己身旁的空位。

“谢啦，我坐边上就好。”

余昱川没过去，拍了一下宋阳的胳膊，说：“过去一个位子。”

“哦哦。”宋阳反应过来，把自己的位子腾出来，让给了余昱川。

闻言，温凡意的脸僵了僵——那个空位就在她的对面。

台下闹哄哄的，台上却一片寂静。

辛禾准备弹奏的时候，发现麦克风出了一点问题。她下台去找桐子换了支麦克风，过了一会儿才回到舞台上。她将麦克风架好，重新抱着吉他坐在椅子上。

看到坐在前排的顾客仰头望着她，辛禾低下头，轻轻呼了一口气，让自己静下心来，手指开始拨动吉他的琴弦。

轻慢舒缓的音乐从她的指尖流出，像森林尽头潺潺不休的河流，静谧柔和的曲调让舞台下方的几桌安静了一下。

这时，又轻又柔的女声开始唱道：“第一次遇见你的时候，你逆着人潮向我走来，什么也不问，什么也不说，沉默地看着我，摸摸我的头问你还好吗……”

余昱川就坐在离舞台最近的地方，歌声响起的时候他抬头看向台上，下一秒，他缓缓挑起了眉。

台上坐着的是一个很瘦的女孩，她穿着一身黑色的衣服，上身的外套很宽大，袖子很长，只露出女孩一小截雪白纤细的手指。那双手正轻轻扫过吉他的琴弦。

女孩规规矩矩地坐在舞台中央，头上戴着顶黑色的帽子，帽檐压得很低，头也低着，整张脸几乎全被遮住。

一双黑白分明的眼睛忽地从余昱川的脑海里闪过。

“我对你思念的最高级别，是在无眠的夜里一声声的呼喊，是在你的身畔一直一直到永远……”

她的嗓音很特别，声音很纯净，却透着一丝沙哑。很矛盾的结合并没有让人觉得突兀，反而让人觉得这是另一种独特的天籁，是一道很舒服的声音。

辛禾开口唱歌的时候整个人就放松了下来，她微闭上眼，沉浸在音乐中，底下的嘈杂声似乎渐渐离她远去。她所在的这方小天地成了远离喧嚣的孤岛，这里只有她一个人，还有她的音乐。

“我希望，能再一次奔赴去你的世界里，只有温和灿烂的世界里。”

尾音勾出浅浅的哀愁，女生的声调平和，但仔细听就能听出她嗓音里藏着的细微的悲伤和叹息。

一曲终止，前排的几桌客人纷纷鼓掌，有人甚至捧场地尖叫了一声。

辛禾缓缓睁开眼睛，听到掌声，心跳得有些快。她凑到话筒边轻声说了一句：“谢谢。”

“哇，台上这个女生唱歌好好听哟。”余昱川所在的那桌有个女生这样说。

其他人纷纷点头表示赞同。

宋阳凑到余昱川跟前，顺着他的视线看向台上的人。

“川少，你干吗一直盯着人家？”

余昱川收回视线，斜了他一眼，道：“管那么多，吃你的菜。”

宋阳挑了挑眉，看了一眼台上的人，似乎明白了什么。他拍了拍余昱川的肩膀，说：“等着，大寿星，我去为你点首歌。”

辛禾坐在台上，手指缓缓拨动琴弦，眼角的余光察觉到有人靠近，她抬起头来。

宋阳来到台前，笑嘻嘻地对辛禾说：“嗨，小姐姐，能不能麻烦你一件事？今天是我兄弟生日，你能不能专门为他唱首歌？”

他指着余昱川的方向示意。

辛禾朝他手指的方向看去，看到坐在最前排的一个男生时，她停顿了一下。

男生帅气出挑，辛禾第一眼就认出了他。

是刚才在地铁上遇到的那个人……

余昱川的视线转过来，正好看着这边。辛禾赶忙收回自己的目光，抿唇点了点头。

客人的要求他们一般都会答应。

宋阳见她答应了，回头喊了一声：“喂，大寿星，人家答应给你唱歌了。你要听什么？”

余昱川挑眉，起身走了过去。他看着舞台上抱着吉他的女孩，问：“你会唱什么？”

辛禾抬头就看见男生正饶有兴致地看着自己，她扣着琴弦的手指一紧，声音有点怯生生的：“你……你想听什么？”

余昱川摸了摸下巴，认真地想了想，说：“Linkin Park（林肯公园）的歌会唱吗？”

他说完，宋阳就在旁边扑哧一声笑了：“川少，你不要为难人家好吗？这位小姐姐一看就不是走摇滚风的，哪里会唱你偶像的那些歌。”

余昱川耸了耸肩，表情有点无辜：“不是问我想听什么吗？我就随口说啦。”

“我……我不会唱……”辛禾说。

宋阳拍了他一下，说：“听到没有，人家不会唱，赶紧换一首。”

辛禾抿了抿唇，接着道：“我弹给你听，可……可以吗？”

余昱川讶异地看向她：“你会弹？”

辛禾点了点头。她低头看着自己的手，纤长的手指扫动着吉他琴弦，音乐声从她的指下传来。

前奏响起的时候，余昱川一顿，看她的眼神都变了。

辛禾安安静静地坐着，低着头，随着旋律渐快，手指拨动琴弦的速度也越来越快，纷乱的指法让人看得目眩神迷。原本清亮的吉他声渐渐带了点重金属的味道，听得人热血沸腾，心潮澎湃。

宋阳都听呆了，看了一眼身旁的人。

余昱川盯着辛禾手中的吉他，呆立不动，眼神中渐渐流露出了些许着迷和狂热。

辛禾弹的是 Linkin Park 的一首经典歌曲《Leave out all the rest（其他都抛到脑后）》。她拨动琴弦的动作渐渐缓了下来，旋律节奏也缓下来。高潮迭起后的余韵平缓、轻巧，像骤然间走到了一条狭长静谧的巷子，听得人的心也随着她的音乐节奏跌宕起伏。

忽然，她的指法一变，音乐声也变了，重金属的质感一下子消退，取而代之的是清脆活泼的旋律。耳熟能详的音乐响起，余昱川挑了挑眉，俊美的脸上随即露出一丝笑容。

辛禾现在弹的是《生日歌》。

“噢！”宋阳在旁边捧场地尖叫，然后开始带头唱起来，“祝你生日快乐，祝你生日快乐……”

他转身，招呼着他们那一桌的人一起唱。

顾思明捂了一下脸，尴尬道：“这俩人也不嫌丢人。”

温凡意坐在位子上，看着在台前互动的人，咬了咬唇。

辛禾弹完这首歌后，心上上下下得有些不太平静。

宋阳给她鼓掌：“小姐姐，你真的太牛了，歌唱得好，吉他也玩得这么溜。”

余昱川看着面前容貌清秀的女生，忽然伸手搭在她面前的琴架上。

辛禾抬起头来，就见他正低头盯着自己，她的心跳倏地漏了一拍。

眼前这个男生容貌非常俊俏，鼻梁高挺，眼睛的轮廓深而长，眼尾天生微挑，一双多情风流的眼睛为他俊朗的面容平添了几分张扬昳丽。

此时，这双漂亮的眼睛正目光灼灼地盯着她。

余昱川粲然一笑，眉目生花：“小姐姐，方便加个微信吗？”

“哈哈哈……”宋阳回来之后就一直笑个不停。

余昱川踢了他一脚。

“干吗，什么事笑得那么开心？”顾思明好奇地问。

宋阳笑得眼泪都出来了，抹了抹眼角，说：“川少刚才跟台上唱歌的小姐姐要微信，结果被拒绝了，你们都没看见他刚刚那一脸痴迷样。”

温凡意闻言，手中的筷子一顿，脸色僵了僵。

“川少，你真跟人家要微信啊？”顾思明诧异道，“你看上人家啦？”

面对他们的嘲笑，余昱川冷哼一声："你们知道什么？懂不懂什么叫知音难觅？"

"人家就弹了一首你偶像的歌，就成你知音啦？"宋阳揽着他的肩膀笑道。

余昱川嗤了一声，抖掉他的手："你会弹？"

宋阳："行行行，我不会……"

顾思明在一旁憋着笑，故作惊讶道："川少，奇怪了，你这张号称'盛世美颜'的脸竟然不起作用了？怎么连人家的微信都要不到？"

余昱川："滚。"

他们的这番对话都传入了温凡意耳中，她咬了咬唇。看着坐在自己斜对面的余昱川，想到自己今晚一句话都没和他说过，她伸手拿起面前的红酒杯，鼓足勇气站起来，走到他的位子旁边。

有人看到她这一举动，起哄地怪叫了一声。

余昱川正握着刀叉切盘中的肉，一道纤细的黑影忽地遮住了光，他动作一停。

温凡意出门前特意化了个精致的妆容，又换了身能凸显身材的漂亮裙装。她端着酒杯看着眼前这个自己思慕了许久的男生，笑容温柔，带着小女生的娇羞。

"昱川。"温凡意开口，眼里柔光满溢，"生日快乐，我敬你一杯。"

闻言，余昱川才转头看向站在旁边的女生。

全桌的人都屏息凝神地看着他们。

余昱川看了她一眼后就移开视线，拿起面前的酒杯。

有人"哦"了一声。

看到他拿起酒杯，温凡意的神情里多了一丝期待和惊喜。

余昱川没看温凡意，而是转头看向众人，举起酒杯笑了："都愣着干吗？别人都这么主动了，你们几个还不意思一下？"

温凡意脸上的笑容缓缓一僵。

"对对，我们都敬川少一杯。"顾思明立马反应过来，站起来打圆场。

他跟余昱川碰了一下杯，说："川少，生日快乐，祝你年年有今日，岁岁有今朝。"

宋阳也反应过来，举起酒杯附和。

他们两个人都敬了酒，在场的其余人也不好意思愣着，纷纷站起来跟余昱川碰杯。

见状，温凡意的神色有些难堪，她默默地咬住唇，把自己的酒杯也举过去，跟大家的酒杯碰在一起。

敬完酒，大家都坐回自己的位子上，温凡意心有不甘，但也只能先回到自己的座位上。

“谢谢各位今天来给我们川少庆生。川少说了，大家尽管吃喝，这顿他埋单。”宋阳说完，转头拍了拍余昱川的肩膀，朝他眨了眨眼睛，“哥们儿，给你做个顺水人情。”

听完这话，余昱川冷笑了一声：“挺够意思啊。”

他接着道：“那这顿饭就用你上次欠我的钱还好了。”

宋阳：“……”

酒足饭饱之后，他们该回学校了。出了餐厅大门，余昱川朝宋阳和顾思明使了个眼色。

他们俩会意，宋阳说：“我们要陪川少去买点东西，你们先回吧，记得要把女生安全送到宿舍。”

余昱川脚步一拐就往另一边走去，宋阳和顾思明连忙跟上。

他们去了附近的便利店买水，然后才原路返回，走去地铁站。

路上，余昱川扫了一眼身旁两人，问：“喂，到底谁把她喊来的？”

买东西只是个借口，他的目的只是为了不跟温凡意他们一行人一起回去。

“不是我。”宋阳和顾思明纷纷摇头。

顾思明说：“可能是阿俊把消息放出去了，我们事先也不知道她会来。”

说完，他又道：“川少，说实话，大学这三年追你的女生不在少数，你一个看上的都没有。你说说你到底喜欢啥样的？”

余昱川无聊地踢了一下脚边不知道被谁丢下的易拉罐，没说话。

宋阳就说：“哎，这你就不懂了吧，能被我们川少喜欢上的人，肯定得跟他有共同爱好。例如喜欢同一个偶像，就那个 Linkin Park，是不？”

余昱川脸上露出意味不明的笑容，说：“你是不是皮痒了？”

“咯——”宋阳干笑两声，“当我没说。”

他们进入地铁站后，宋阳一转头就看见一个眼熟的人。他激动地拍了拍余昱川的胳膊：“川少，你的 Linkin Park。”

余昱川抬起头，就看见一道纤细的身影上了扶梯。

辛禾背着吉他站在站台最末尾，这个时间点，在站台候车的人不是很多，这里只站了她一个人。但没一会儿，辛禾就从屏蔽门的玻璃上看到几个男生往她这边走了过来。

她以为他们也是过来候车的，于是默默地往旁边挪了挪。

走到辛禾后方的时候，宋阳推了一把身旁的人，余昱川被他这么一推，不小心往前撞到了辛禾。女孩身板瘦弱，被他撞了一下就往前倒去，吓得他赶紧伸手将人扶住。

辛禾瞥见有人靠过来，还没来得及避让，就被人撞了。

她吓了一跳，被扶着站稳后，就听见对方说：“咳……那什么，对不起，你没事吧？”

辛禾抬头就看见一张熟悉的脸，不禁愣了一下。

余昱川松开手，往旁边退了一步。

他回头瞪了宋阳一眼，宋阳幸灾乐祸地跟顾思明对视一眼，随即朝他使了一个眼色。

余昱川回过头来，眼睛没看辛禾，手握成拳放在嘴边轻咳了一声：“咳，好巧啊。”

对于他们的出现，辛禾也有些意外。她一只手悄悄握住了吉他的背带，轻轻“嗯”了一声。

这时，站台的广播提示列车进站。车门打开了，辛禾上了地铁，走到最边上的座位坐下。

车厢内正好就剩下她这一排有空位，余昱川只能跟着坐到她的身旁。

身旁坐着一个陌生人，辛禾有点不太自在，缩了缩自己的腿。

余昱川察觉到了，拍了一下身旁的宋阳：“挤过来干吗？坐过去点。”

宋阳默默道：“川少，你自己瞧瞧，不是我挤你，是我这边没空位了。”

余昱川：“哦。”

他转过头来，用眼角余光瞥了一眼身旁的女孩，想了想，开口打破沉寂：“咳，那个……你刚才那首《Leave out all the rest》弹得很好听。”

听到他的称赞，辛禾有些腼腆地抿唇道："谢谢。"

"你也喜欢 Linkin Park？"

辛禾性子内向，跟不熟悉的人说话时心里多少有点紧张。她悄悄捏住手指，说："嗯，以前听过几首他们的歌。"

余昱川眼睛微亮，笑着说："我还是头一回遇到喜欢这种类型的音乐的女生。"

男生的嗓音清朗悦耳，辛禾被他的声音吸引，忍不住转头看向他。

余昱川的视线也转过来。他那双眼睛很是清澈，含着笑意的时候眼睛里像裹了甜酒似的。

"我最喜欢他们那首《Numb（麻木）》，对了，这首歌你会弹吗？"

辛禾摇头，轻声说："我……我得听几次才会弹。"

余昱川用惊奇的目光看着她，说："这么厉害？听几次就会弹了。"

"嗯……"

"你呢，你喜欢他们哪首歌？"

辛禾沉默了几秒才答："《In the end（结果到头来）》，说唱部分很好。"

"是吧！"余昱川的眼睛顿时明亮起来，"这首歌的说唱部分确实很赞！"

"还有《What I've done（我做了什么）》的摇滚风听着也特别带感！"余昱川提起自己的偶像，脸上的兴奋就藏不住了，话匣子也像是突然被打开了，他一连串跟辛禾说了许多。

辛禾的话不多，一直安静地听着。

身旁的男孩眉飞色舞，提起自己喜欢的歌曲时眼睛微微弯起，像高挂在天边的明月。

地铁很快就进站了，余昱川他们要在这一站下车。车门打开，他刚想和身旁的人道别，就发现辛禾也起身了。

"你也在这一站下车？"

辛禾背起吉他，轻轻地点了点头。

从这个站台出去之后就是川都大学的江北校区，顾思明问："你也是川大的？"

辛禾看了一眼面前的三个男生，应道："嗯。"

"太巧了，我们三个也是。"宋阳笑了，捅了捅身旁的余昱川，然后看着辛禾，笑眯眯地说，“小姐姐，你是哪个专业的，今年读大几？”

辛禾沉默了一会儿，说：“我是化工专业的，今年大二。”

她话音刚落，宋阳就意味深长地“哦”了一声，笑着说：“原来不是小姐姐，是小师妹啊。”

辛禾内敛地低下头，红着脸说：“不、不好意思，我有点事，先走了。”

说完，她朝他们三个点了点头，然后就往出站口的方向走去。

余昱川回过神来，打了一下身旁的人：“你干吗把人家吓走？”

宋阳一脸疑问，无辜地指了指自己。

走在回宿舍的路上，余昱川想到刚才的事情，脸上扬起笑，心情很好地哼起了小曲。

“哎哟哎哟，看看这一脸春心荡漾的表情。”宋阳说。

“啧啧啧，要微信被拒绝了，转头又跟人聊得这么欢。”顾思明在旁边附和，调侃道，“看不出来呀，川少，你的脸皮什么时候变得这么厚了？”

对于他们的调侃，余昱川轻嗤了一声：“你们懂个屁，我好不容易找到了知己。”

宋阳和顾思明对视一眼，笑嘻嘻道：“看来今天收获不小，川少出去一趟还收获了红颜知己。”

余昱川斜了他们一眼，没说话，一脸“你们不懂，我不屑跟你们废话”的表情。

突然，他脸色一变，停了脚步。

他想到了一件非常重要的事情。

“糟了，忘记问她的名字了！”

第2章

很高兴认识你

辛禾回到宿舍的时候已经晚上十点多了，她进门的时候，宿舍里的其他人都坐在自己的位子上。

辛禾走到自己的座位旁，摘掉帽子，将吉他取下来放在一旁。

隔壁床的苏晓晓转头看了她一眼，随口问道：“辛禾，你怎么每天晚上都这么晚回来，你去哪儿了？”

辛禾刚把外套脱下来，闻言，她默了几秒才答道：“我……我去兼职了。”

苏晓晓：“什么兼职老是要晚上出去呀？”

辛禾抿唇一笑，没说话。

苏晓晓扫了一眼她放在座位旁的吉他，猜测道：“哎，你该不会是去酒吧里唱歌吧？”

玩着手机的陈卉闻声转过头来，讶异道：“辛禾，你去酒吧兼职唱歌啊？”

“像你这种在酒吧兼职唱歌的，一晚上能赚多少钱啊？”苏晓晓问，不等她回答，又兀自道，“那种地方工资应该很高吧？”

她们这连番追问让辛禾有些窘迫，她心一紧，声音有点结巴：“不……不是……不是酒吧。”

“啊？你说什么？”她的声音太小，苏晓晓没有听清。

辛禾张了张嘴，正准备说话，陈卉插嘴道：“哎，辛禾，跟我们说说你在哪间酒吧唱歌？离我们学校远不远？我改天和晓晓去捧你的场呀。”

辛禾：“我……不在酒吧。”

“不在酒吧？”苏晓晓疑惑，“那是在哪里？”

辛禾抿了抿唇。

陈卉：“嗯？怎么不说话，不方便说吗？没事啦，你放心，我们不会跟别人说的。”

辛禾捏了捏手，轻声道：“我……我先去洗澡了。”

她转身打开衣柜，从里面拿出换洗衣服，走进了阳台边的浴室。

“哎！”苏晓晓喊了一声，但人已经走了，她撇了撇嘴，“神神秘秘的。”

陈卉转头继续玩手机：“算啦，你也不是第一天认识她了，她这个人就是这样的。”

辛禾洗完澡出来后，苏晓晓和陈卉已经躺到自己的床上去了，她们一个在看剧，一个在跟男友聊天。辛禾走回自己的位子，开了盏台灯，从书柜上拿了本专业书来写作业。

她写到一半，忽然想起今晚回来的路上余昱川跟她说的话。她写字的手一顿，然后拿起一旁的手机，搜索了他说的那首《Numb》。

她从包里拿出耳机戴上，清亮的旋律传来。辛禾闭上眼睛，动感的音乐像电流般蹿入耳中。

听了一会儿，她睁开眼睛，拿起笔在空白的纸上写下这首歌的简谱。

隔天，辛禾因为晚上有两节公选课，就没去 Dream's 餐厅兼职驻唱，她昨天就跟桐子打过招呼了。

傍晚，她在食堂吃完饭，就去了第二教学楼的阶梯教室。

离上课时间还早，教室里没什么人，辛禾走到最后几排找了个靠边的位子坐下，又从包里拿出一本书来看。

临近上课的时间点，才有学生陆陆续续走进教室。辛禾抬起头来，就看到原本空荡荡的教室里这会儿已经坐满了人。

她看了一眼时间，还有几分钟就上课了。她把桌上的书收好，然后就察觉到有人过来了。

余昱川来到这间教室的时候，里面的位子基本都被坐满了。他扫了一眼，看到有空位就走了过来。结果一走近，他就看到了一张眼熟的面孔。

看着坐在倒数第三排的辛禾，余昱川的目光中流露出些许惊讶。

她还是穿着一件宽大的黑色外套，但今天没戴帽子了，乌黑柔顺的发丝垂在脸颊两侧，半掩住那张小巧白皙的脸。

辛禾抬头看到余昱川的时候也愣了一下，神情有片刻的呆愣。

“好巧。”余昱川在她的座位旁停下，挑起眉，微微笑了，“你也上这门课？”

辛禾也很意外会在这里遇见他，点头“嗯”了一声。

“你旁边有人坐吗？”余昱川问。

辛禾反应过来，连忙摇了摇头。

意识到座位间的缝隙狭小，他进来不方便，她把桌上的东西收好，拿起自己的包往里面挪了个位子。

余昱川就在她原来的位子上坐下，他脸上扬起笑容，歪头看着她说：“没想到我们还挺有缘分的。”

他一坐下，辛禾就感觉整个空间逼仄了起来。她目不斜视地坐着，胳膊不自觉地搂住了放在腿上的包，半晌才轻轻地应了一声。

上课铃响了之后，这门课的授课老师就进来了。他拿着签到表让前排的同学依次传到后面去，然后站在讲台上开始讲课。

签到表传过来的时候，辛禾正听着课，身旁的人突然开口说了一句：“你有笔吗？”

辛禾一开始没听清，动作一顿，然后转头看过去。见余昱川看着她，辛禾心一紧，眼神中透出几分疑惑。

余昱川指着签名表示意了一下，又问了一遍：“有笔吗？借我一下。”

辛禾点了点头，从包里翻出一支黑笔递过去。

“谢啦。”余昱川接过笔在签到表上签下自己的名字，然后就把纸和笔一起推到她面前。

辛禾拿起笔，视线从上往下扫了一眼，看到了最末尾的一行字。

17 级，制造工程学院，机械工程 1 班，余昱川。

“余昱川”这三个字写得格外漂亮，笔锋遒劲，字迹霸气又张扬。

“对了，昨天太匆忙，都忘记问你叫什么名字了。”余昱川忽然说，“先自我介绍一下，我叫余昱川，嗯……就是你现在看的这个名字。”

他伸手指了指签到表的最后一行。

辛禾注意到他的手也生得很漂亮，手指修长纤细，骨节分明，皮肤上的纹理淡淡的，像白玉一般。

“你叫什么？”

听见他问话，辛禾回过神来，淡淡地抿了一下唇，轻声道：“我叫辛禾。”

余昱川问：“哪个辛哪个禾？”

辛禾拿起笔在底下一行签上自己的名字，然后把签到表推到他面前，指着签名示意他。

“辛——禾。”余昱川念着她的名字。

“嗯？”辛禾把签到表递给下一个人，闻声，她转头看过来。

余昱川缓缓笑开，说：“没什么，很高兴认识你。”

看到他脸上的笑容，辛禾有些不自然地移开视线，轻轻地“嗯”了一声。她随即觉得自己这样的反应太冷淡了，于是抿起唇瓣，小声补了一句：“我……我也是。”

这门课是“自然科学概论”，讲台上授课的是个五十多岁的老师。这门课程被他讲得很乏味，很多学生都在低头玩手机，只有辛禾和为数不多的几个学生抬着头在认真听讲。

放在口袋里的手机振动起来，余昱川拿出手机看了一眼。

宋阳他们在群里讨论篮球赛的事情，余昱川觉得无聊，按熄屏幕后就拿着手机在手里把玩着。

余光扫见身旁的女孩腰背笔直，目不转睛地望着讲台上，余昱川的脑子里突然闪现一个奇怪的想法：这人的脸颊巴掌似的小小的，眼睛倒是挺大的。

见她听得认真，余昱川微挑起眉，笑着问：“这门课有这么好听？”

辛禾将视线移过来，看了一眼身旁的人，小声说：“一……一般。”

“那你听得那么认真？”

辛禾抿了抿唇：“要认真听的。”

余昱川笑着说：“你这人还挺有意思的。”

辛禾微愣，长这么大还是头一回有人说她有意思。

她悄悄用余光打量身旁的人。男生单手撑着自己的脸，神情有些乏味，似乎觉得无聊，他捂着嘴打了一个哈欠。

辛禾看了一眼就收回了视线。

课讲到一半，讲台上的老师停下来。他看了一眼底下要么在低头玩手机，要么趴在桌子上睡觉的学生，脸色一沉。他拍了拍桌子，怒道：“这道题，我请一个学生起来回答，谁要是回答不上来，这门课的成绩就记零分！”

闻言，大家纷纷把手机收起来。可是已经晚了，老师看着签到表，喊了一个名字——

“辛禾。”

被喊到名字的辛禾背脊忽地一僵，她抿起唇，过了几秒，从位子上站了起来。

余昱川看向她。

老师用尺子拍了拍屏幕：“你来回答这道题。”

屏幕上是一道问答题，题目是——库仑定律是静电学中第一个定量的基本规律，它是由法国物理学家库仑在哪一年建立起来的？

这道题是上节课的知识点，辛禾不太记得具体是哪一年了。她看着讲台上脸色黑沉的老师，有些不安地握紧了自己的手。

“1785 年。”耳边传来一道低低的声音，辛禾一愣，转头看向左侧的人。

余昱川朝讲台的方向示意了一下：“答案。”

辛禾：“1785 年。”

“嗯，坐下吧。”老师点头，然后接着点下一个人的名字。

辛禾坐下之后，飞快地看了一眼余昱川，然后低下头极小声道：“谢谢。”

“小事，不用谢。”余昱川随口应了一声。

“帮个忙，我打个盹儿，有事喊我。”

他说完就没声了，辛禾转头看他。

余昱川靠在椅背上，双手环胸，微垂着脑袋。他今天穿的是件灰色的卫衣，卫衣的帽子被他戴上了，微微遮挡住他俊秀的脸庞。

好在接下来的时间里老师都没有注意他们这边。下了课，教室里陆续有学生离开，辛禾把桌面上的本子和笔收好。她偷瞄了一眼余昱川，见他没有任何动静，歪着头似乎睡着了，她抿了一下唇，犹豫着要不要叫醒他。

等教室里的人差不多都走光了，辛禾才敲了敲桌子。

余昱川睁开眼睛，就听见有人轻声细语道：“下课了。”

余昱川伸手拨弄了一下头顶的帽子，抬起头来，就跟一双黑白分明的大眼睛对上了。

辛禾移开视线，抓着自己的包，重复了一遍："下课了……"

余昱川收回目光，懒散地打了个哈欠，然后揉了揉自己的头发，应了一声："哦。"

他站起身往外走，辛禾跟着他走出教室。

"回宿舍吗？"余昱川问。

辛禾点头。

"我也回。"余昱川抬了抬下巴说，"顺路，一起走吧。"

他们去教学楼外的站台等车，车没过多久就来了。

车厢里的座位已经坐满了，余昱川寻到一处空位站着，又招呼辛禾过来："过来站这儿吧。"

辛禾迟疑了一会儿，然后走过去站在他身旁。

余昱川倚着车窗站着，低头看着面前比他矮一个头的辛禾，问："你一般都什么时候去餐厅唱歌？"

辛禾闻声，抬头看了他一眼。他们俩的距离有点近，她悄悄往旁边挪了一步，然后垂眸说："基本上每天晚上都会去。"

"难怪那家餐厅生意那么好。"

"嗯？"辛禾不明所以地看着他。

余昱川一笑，细长漂亮的眼睛里似有光芒闪过："你歌唱得那么好听，路过的人都被你吸引进去了。"

他朝她笑着，唇红齿白的模样看得辛禾脸一红。她赶忙低下头，结结巴巴道："我……我唱得也……也没有很好。"

"别谦虚。"余昱川笑道，"我可是坐在那儿听了一整晚，我敢说这方圆几公里的酒吧和餐厅的歌手都没你唱得好。"

辛禾听他这么一说，脸更红了。她微微握住自己的手掌，不知该说些什么好。

这时，余昱川的手机响了。

电话是宋阳打来的，他问："川少，你现在在哪儿？"

余昱川："车上，准备回宿舍。"

宋阳："我们几个等会儿要出去吃消夜，你要一起吗？"

余昱川：“去哪儿吃？”

宋阳：“就校门口，撸串，来吗？”

“来呀。”余昱川说完，看了一眼面前的辛禾，转了转眼珠子，对电话那头的人说，“喂，阳子，我带个人来，介意吗？”

“行啊，你带呗。”宋阳说，“那说好了，一会儿店里见。”

挂断电话，余昱川对辛禾说：“我和阳子他们等会儿去吃消夜……哦，就是昨天那两个家伙，你见过的，要一起去吗？”

辛禾愣了愣，没想到他会邀请自己。她连忙摇头：“我……我就不去了。”

“一起去吧，那两个家伙肯定很乐意见到你。”

“太……太晚了……”

余昱川说：“就在校外，很近的，等会儿吃完我们负责把你安全地送回来。”

“我……”辛禾一时语塞，不知道找什么理由拒绝才好。

这个时候，车子在北门的站台停下。余昱川二话不说，将手搭在她的肩上，推着她下车：“走吧走吧。”

辛禾稀里糊涂就被余昱川带着走了。

他们到达校外的烧烤店时，宋阳和顾思明他们已经到了。

看到跟在余昱川身后的辛禾，宋阳讶异地瞪大了眼睛。跟身旁的顾思明对视一眼后，他回过头来，脸上露出一副了然的神情。他嬉皮笑脸道：“川少，原来你说的人是小师妹啊，你可以呀，果然是行动派，这么快就……”

“去去去，别瞎说。”余昱川挥手让他们腾两个位子出来，“我们是刚刚上公选课时遇到的。”

他抬手招呼辛禾过来坐。

这一桌除了昨晚见过的宋阳和顾思明，还有几个男生，辛禾都不认识。她心里忽地忐忑起来，踌躇了一下，才走到余昱川身旁的位子坐下。

“你们上同一门公选课啊？”

“是啊。”

“咦，这不是昨天晚上在餐厅里唱歌的那位小姐姐吗？”有人认出了辛禾。

余昱川点头说：“跟你们介绍一下，她叫辛禾，跟我们一样也是川大的，比我们低一届，今年上大二。”

“这么巧？！”有人惊讶道。

余昱川凑到辛禾身旁，拿起一根筷子指着对面几个男生："我跟你介绍一下这几个家伙，宋阳和顾思明，你昨天见过的，这几个是我们班的……"

余昱川依次介绍完众人。

察觉到大家投过来的视线，辛禾心一紧，抓着手里的包，朝他们点了点头，腼腆道："你……你们好。"

"师妹你好。"男生们嬉笑道。

有人殷勤地将菜单递过来，说："来，师妹，看看你要吃些什么？放心点，今天师兄们请客。"

辛禾做梦都没想到自己会跟昨天才认识的人坐在同一张桌子前吃东西，而且还是和一群男生。

她感到几分不知所措，一颗心七上八下的。

她看着面前的菜单，手心有些发凉。

"不知道点什么？"余昱川见她半晌没动静，低头问了一句。

辛禾抬起头来，正好对上男生的眼睛。她心一慌，赶忙垂下脑袋，几秒后才轻轻点了点头。

"我帮你点吧。"余昱川把她手边的菜单拿过来。

他随手拿起一旁的铅笔在指间转圈，问："你吃辣吗？"

辛禾摇头。

"嗯，你喜欢吃肉吗？"

辛禾顿了一下，还没回答，余昱川就对她说："我跟你推荐这里的烤牛肉串，这家店的肉很新鲜，肉质非常鲜美，撒上孜然粉，味道简直绝了。"

他说这番话时微微眯起眼，头顶的光照进他的眼里，他漆黑的瞳仁熠熠生辉。

"我帮你点一份试一下，怎么样？"

见他看过来，辛禾悄悄移开视线，鬼使神差地点了点头。

余昱川低头看着菜单，说："然后我再帮你点些素菜，金针菇和土豆吃吗？"

"嗯……"

余昱川勾选了几样菜，随后把菜单递给老板："好了。"

坐他身旁的顾思明打趣道："川少，我们认识那么久，还是头一回见你对人这么有耐心。”

“对呀对呀，川少平时对我们怎么没像现在这样有耐心？”旁边有人笑着附和道。

余昱川抬起眼皮看向说话那人，脸上露出笑容：“要不要我坐你旁边，亲自喂你吃肉喝酒？”

男生想了一下那样的画面，抖了抖浑身的鸡皮疙瘩，说：“喀喀，那……那倒不必。”

辛禾在旁边听着他们的对话，有点不自在地低了低头，脸颊有些烫。

同桌的几个男生都在笑闹着，辛禾低头看着面前的桌布，忽然听见余昱川问：“你喝酒吗？”

辛禾抬起头，然后摇了摇头，说：“我不喝。”

余昱川笑了：“我想也是。”

他把辛禾面前的啤酒拿走，抬头招呼老板：“老板，麻烦帮我换一瓶橙汁。”

“好嘞。”

他们点的烤串很快就上桌了，肉串一上来，几个男生就开吃了。

余昱川拿了一串烤肉，撒上孜然粉，放到辛禾的碟子里，说：“这就是我说的牛肉串，尝一下。”

“谢谢。”

辛禾抿了抿唇。她伸手拿起面前的竹签，小口小口地咬上面的肉。

她的动作很斯文，嚼东西的时候腮帮子一鼓一鼓的，像只小仓鼠，有点可爱，也莫名有点好笑。

余昱川问：“怎么样，是不是很好吃？”

这个牛肉确实像他说的，肉厚多汁，味道很鲜美。

辛禾点了点头，小声应和：“好吃。”

“是吧。”余昱川笑起来。

“小师妹，你是哪里人？”宋阳边吃边把视线投过来，开口问道。

辛禾局促道：“我是蓉城的。”

“咦，我们川少也是蓉城人。”顾思明在旁边接了一句，笑着说，“不是说蓉城人最喜欢吃辣吗，你怎么一点辣都不吃？”

几个男生都往这边看过来，辛禾心一紧，过了半晌才轻声说：“我……

我从小在申城长大，那边的口味比较清淡。”

话落，几个男生的表情都有些讶然。

辛禾不知道自己哪里说错话了，紧张道：“怎……怎么了吗？”

“没什么。”余昱川在旁边笑了，他伸手拿起啤酒，朝她示意了一下，“就是我们真的太有缘分了，我也是蓉城人，从小在申城长大。”

“你们这也太巧了吧。”宋阳说，“说实话，你们是不是之前就认识？”

“认识你个头，这有什么好奇怪的。”余昱川说，“两座城市挨得那么近。”

男生们跳过了这个话题，转而聊起别的事情。

吃完烤串后，有人去埋了单，之后大家就结伴往学校的方向走。

川都大学的男女生宿舍在不同方向，余昱川他们一行人先送辛禾回女生宿舍。

辛禾原本说不用送的，但余昱川说：“没事，就几步路，说好了要把你安全送回宿舍的。”

辛禾说不过他，只好让他们跟着自己。

快到宿舍楼下时，她停了下来，转身对他们说：“到……到这里就好了。”

这里离女生宿舍还有段距离，余昱川问：“不用再送了？”

辛禾摇了摇头。

顾思明笑了：“川少，你难不成还打算跟着人上楼？”

余昱川瞪了他一眼：“话那么多。”

宋阳走上前，笑眯眯道：“小师妹，你看今晚这顿消夜过后我们就是朋友了，微信应该可以留一个了吧？”

听宋阳提起微信，辛禾悄悄看了一眼余昱川，想起昨天在餐厅里拒绝他的事情。

她有些窘迫地抿了抿唇。

余昱川也想起这事了，咳了一声：“咯，别理他……”

他还没说完，就看见辛禾拿出了手机。

“对……对不起，昨天我还……不认识你们。”昨天他要微信的时候辛禾吓了一跳，因为是陌生人的关系，她就拒绝了他。

辛禾抬头看了一眼面前容貌俊秀的男生，小心翼翼地问：“你……你现在还要加吗？”

余昱川愣了一下才反应过来，眼里顿时浮起笑意："加！"

"小师妹，我们也加一下吧。"等他们加了微信，宋阳也掏出手机。

他的手机刚拿出来，就被人一把夺了过去。

余昱川说："你加什么，你懂音乐吗，你懂 Linkin Park 吗？走走走，别耽误人家回宿舍。"

他边说边转身往回走。

"喂，川少，你把手机还我！"

几个男生闹哄哄地走了，辛禾停在原地，听着他们争论的声音，眼睛里闪过一丝温和的笑意。忽地，她看到前方的男生回过头来，朝她挥了挥手。

余昱川挥完手就回过头去，辛禾一顿，几秒后，她微微垂下脑袋，心突然跳得有些快。

这天下午，辛禾从图书馆回到宿舍时，苏晓晓正在给大家分零食。

"谢谢晓晓，你不用给我那么多的。"陈卉说。

"没事，你慢慢吃吧，我爸给我寄了一堆过来。"苏晓晓抓了抓头发，有点头大，"我都跟他们说别寄那么多给我了，还一次性寄了一大箱，天哪……"

"我上次也是，我都跟我爸说了，我要吃什么东西会自己上网买，结果他们愣是不听，硬给我寄了一箱零食过来……我到现在都没吃完。"陈卉说。

另外一个女生默默地举起了手，说："我也是，前两周我家里也给我寄了。"

苏晓晓看到走到自己座位上的辛禾，问："辛禾，你要不要吃零食？"

辛禾："谢谢，我不吃……"

苏晓晓撇了撇嘴，看着这箱零食有些发愁。这时，她的手机忽然响了。

"哎，我爸给我打电话来了。"

一接通视频电话，男人中气十足的声音就传了过来："晓晓，收到爸爸给你寄的那箱零食了吗？"

苏晓晓："收到了爸，你给我寄太多了……"

他们的对话声传入辛禾的耳中，她微垂眼帘，将身上的包放下来，然后看了一眼时间，从柜子里拿了一顶黑色的帽子戴上，又拿起放在一旁的吉他。

辛禾走出宿舍，转身的时候看到苏晓晓正在跟自己的父亲撒娇。她垂眸，悄悄将门掩上。

她在宿舍楼下坐车到校门口，出了校门就往地铁站的方向走去。

Dream's 餐厅里，几天没见踪影的桐子终于现身了。辛禾听店员说，桐子前几天去考察分店的选址了。

“来了，吃饭了没有？”桐子正在吧台捣鼓他的饮品，看见辛禾后扬声招呼道。

辛禾垂眸，轻轻地点了点头：“吃过了。”

“那喝点水吧。”桐子倒了杯温水放在她面前。

辛禾踌躇了一会儿，轻声喊道：“舅舅……”

“怎么啦？”

“上周的工资，给多了。”辛禾说。

“哪里多了？”桐子放下手里的杯子，“我按照你的上班时长给你结的。”

辛禾捏了捏自己的手，说：“我欠的钱没从里面扣除。”

桐子挥了挥手，一副毫不在意的模样，说：“没事，剩下的钱不用还了，你拿着钱去给自己买两身新衣服，买点颜色鲜艳的。年纪轻轻的，模样也生得这么好，把自己打扮得漂亮一点。”

桐子每次见她，她都是穿着一身黑衣服。衣服宽宽大大的，一点都显不出她这个年纪的青春朝气。

辛禾垂下眼帘：“要还的……”

桐子：“我们俩是什么关系？你非得跟舅舅这么客气是不？”

辛禾抿了抿唇，没说话。

见她这副模样，桐子也拿她没辙，只能轻叹一口气：“行吧，我从你这周的工资里扣。”

“谢谢舅舅……”

“禾禾，不是舅舅不肯让你还钱，你现在还在上学，正是花钱的时候，这些钱等你以后出来工作再还我也不迟。”桐子说，“还有，你在学校的时候也别舍不得花钱，吃好一点、喝好一点，钱不够的话你就跟我说，别不好意思开口。我是你舅舅，整天搞得这么客气，多见外。”

辛禾听完他这番话，轻轻“嗯”了一声，声音轻柔：“我知道的。”

桐子也不是第一次跟她提起这件事，每次说完她都是这样的反应，她当下是应下来了，但过后一次都没找过自己。

桐子默默地叹了一口气，也没再说什么。

今天舞台的大屏幕上出现了微信上墙的界面，很多客人都在上方留言点了歌。辛禾筛选了一下这些歌曲，然后挑了其中一首作为今晚的第一首歌。

她在台下抱着吉他练习了一下这些歌的曲谱，然后才上台。

她坐在椅子上，将吉他抱在身前，调整了一下麦克风的高度，又看了一眼底下坐着的客人，随即垂下眼帘。

"一首《借我》送给大家。"

辛禾压低帽檐，说完之后，指尖就开始拨动琴弦——

"借我十年，借我亡命天涯的勇敢，借我说得出口的旦旦誓言，借我孤绝如初见，借我不惧碾压的鲜活，借我生猛与莽撞不问明天，借我一束光照亮黯淡，借我笑颜灿烂如春天……"

今晚店里不是很忙，桐子就靠在休息室的门口抽烟。有个店员来休息室换衣服准备下班，就看见他杵门口站着。店员问："桐哥，你站这儿发什么呆呢？"

"发啥呆，我抽支烟。"桐子说。

"哦。"店员在这里站着，听见前头隐隐约约的歌声传来，他随口说了一句，"哎，桐哥，禾禾这唱功真的绝了，很多客人都跟我说她唱歌很好听。"

桐子睨了他一眼，扬了扬下巴，难掩语气里的得意："那是，她在音乐这方面可有天赋了。"

店员笑了笑，接着说："没想到她年纪轻轻的，唱歌一点都不逊色于现在那些流行歌手，好几次都差点把我这个大男人给唱哭……"

桐子弹了弹烟灰，头顶的灯光在他的眼中明明灭灭，他淡淡地哼笑了一声。

"说实话，桐哥，禾禾唱得那么好，你有没有考虑让她去参加一些比赛？现在不是有很多电视台都在搞什么歌唱比赛吗？我觉得以禾禾的唱功，去比赛肯定能拿奖，说不定还能被什么唱片公司签去当歌手，一不小心就出名了。"

桐子说："她不感兴趣的，再说这也不适合她。"

店员想了想辛禾内向的性子，点头道："那倒也是。

"不过话说回来，她既然在音乐方面这么有天赋，干吗还去川大读化工？就她这水平，去首都读音乐学院都绰绰有余，现在这样……多浪费啊。"

桐子吸了一口烟，又轻轻地从口中吐出烟气。听了这话，他突然想起两三年前刚见到辛禾的情景。那是他时隔多年再一次见到辛禾这个比他小十几岁的外甥女。

他这人从小调皮捣蛋惯了，初中毕业后就没读书了，自己硬着骨头出来打拼，存了几年的积蓄后就开了一家小店。

他这些年一直在外地生活，也就逢年过节才回去，每年家里人都会领着他去辛禾家里做客拜年。

印象中，这小姑娘每次都会穿着漂亮的小裙子，被人领着去琴房练琴。他们见面的次数不多，但辛禾每次见到他都会压低脑袋，害羞地喊他一声舅舅。

之后他跟家里人因为一些事情闹翻了，他一气之下就再也没回去过，也没再见过辛禾。直到两三年前，他和家里人和解之后，他才再次见到她。

但那个时候她已经不再穿漂亮的裙子了，她穿着一身黑色的衣服，坐在他们老家堂屋的角落里，低着头不跟人说话，整个人瘦得像根竹竿似的。

回想起这段往事，桐子眯了眯眼。他沉默了很久，没回答店员的话，只是叹息了一声。

“这孩子，是个可怜人啊。”

第3章

我陪你一起

下个月中旬有体能测试，辛禾担心自己不合格，所以最近这段时间只要有空就会去操场跑步。

周五这天下午没课，她吃完午饭就回了宿舍，在宿舍里复习了一下这几天的专业课，下午三点多的时候她就戴上帽子和耳机去了体育馆。

到体育馆的时候，外面的操场上有挺多人在活动，她压低了帽檐，然后就沿着操场边缘开始跑。

余昱川和宋阳他们在隔壁的篮球场打球，中场休息的时候，几个人坐在地上，边喝水边聊对方刚才的篮球战术。

余昱川双手撑在身后，神情懒洋洋的，听着他们几个瞎吹。忽然，他的目光一顿。

宋阳正在嘲笑别人的技术，余光一瞥，看见身旁的人手臂一撑就从地上站了起来。他喊了一声："喂，川少，你干吗去？"

余昱川没回答他的话，径直往前跑去。

辛禾沿着操场跑了一圈，路过篮球场的时候听见有人喊她的名字。她一顿，抬起头来，就看见余昱川正站在铁丝网后面看着她，俊俏的脸上洋溢着笑容。

"好巧啊，到哪儿都能遇到你。"他笑着说。

辛禾也十分意外会在这里遇见他，她停下来，伸手摘掉一只耳机。

余昱川的手扣住铁丝网，凑近了说："你在跑步？"

辛禾刚跑完一圈，气息有点不匀，闻言只是轻轻点了点头。

“跑几圈了？”余昱川随口问。

“一……一圈。”

余昱川望了一下跑道，笑了：“跑一圈你就喘成这样，以前不经常锻炼吧？”

辛禾看着他脸上的笑容，忽地然有些羞窘。她微微垂眸：“嗯……”

安静了几秒，辛禾悄悄抬起头看着他，抿了抿唇，轻声问：“你……你怎么会在这里？”

余昱川往身后的篮球场努了努嘴：“我过来打球，宋阳和顾思明他们几个也在。”

被他提到的两个当事人正坐在球场边看好戏，宋阳对身旁的顾思明说：“哎，你看川少每次见到小师妹的样子，像不像狗见到了骨头似的。”

顾思明看着他们那边，无比赞同地点点头，揶揄一笑：“你这个比喻相当贴切。”

旁边几个男生也笑了，有人说：“喂，你们这么说川少，就不怕人家回头知道了揍你们？”

宋阳抬了抬下巴，毫不在意地说：“怕什么，再说了，他现在心思又不在我们这边。”

另一边，余昱川对辛禾说：“等我一下。”

辛禾抬起头就看见他沿着铁丝网朝前面跑去，她有些不明所以，在原地停留了几秒，然后跟上去。她往前走，看到前面有一堵矮墙，再往前……就没路了。

辛禾停下来，正踌躇着，下一秒就看见余昱川攀上了那堵矮墙，动作敏捷地从上面跳了下来。辛禾讶异得瞪大眼睛。

“好了。”余昱川走到她跟前。

辛禾回过神，抿了抿唇，温声道：“你……你刚刚那样……太危险了。”

余昱川拍了拍手，不以为意：“没事，比这高的墙我都翻过。”

说完，他道：“走吧，陪你跑一段。”

“你……你不回去打球吗？”辛禾愣了一下。

“他们缺我也能打。”余昱川说着，往前跑了一小段，又转过身来，脸上扬起一丝明媚的笑，“别愣着呀，走吧，我好久没跑步了。”

听他这么说，辛禾才迟疑地跟上去。

这人刚跑了半圈就不安分了，他转过身来倒着跑，跟她面对面。

余昱川看她戴着耳机，问："你在听什么歌？"

辛禾过了几秒才答："《Numb》。"

她刚说完，就看见眼前的人眼睛一亮。

他笑了："是不是很好听？"

辛禾点头说："嗯。"

"还有呢？"

辛禾摇头说："没……没有了。"

她喜欢循环播放一首歌。

"我有他们这张专辑的歌曲，回头分享给你。"余昱川说。

辛禾点头说："谢……谢谢……"

余昱川看着她，忽而笑了："哎，你每次对着我是不是都很紧张啊？说话都有点结巴。"

闻言，辛禾心一紧，有些窘迫："没……没有……"

余昱川挑眉，眼底浮现笑意："还说没有？"

辛禾抿了抿唇，有些局促地低下头。

"我逗你的，别放在心上。"余昱川转过身来，跟她并排往前跑。

辛禾低了低头，白净的脸颊悄悄红了。

然后她就听见他说："等会儿跑完步一起吃饭吧？"

余昱川说完，没察觉到身旁人的反应，于是转头看了她一眼。

见他看过来，辛禾压低帽檐，轻轻应了一声："嗯……"

跑完步，辛禾跟着余昱川还有宋阳他们一行人去食堂。

宋阳凑到辛禾身边说："师妹，以前我怎么没发现这所学校这么小呢。你看，自从我们认识以后，好像到哪儿都能遇见你……"

听他这么说，辛禾不知该怎么回应，有些拘谨地捏住了自己的外套袖子。

余昱川见状，拍了宋阳一下："会不会说话？"

"我这不还没说完吗？"宋阳委屈巴巴地说。

他转头看向辛禾，说："师妹，你别误会啊，我刚刚是想说，你看上天老是安排我们相遇，你说我们之间是不是天赐的缘分……"

他胡乱说了一通。

余昱川嗤笑一声："肉麻！"

宋阳："又不是说给你听的。"

到了食堂，众人排队打饭，然后找了张空桌坐下。宋阳见辛禾的盘里只有一份素菜，道："师妹，你怎么吃那么少？"

"我……我吃不下那么多。"辛禾低着头，握紧了手中的筷子。

宋阳还想说些什么，余昱川看着他的餐盘，忽然道："咦，今天竟然有铁板牛肉？"

说着，他伸手夹了块牛肉过来，不客气道："我尝一下，谢啦。"

宋阳："……"

余昱川扬眉："这个牛肉还不错。"

他拿起一旁干净的勺子，舀了一勺牛肉放进辛禾的盘中，说："辛禾，你也尝尝。"

宋阳眼睁睁看着自己盘中的牛肉被挖走，抗议道："喂喂喂——川少，你能不能别那么过分？"

余昱川："几块牛肉而已，别那么小气。我分几块我的豆腐给你。"

宋阳倍感无语："谁要吃你的豆腐。"

辛禾看着自己盘中的牛肉，愣了几秒，然后悄悄抬起头看了一眼对面的人。

余昱川脸上带着笑，正跟身旁的人说话。

辛禾只看了一秒就低下头，眼睛里闪过浅浅的笑意，心底升出一丝自己都没察觉到的暖意。

"小师妹，我们下周有篮球赛，你要不要来给我们捧场加油？"顾思明在一旁说。

"对耶。"宋阳附和一声，他看了一眼余昱川，然后看向辛禾，揶揄一笑，"就在下周三，你要不要来看看我们川少在球场上的飒爽英姿？"

余昱川："滚。"

辛禾握紧手，轻声道："我那天下午……有课。"

顾思明说："没事，等你下了课再来也可以。我们的比赛是四点开始。"

"我们很期待你来。"宋阳伸手搭在余昱川的肩头，看着辛禾，笑嘻嘻地说，"特别是某个人。"

他意有所指的语气让辛禾脸颊一热。

余昱川抖掉他的手："无聊。"

周三下午，下课后辛禾坐在教室里写作业，身旁的几个女生正在议论。

苏晓晓说："等会儿有篮球赛，你们要不要去看？"

陈卉："看什么？又没有认识的人。"

苏晓晓："看帅哥呀！今天下午有机械学院的比赛，据说那个长得很帅的男生也会参加。"

听到有帅哥，旁边的两三个女生也凑了过来："什么帅哥？"

"就是那个比我们高一届的师兄，学机械的。他的颜值完全碾压过往的几届'校草'！"苏晓晓说，"我之前在操场见过他一次，亲眼鉴定过，真人长得比照片帅多了！"

"那还等什么，走呀！"陈卉说，"等会儿去晚了估计都挤不进去了。"

"走走走。"苏晓晓收拾好桌面上的东西，招呼身旁的人离开了教室。

教室里很快就安静下来，辛禾看着专业书，将最后一题写完。然后她把课本收进自己的帆布袋里，走出了教室。

到教学楼外的站台等车的时候，她想起上周顾思明他们说的事情。

开往体育馆的车停在跟前，辛禾犹豫了几秒，还是上了车。

这一届的篮球赛初赛是在体育馆的室外篮球场举行，辛禾到的时候，篮球场的周围已经被围得水泄不通了。

辛禾看到这样人满为患的场景，有些望而却步。

这里一共有六个室外篮球场，分两片区域，一边三个，现在四个球场都被用来举办比赛。

球场边的位子都坐满了，还有很多人站着。辛禾走在最外围，听着人群的欢呼声在这片赛场上响起。她路过这些场地，搜寻着球场上的身影。

忽地，另一边的尖叫声响起，瞬间就盖过了这边的声音，震耳欲聋的尖叫声让人忍不住看过去。

那是六号篮球场，赛场的周围聚集了比其他场地多一倍的人数。

辛禾也被声音吸引了，看到那边的盛况，她想了想，往六号球场走去。

六号球场被围得里三层外三层的，辛禾站在最外面，从人群的缝隙里看向球场上的比分牌。看到牌面上写着的“机械工程”四个字时，她抿了抿唇。

就是这里了，辛禾捏了捏自己的手。

但她的视野完全被人挡住了，她什么也看不到。

就在这时，身后突然有一股大力推过来，有人推挤着她一起往前——是一群女生。

有人说：“听说机械学院这次上场的人里有个长得很帅的男生！”

“我知道我知道！之前我在球场上看到过他！”

“……”

辛禾就这么一路被人推着挤到了最前面，等她回过神来，已经站到了最前排。她被人群夹在中间，身旁挤满了人，旁边的人激动地挥舞手臂时还打到了她的肩膀。

辛禾非常不自在地缩了缩脖子。

“啊！我找到了，人在那里。”推挤着她到最前排的几个女生用目光在球场上找人，很快其中一人就看到了那道出众的身影，惊喜地叫了一声。

“哪里？”

“穿 10 号球服的那个！”

辛禾抬起头来，看向在球场上奔跑的几道身影，然后就看到了几个眼熟的男生。其中一个……辛禾将目光放在那个穿着 10 号球服的人身上。

余昱川穿着一件黑色的球服和同色的及膝短裤，头上戴着一条黑色的发带，额发全部束了上去，这让他原本就俊秀的五官更加突出。

修长的身材加上出众的长相，让他成为球场上最瞩目的焦点。

他身姿矫健，动作很快，辛禾都没看清楚，他就从对方球员手中把篮球夺了过来，然后利落地转身，将球投进了篮球框中。紧接着，全场爆发出一阵尖叫声。

辛禾身旁的人都异常激动，都在尖叫着。

辛禾看到，刚进了球的人转过身来，脸上带着明媚张扬的笑容，跟自己的队友击了一下掌，一脸意气风发，面容神采奕奕。他边往回走边撩起自己的上衣下摆，随意地抹了一把脸上的汗。他的肤色偏白，撩起衣服的时候线条流畅的腹肌若隐若现。

这个下意识的举动惹得围观的女生又控制不住地尖叫起来。

辛禾也看到了余昱川的动作，脸颊忽地一红。

余昱川往回走的时候，似是无意地往辛禾这边扫了一眼。她心一紧，赶忙低下头来。

她自己也不知道这是出于什么心理，但就是不想让他发现自己。

“哎，川少，你注意到没有，今天这球场边上围了不少女生哟。”中场休息的时候，宋阳走过来丢给他一瓶水，一脸看好戏的表情，“都是冲着你来的，你要不要回应她们一下？这样也不枉费别人这么卖力地给你加油鼓劲啊。”

余昱川没说话，仰头灌下半瓶水，然后把瓶盖一拧，随口说了一句：“知道你上学期为什么输给了计算机系那群家伙吗？”

这件事是宋阳的心头大恨，他问：“为什么？”

然后他又补了一句：“因为你没参加？”

“我没参加当然是很重要的因素。”余昱川深以为然地点头，随即咧嘴一笑，“但最关键的因素是你——废话——太多。”

宋阳：“……”

余昱川将矿泉水瓶丢他怀里，边往前走边笑着说：“有这工夫说闲话，不如想想怎么增进球技。”

他说完，视线越过球场看向四周。

“看什么？”顾思明不知何时走到他身边，顺着他的视线望向四周，“找人吗？”

余昱川斜了他一眼。

“你如果找小师妹的话，人在那边。”顾思明给他指了个方向。

余昱川顺着他手指的方向看去，果然看见了站在人群中的辛禾。

辛禾安静地站着，尽量缩着身子避免身边人的擦碰。没过多久，她就听见身旁的女生尖叫道：“啊！他看过来了。”

辛禾抬起头来，发现站在球场另一边的余昱川往这边望了过来。她的视线跟他的对上，她看见对方笑着朝她挥了挥手。

“他在跟谁挥手啊？”有女生问。

辛禾呼吸一滞，抿了抿唇，然后就看见余昱川把手里的东西递给了身旁的人，往这边走过来。

辛禾的心顿时一慌。

身旁此时有人开始窃窃私语。

听到这些议论声，辛禾捏了捏掌心，有些紧张起来。不知怎么的，她突然害怕他在众人面前跟自己打招呼。她垂眸，在他走过来之前转身从人群中挤了出去。

余昱川走到一半停住了脚步，看着转身离开的那道纤瘦的身影，疑惑地皱了皱眉。

怎么走了？

隔天晚上，辛禾在食堂吃完饭，就坐车去往第二教学楼。她到教室的时候离上课时间还早，教室里空荡荡的没几个人，她照旧走到之前的位子坐下。

她原本坐在靠走廊的位子，但她想了想，还是往里挪了一个位子。

每当有学生进来，辛禾都会下意识地抬起头看向门口，发现不是那人后又低下头。

周围没有人注意到她这点小动作，就连她自己也不知道为什么要那么频繁地看过去。

直到上课前十分钟，门口有了一阵细微的骚动。辛禾抬起头来，就看到余昱川出现在门口。

她的心顿时一紧，不自觉地抓紧了笔，在他走过来的时候垂下了脑袋。

过了半刻，她眼角的余光就瞥见身旁的椅子被人拉开了。

“喂，同学，这里没人坐吧？”

不是熟悉的声音。

辛禾神情微滞，侧过头就看见一个染着黄发的男生。

那男生冲她咧嘴笑了笑，辛禾垂下头。

她正准备摇头，就听见有人说：“这里有人了。”

辛禾一愣。

黄头发男生转头看了一眼站在身后的余昱川，撇了撇嘴，转身往后面的位子走去。

男生离开后，余昱川在她身旁的位子坐下，他坐下后上课铃就响了，他轻呼一口气：“还好，差点迟到。”

辛禾闻声转头看了他一眼，余昱川的视线也移过来。

他冲她一笑，辛禾握紧笔，朝他礼貌地点了点头，然后就收回视线，微微坐正了身子。

“对了，昨天你怎么中途走了？”余昱川想起这件事，开口问道。

闻言，辛禾忽地紧张起来。她抿了抿唇，垂眸看着手里的本子，过了半晌才轻声道：“我……我突然想起有点事，就先走了。”

余昱川恍然大悟：“原来是这样。”

“嗯……”她撒了个谎，低着头不敢看他。

余昱川看向她手边的本子，问：“你在写什么？”

“简……简谱。”辛禾动作一顿，见他看过来，她犹豫了一秒，还是把手里的本子推了过去。

余昱川看着纸上一行一行的数字，好奇道：“这是什么？”

看了一眼走到讲台上的老师，辛禾小声道：“音阶的七个基本级。”

她念了一下七个发音，余昱川就懂了，问：“那这些是你编的？”

辛禾摇摇头，余光偷偷看向讲台，见老师没注意这边才开口道：“这是《Numb》这首歌的简谱。”

余昱川：“你自己听写的？”

辛禾点了点头。

余昱川讶异道：“这么厉害？”

辛禾脸颊微红，说：“其……其实挺简单的……练……练习一下就会了。”

余昱川把本子还给她，扬眉一笑：“我发现你在这方面挺有天赋的，怎么不去学音乐？”

辛禾手指一僵，微微低下头，几秒后又轻轻摇了摇头，抿着唇没说话。

见她不欲回答，余昱川也就没多问。

这门课的老师为了防止学生在课堂上睡觉或玩手机，每讲完一个知识点都会停下来，点名让学生起来回答问题。学生回答不出来，这门课就没分。光是上堂课就有好几个学生被记零分了。

上了二十多分钟的课后，老师停了下来，看着花名册开始点名。

“余昱川。”

听到老师的点名，辛禾愣了一下，几秒后悄悄转过头看向身旁的人。

余昱川原本闭着眼，听到有人喊自己的名字，他睁开眼睛，过了几秒才从位子上站起来。

“你来回答这道题。”

辛禾看了一眼屏幕上的这道题，是刚才老师讲过的知识点，她还专门记了笔记。

她悄悄地瞥了一眼余昱川。他刚刚好像在睡觉，不知道有没有听到……

辛禾抿唇，见身旁的人一直没说话，不由替他感到着急。想了想，她偷偷将自己摊开的笔记本一点一点地挪过去。她低着头不敢看向讲台，也没看他，只伸出手指轻轻点了点笔记上的内容，示意他正确答案。

余昱川对这门课感到无趣，所以也就没认真听，不过课堂上的这些题目也难不倒他。他扫了一眼屏幕上的题，正打算回答，就瞥见身旁的女孩把自己的本子挪了过来。

他低头，看见辛禾伸了只手过来。她的手被宽大的袖子罩住，只露出一小截。她的每一根手指都很细长，雪白如玉，指甲修剪得干净又圆润，她用食指轻轻点了点自己的本子。

余昱川看着她这偷偷摸摸的动作，忽然想笑。他勾了勾唇，突然起了一丝逗弄的心思。他假装看不懂，故意压低了声音问：“什么？”

“是不是回答不上来？”讲台上的老师在催了。

余昱川充耳不闻，低头看着辛禾。

辛禾以为他看不清，小声道：“选 D，量子力学。”

她的声音轻轻软软的，余昱川听了之后眼底浮现一丝笑意，缓慢地“哦”了一声，再看向讲台。

“选 D。”

老师：“嗯，坐下吧，上课认真听讲。”

余昱川坐下后朝身旁的辛禾笑了笑：“谢了。”

辛禾把自己的本子挪回来，轻声道：“没事。”

余昱川想到她刚刚偷偷摸摸的动作，觉得好笑。他不紧不慢道：“下次直接告诉我答案就可以，离那么远他听不见的。”

辛禾顿了顿，认真道：“好。”

见她神色郑重地应了下来，余昱川笑了，将手背轻轻抵在唇边，眼里的笑意有些晃眼。他说："辛禾，你怎么那么可爱。"

辛禾一愣，反应过来后忙压低了脑袋，脸颊很快浮现绯红的颜色。

下课之后，两个人一起去教学楼外的站台等车。车没几分钟就来了，辛禾先上去，在后排找了个空位坐下，余昱川跟在她身后，坐在了她旁边的空位上。

车子往前开着，没过一会儿辛禾就注意到车里的动静。她微微抬起头来，就看见前面有几个女生正频频往这边投来视线，她们看的是……辛禾悄悄看了一眼身旁的男生。余昱川正低头玩着手机，对周遭的一切恍若未觉。

辛禾收回视线，突然想起昨天下午的篮球赛。他总是能吸引许多女生的目光。

他真的很受欢迎，辛禾抿唇想。

东区宿舍到了，辛禾要在这一站下车，余昱川也跟她在同一站下了车。

入夜后的学校还是挺安静的，他们走的这条路上没几个人，耳边只有风吹树叶的声音，伴随着一两声蝉鸣。

没走几步路，身旁的人就在分岔路口停了下来。他转头看着她，问："要我送你回去吗？"

辛禾顿了一下，连忙摇头："不……不用的，我……我自己回去就好……"

见她慌成这样，余昱川笑了："行，那你路上小心。"

宋阳洗完澡从浴室出来的时候，看见余昱川已经回来了，他招呼了一声："川少，回来啦？"

话落，见坐在座位上的人没反应，宋阳走过去，就见余昱川戴着耳机，闭着眼睛不知道在想什么。他面前的桌子上摊开一个小本，上面写了几个数字。

宋阳正想喊他，就听他嘀咕了一句："这么难，怎么说练习几次就会了？"

闻言，宋阳转了转眼珠子，起了坏心，猛地推了一下他的肩膀。

余昱川被吓了一跳，睁开眼睛，转头就看到闪到一旁满脸坏笑的宋阳。他怒道："宋阳你是不是有病！"

宋阳撇了撇嘴："怎么那么不禁吓。"

说着，他走过去，问："哎，川少，你在写啥，这么入神？"

“一边儿去，别打扰我听歌。”

“听啥歌，听得那么认真……”宋阳问了一句。

他话音刚落，宿舍门就被人推开了。

顾思明从外面走进来。

“小顾同学，今天怎么这么晚才回宿舍？”宋阳道，“是不是跟哪个女生去约会了？”

“滚滚滚，谁有空跟女生去约会，我刚从学生会忙完回来。”顾思明说。

宋阳：“最近有什么事？怎么这么忙，搞到这么晚才回来？”

顾思明：“还不是那个什么校园十大歌手比赛，最近要开始做宣传预热，硬是拉着我们开了一晚上的会，讨论怎么宣传这场活动。”

宋阳疑惑道：“每年不都差不多吗？有什么好讨论的，按照去年那样办不就好了？”

顾思明拿起一旁的矿泉水瓶，拧开后喝了一口水，愁道：“这次不一样，这次外联部的部长不知从哪儿拉到了赞助，经费充足得很，所以他们决定把这次比赛搞得大型一点，反正要比去年好。”

说起这件事，顾思明看了他们俩一眼。

他们的对话声隐隐约约传入余昱川的耳中，他摘下耳机看过来，不明所以道：“看我干吗？”

“你们两个……”顾思明轻叹一声，“算了。”

“啥呀，话别说一半留一半的。”宋阳说。

顾思明：“我刚刚不是说这次经费很足吗？你们知道这次比赛第一名有什么奖励吗？”

他停了一下才说：“第一名能获得一万元的奖金，整整一万元！”

宋阳愣了一下，惊道：“这次怎么这么大方？以前不是才几百块吗？！”

顾思明耸了耸肩，说：“我也不知道，反正他们就是这么设置的。不过这是内部消息，你们先别传出去。原本我还想说你们俩要不要去凑个热闹参加一下，但后来想想你们俩五音不全的，估计连初赛都过不了，还是算了，别丢这个人了。”

“这话我怎么就那么不爱听呢。”余昱川伸手搭在后脖颈，活动了一下筋骨。

他跟宋阳对视一眼，后者会意，按了按自己的手，笑眯眯道：“顾思明同学，刚才的话允许你重新说一遍。”

顾思明轻咳一声，适时地转移话题，看向余昱川，说：“对了，川少，你要不要问问小师妹要不要参加？她唱歌那么好听，拿个奖不是问题，没准还能拿下第一名呢。”

余昱川点头道：“行啊，回头我问问。”

“我们下周会在体育馆旁边摆个宣传展位，到时候你让她过来看看也行。”顾思明说。

辛禾在来体育馆的路上就已经收到了别人派发的关于校园十大歌手比赛的宣传单。这个比赛每年都会举办一次，去年也有，只是辛禾从来不参与这种活动。

给她发传单的女生见她一直盯着宣传单看，便说：“嗨，同学，如果你对这个比赛感兴趣的话，可以直接去我们前面的展位现场报名。现在报名的话还有小礼品送哦。”

辛禾：“谢……谢谢……我再看看。”

“没问题。”女生朝她一笑，“你可以考虑看看，今年我们的比赛奖励设置得很丰厚，除了有荣誉证书，前三名的获奖选手还会有奖金哦。”

辛禾往前走，女生一路跟着她，跟她讲解这个活动赛事。对方这么热情，反倒让辛禾有些无所适从，她好几次想开口婉拒，但都被对方喋喋不休的话打断了。

一路走到了宣传展位前，女生“啊”了一声，朝她笑道：“前面那个就是我们的展位。”

辛禾朝她礼貌地点了点头，随即抬起头看向四周。

昨晚余昱川给她发微信说有事找她，让她今天下午抽空来体育馆门口。

女生见她似乎在等人，也就没再继续打扰她，拿着传单到别的地方去了。

辛禾看了一圈没发现人，正准备拿出手机询问一下，左侧的肩膀忽然被人拍了一下。

她转头看去，但身后没人，回过头的时候，正对上余昱川笑吟吟的眼睛。

宋阳跟在他身边，也同样笑着看她：“哈喽，小师妹。”

余昱川低头就看到了她手里拿着的宣传单，有些疑惑：“咦，你已经知道这个比赛了？”

辛禾说：“刚……刚刚有个女生给我的。”

余昱川张嘴正准备说话，顾思明就从展位里走了出来：“师妹，你来啦。”

打了声招呼后，顾思明转头看向余昱川，问：“川少，你跟人家说了比赛的事吗？”

余昱川：“正准备说。”

他看着辛禾道：“今天找你来就是想跟你说这个比赛的事。据内部消息说，这场比赛第一名的选手会有一万元的奖金，所以我们就想问你要不要参加。”

辛禾听完他这番话之后一愣，没想到他们找自己就是为了说这件事。

宋阳在旁边说：“小师妹，你唱歌那么好听，我们都觉得拿下第一名对你来说完全不是问题。你可以考虑看看，这么高额的奖金可不是每年都会有的。”

辛禾微微垂下眼帘，小声道：“我……我没那么厉害。”

“别看低了自己。”余昱川说，“去年的决赛我们去看了，那个第一名唱得很烂，连你的十分之一都比不上。”

他说着，把两根手指并在一起，煞有介事地给她比画了一下差距。

辛禾心头一柔，眼里不由自主地浮现出细微的笑意。

余昱川收回手，挑了挑眉，问：“如何，要不要试试看？”

顾思明：“师妹，考虑一下呗，我听说决赛的时候还会请专门的音乐老师过来指导你们。”

辛禾沉默了下来。

其实换作是之前，她是不会考虑这种事情的，面对那样的场合她会非常紧张和胆怯。

就连当初去舅舅的餐厅兼职驻唱，她也给自己做了很长一段时间的思想工作，过了很久才勉强适应。

但是，如果赢了比赛的话，会有奖金……

她现在的积蓄不多，除了在餐厅驻唱，她没有别的兼职，之前的学费和生活费都是用的奖学金和兼职赚的钱。而且，她之前欠舅舅的钱还没有还完……

辛禾抿了抿唇，一时间没有说话。

余昱川看出了她的犹豫，垂下眼帘想了一下。

片刻后，辛禾觉得自己还是过不了心里那一关，小声道：“我……我还是……”

就在这时，余昱川抬起头说：“如果你一个人不敢的话，我陪你一起报名参赛吧。”

辛禾一怔。

宋阳闻言，震惊地看着他：“川少，你是认真的吗？”

余昱川双手插进裤子口袋里，慢悠悠地点了点头：“认真的呀。”

他看着辛禾，笑着说：“你还没听过我唱歌吧，我天生五音不全，跟你一起参赛的话，还能增加你的赢面。”

他说这话时眉毛微挑，有种莫名的骄傲，似乎对自己五音不全这件事引以为豪。

“到时候我在你前面比赛，评委听到我的歌声肯定会吓一跳，之后你再上台唱歌，他们肯定会觉得你的声音惊为天人，会给你加很多好感分。”余昱川开始为她出谋划策。

顾思明和宋阳在旁边都听呆了。

余昱川用乌黑明亮的眼睛看着辛禾，狡黠地说：“怎么样，我这个计策是不是可行？”

辛禾听完他的这番话，愣了许久，一时间不知该给出什么反应才好。

余昱川越想越觉得自己这个办法很好，转头喊了一声：“顾思明，把报名表拿来。”

顾思明看了他一眼，神色有些古怪，张了张嘴想说什么，但还是将话咽了下去，转身给他拿来了报名表。

余昱川在报名表上潇洒地签下自己的名字，然后把表格递给辛禾，说：“来吧。”

见他一脸期盼地盯着自己，辛禾也不知道哪儿来的勇气，她抿了抿唇，接过笔，在他名字的下一行签上了自己的姓名和联系方式。

“好了。”余昱川看着报名表上的两个名字，勾唇笑了。

这件事结束之后，他们先把辛禾送回去，然后才回宿舍。

路上，顾思明看着身旁神情悠然的人，将自己刚才就想问的问题问出口：“川少，我很好奇，是什么让你拉下颜面去参加比赛的？就算你喜欢人家，也不用那么拼吧。”

余昱川闻言皱了皱眉，说：“谁跟你说我喜欢她了？”

顾思明一愣，愕然道：“不喜欢人家，你为人家做出那么大的牺牲？！”

“谁说这事儿一定得喜欢人家才能做。”余昱川的神色变得怪异起来，他说，“我只是把她当朋友而已。况且，冲着她也喜欢 Linkin Park 这一点，这点小忙我也得帮！”

余昱川一直觉得辛禾跟他是音乐方面的知己，所以不知不觉间就对她产生了几分惺惺相惜的感觉。

他继续道：“还有，你们难道没注意到她平时都是独来独往的吗？我猜她在学校里应该没什么朋友，那我们作为她新结识的朋友，当然得在这种时候出自己的一份力。”

他说得头头是道，顾思明和宋阳面面相觑，而后前者露出一个意味深长的笑容：“川少，师妹平时独来独往这种事你也注意到了？”

不等他回答，顾思明又道：“我和阳子怎么就没发现呢？”

宋阳在旁边搭腔：“观察得那么仔细，还说不是喜欢人家？”

余昱川觉得自己刚才那番话是在对牛弹琴，他扯了扯嘴角：“懒得跟你们废话。”

校园十大歌手的报名截止后，初赛的时间很快就通知下来了。

因为报名的人数众多，所以初赛分成三天进行，余昱川和辛禾被安排在最后一天比赛。

比赛是下午两点开始，辛禾这天下午刚好没课，吃完午饭，她就来到了比赛场地。

初赛的场地设置在体育馆的露天草坪上，主办方在这里搭了一个舞台。辛禾来到这里的时候，这里已经聚集不少学生了。现场摆了近百个座位，但位子基本都被人占满了。

顾思明是这场比赛的工作人员，很早就过来布置了。他正站在最后面摆弄音响，转头就看到辛禾一个人过来了，于是朝她挥了挥手，招呼道：“师妹。”

辛禾走过来，跟他点头打了声招呼：“师兄。”

“川少他们没跟你约着一块儿来啊？”顾思明问。

辛禾摇了摇头。

顾思明说：“那你先等一会儿，我在前面给你们留了位子，等会儿带你过去。”

“好，麻烦你了。”

顾思明一笑：“没什么麻不麻烦的。”

说完，他抬头就看见宋阳一个人过来了。

等宋阳走到跟前，顾思明挑眉道：“怎么就你一个人？川少呢？”

宋阳耸了耸肩，说：“临走前他说要乔装打扮一下自己，让我先过来。”

“乔装打扮？”

“我也不懂，鬼知道他要弄什么。不过他既然这么说了，我就先过来了。”

宋阳说完，转头看向辛禾，笑着问：“师妹，你的参赛歌曲准备好了吗？”

辛禾抿唇，点了点头，说：“准……准备好了。”

“你唱什么歌？”

辛禾张了张嘴还没回答，宋阳突然惊呼一声，被身后裹得严严实实的人吓了一跳。他往前蹿了一下，惊魂未定道：“妈呀，吓死我了。”

余昱川穿着一身黑色的运动服，外套的拉链一直拉到最上方，脸上戴着黑色的口罩和墨镜，头上还压着顶帽子，整个人伪装得旁人都认不出来了。

顾思明上下打量着他，打趣道：“哟，这是哪里来的不法分子？”

余昱川将口罩和墨镜摘掉，说：“不法你个头，是我！”

“川少，这就是你的……乔装打扮？”宋阳面色怪异。

余昱川伸手抬了抬帽檐，眉毛上挑，有些扬扬得意：“怎么样，是不是认不出来了？”

宋阳：“你干吗把自己装扮成这副模样？”

“我这不是为了防止别人认出来吗？等会儿我上台献丑，万一被人知道了，你让我这脸往哪儿搁？”

顾思明笑了两声：“哟，你还知道要脸呢？我还以为你敢报名参赛是做好了豁出去的打算。”

余昱川：“……”

余昱川不理他，转头看向安安静静待在一旁的辛禾，声音温和下来：“你签到了吗？”

辛禾一直默不作声地看着他们笑闹，闻言，她顿了一下，摇了摇头，说：“还没……”

话落，她的肩膀就被人揽住了，男生明朗的声音从头顶传来：“走走走，那我们签到去。”

他的手臂搭在自己的肩膀上，动作自然又亲昵，辛禾一怔，整个人顿时僵住了。

余昱川却毫无所觉，一路带着她去了前面的签到台。

初赛是根据参赛选手的签到顺序排的上场顺序。余昱川在纸上先签了自己的名，拿了个序号，他是第五十号。辛禾紧随其后，她是第五十一号。

今天这场比赛总共有一百名选手参加，他们拿到的这个数字算很靠后了。如果按照一个人比赛时长三分钟来算，他们至少要等两个多小时才能上台。

“这个顺序挺好的，我们可以趁机观察一下其他选手的情况，让自己心里更有底。”余昱川说。

“嗯。”辛禾温和一笑。

签到完毕，拿到了上场序号后，他们就在顾思明预留的位子上坐下。

这一届的十大歌手比赛很隆重，舞台的搭建和音响等设备都比往年要好上许多。

但是看着这样的舞台和乌泱泱的人群，辛禾心里只有说不出的紧张和胆怯。她性格胆小内向，平时只要到了人多嘈杂的地方都会下意识地想要逃离，更何况还要面对这么多人开口唱歌。

这跟平时在餐厅里演唱完全不一样。舅舅为了照顾她，每次她上台的时候，舞台的灯光都会调暗。除了坐在前几桌的客人会留意她，坐在后面的客人基本都不会注意舞台上的她。那种时候，她至少还能静下心来，可是这里……

“别紧张。”余昱川转头看到身旁的人低着脑袋，视线一扫就瞥见她那因为过分用力而泛白的手指，他轻声道，“一个比赛而已，别给自己太大的心理压力，放轻松就好了。”

宋阳在旁边听到了，没忍住扑哧一声笑了：“川少，你告诉人家别紧张，那你的腿抖个啥？”

余昱川转过头来，道：“我的腿抖了吗？”

他瞥了一眼自己正在颤抖的腿，咳了一声，伸手按在自己的腿上，结结巴巴道：“我……我这是间歇性神经抽搐。”

听着他乱吹，宋阳笑得更欢：“川少，你是不是很紧张啊？”

余昱川闻言，立马反驳：“胡说，有什么好紧张的？一个小小的歌唱比赛而已，能难得了我？”

辛禾听着他们的对话，眼中划过一丝柔和的笑意，被他们这么插科打诨一下，心里的紧张感反倒消散了一些。

“辛禾，你别听他胡说……”余昱川将头转过来。

“谢……谢谢你。”辛禾抬头看了他一眼，忽然说。

余昱川的声音一顿，片刻后，他垂下眼帘，轻笑道：“客气什么，到时候你进入决赛拿了奖金，可是要请我们吃饭的。”

辛禾抬起头来，正好跟他的眼睛对视上。这双好看的眼微微上挑，眼中的粼粼微光像正午在海面上跳动的阳光。

眼睛像是被什么烫着了一样，她忙不迭地垂下脑袋。

她的心跳突然乱了。

她捏紧了手，磕巴道：“嗯……好……”

第四十五号演唱完后，他们俩就该去前面候场了。

余昱川从位子上站起来，脚突然软了一下，整个人微微往前踉跄。辛禾见状吓了一跳，伸手想要扶他。但她手才伸到一半，对方就站稳了。

宋阳见他紧张到腿软，捂着肚子笑得眼泪都出来了：“川少，需不需要我扶着你上台啊？”

余昱川恶狠狠地瞪了他一眼，怒道：“住嘴！”

他转头朝辛禾抬了抬下巴，说：“别理他，我们走吧。”

看着他强装镇定往前走的样子，宋阳笑得倒在了椅子上。

余昱川带着辛禾去了候场处，没过多久，舞台边上的工作人员喊号了：“五十号。”

余昱川转身跟辛禾说：“我去了。”

辛禾轻声道：“加油。”

余昱川笑了，抬手轻轻敲了一下她的帽檐，说：“我就是上台给你抛砖引玉的，你才要加油。”

说完这话，他转身压低帽檐，状似从容地上了台。

他没看见，辛禾在他身后垂下脑袋，藏在发间的耳朵悄悄红了。

因为参赛人数太多，所以每个选手上台都是清唱两分钟。余昱川上台之后唱了两分钟，就从另一侧下台了。

工作人员喊：“五十一号。”

辛禾心一紧，抿了抿唇，缓了一会儿才走上前。

话筒被人塞到手里，辛禾站在舞台中央，悄悄抬头，余光瞥见底下坐着的许许多多的人，还有最前排的几位评委。她手一紧，低下了头。

辛禾轻呼一口气，尽量使自己的声音不颤抖：“我带来的歌曲是《不知归处》。”

余昱川下台之后就站在离舞台最近的地方看着她。

台上的人低着头，安静了一会儿，轻声吟唱——

“第一次遇见你的时候，你逆着人潮向我走来，什么也不问，什么也不说，沉默地看着我，摸摸我的头问你还好吗。

“你的身影消失在人海里，我一路追随，磕磕碰碰，我一路寻找，跌跌撞撞，在途中迷失了自己的眼。

“我怀揣着期待，在孤冷的黑夜里张望，在阑珊的灯火尽头守候，可是你始终没有回头。

“我对你思念的最高级别，是在无眠的夜里一声声的呼喊，是在你的身畔一直一直到永远。

“我待在故事里，等着与你的漫漫余生相遇，等着一起奔向岁月的长流。

“我想你了，你还好吗？

“我希望，能再一次奔赴去你的世界里，只有温和灿烂的世界里……”

温和清澈的歌声在末尾的悲愁中消散，没有乐器伴奏，吟唱声更加深入人心，像幽静的深山里骤然响起的清灵之音，也像迷失方向的孤雁发出的悲鸣之声，极致温柔，也极尽治愈。她的歌声里写满了故事，宛若一杯斟满苦楚的茶，让饮茶之人心头酸涩。

这样的歌，很难想象是由她这个年纪的人唱出来的。

余昱川一直看着舞台上的辛禾，漆黑的瞳仁清亮澄净。

辛禾唱完这首歌后，底下掌声雷动。她站在台上，恍若未闻，握着话筒的双手一紧。她敛了敛眸，压下从眼底涌上来的酸楚，在原地静静待了几秒之后才转身下台。

唱完歌后她的心潮起伏不止，从另一侧下台的时候，她悄悄握紧了手掌，只有这样才能克制住身体的颤抖。她往前走了几步，一抬头就看见了等在前面的余昱川。

她的脚步倏地一顿。

余昱川将墨镜别在衣服上，双手放进口袋里，眉目清朗。他勾唇笑了："唱得很好听。"

辛禾闻言，脸颊微热，低头道："谢……谢谢……"

他们往回走的时候，余昱川问她："刚才那首歌的词曲都是你自己写的？"

辛禾顿了顿，缓慢点头："是……我自己写的。"

余昱川看着她，说："专门学过编曲？"

"学过一点点……"

余昱川若有所思地看着她，过了一会儿才笑道："没想到你深藏不露啊。"

辛禾低下头，心跳忽地漏了一拍。

他们走到一旁，宋阳和顾思明围上来。

宋阳见到她，立马竖起大拇指夸道："小师妹，你唱得太好听了！简直是天籁之音！"

顾思明也说："真的很好听，刚刚参赛的选手里没一个能比得上你。"

宋阳："是啊，你一开口唱就跟自带音效似的。"

辛禾有些害羞地低下脑袋，被帽檐遮挡住的脸颊红红的，就连耳朵也染上一层绯红。

余昱川往旁边扫了一眼，看到她这副羞赧窘迫的模样，他收回视线，开口叫停那俩人，把他们的注意力吸引过来："喂喂，夸两句就好了啊，当我不存在吗？"

他抬起下巴，说："我好不容易上一次台，给你们一个机会，夸两句。"

宋阳犹犹豫豫道："川少……就你那唱功，还要我们夸两句，你这不是为难人吗？"

顾思明也笑道：“你哪来的自信，自己唱得怎么样心里没点数吗？”

余昱川：“你们这俩玩意儿就不能给我留点面子吗？”

宋阳一笑，转了转眼珠子，看向一旁的辛禾，说：“要不然你让小师妹评评理。”

“小师妹，你是专业的，你说说看川少唱得怎么样？”

辛禾见话题引到了自己身上，神情一顿，抬头就见余昱川看了过来。

她捏了捏自己的掌心，心忽地一紧，过了几秒才缓慢道：“其……其实……唱得还可以，就是有些音没找准，还……还有高音……有点太用力了……”

余昱川：“……”

“哈哈哈——”宋阳和顾思明都快笑疯了。

宋阳大笑着拍打了一下余昱川的肩膀：“哈哈哈——川少，小师妹这话说得算客气的了，翻译过来就是你音调不准，高音太猛。”

余昱川斜他一眼，道：“你是不是找打？”

“哎，这话可不是我说的啊。”宋阳赶紧为自己开脱。

辛禾这才意识到自己好像说错话了，她踌躇了一下，补救道：“你唱……唱得很好了。”

这话又给他补了一刀。

余昱川：“……”

闻言，宋阳和顾思明扑哧一声，宋阳笑道：“小师妹，你怎么这么可爱。”

辛禾茫然地睁大眼睛，余昱川看到她这懵懂神情，眼神里流露出些许无奈，他抬手揉了揉她的帽子，说：“好了，你别说了。”

宋阳不知死活地在旁边补了一句：“川少，听见没，小师妹说你唱得好。哈哈哈……”

余昱川转头看向他，眉目间的笑意瞬间敛起，怒道：“我看你是三天不打上房揭瓦！”

宋阳脸色一变：“对不起，川少，我错了。”

他刚想往前跑，就被余昱川揪住了后衣领，还被踢了一脚。

“顾思明，小师妹，你们俩别见死不救啊！”宋阳喊道。

顾思明充耳不闻，立马倒戈：“川少，踢得好，他这种人就是欠收拾。”

看着他们几个打打闹闹，辛禾垂眸，眉眼不自觉地舒展开，脸上笑容浅浅。

她从来没有想过自己能有机会认识这样一群人，他们意气风发，生活里永远充满着各种嬉笑玩闹，与她以往接触到的任何人都不同。

“辛禾，你还在发什么呆？走了。”余昱川停在她面前，伸手在她眼前挥了挥。

辛禾回过神来，慌忙点头：“好……”

她也从来没想过，这样的一群人会一声招呼都不打，就这么光明坦荡地闯进她的生活里。

第4章

难不成是对你有意思

十大歌手的初赛结果隔了两三天就出来了，辛禾顺利进入复赛。

出乎意料的是，余昱川也成功挤进了复赛。

“川少，就你这水平，能进复赛绝对是因为你这张脸。”宋阳知道这个消息后难以置信，走在路上的时候还在说。

他看向一旁安静的辛禾，寻求认同：“对吧，小师妹？”

他们刚刚又赢了一场篮球赛，比完赛后打算找个地方吃饭庆功，走在路上就遇到了背着吉他准备去餐厅兼职的辛禾，索性就一起来了。

辛禾还没说话，余昱川就把话接了过去。他笑了一声，神情里是掩饰不住的得意：“怎么，是不是羡慕嫉妒恨？”

他语气欠扁，连辛禾听到后都忍不住笑了。

余昱川跟她认识也有一段时间了，但很少有机会看见她展露笑颜。这会儿她脸上的笑容像山坡上迎风招展的小花，格外清丽动人，他看着，心忽地跳快了一拍。

不过他很快就将心里这点异样的感觉忽略了，他低头看着辛禾，眉开眼笑道：“开心吗？我们可以一起参加复赛了。”

辛禾愣了愣，见他笑容满面的模样，也忍不住被他的愉悦情绪感染，点头道：“嗯。”

宋阳在旁边看不下去了，跟旁边的人说：“我生平第一次看到这么不要脸的人。”

余昱川踢了他一脚，冷笑道："注意你的措辞。"

众人就这么一路玩闹着到了 Dream's 餐厅。

前台经理看到辛禾，招呼道："禾禾来了？"

"小梦姐。"辛禾朝她礼貌地点了点头。

小梦头一回见到辛禾跟着这么多人一起来餐厅，愣了一下，问："禾禾，这几位是？"

"我们是辛禾的同学，过来这边吃饭的。"宋阳在旁边笑嘻嘻道。

"你的同学？"小梦惊讶地看着辛禾。

不能怪她这么震惊，辛禾从大一就过来这边兼职驻唱了，可辛禾从来没带任何一个同学或者朋友来过。

她的性子安静，从来都是独来独往的。

而这次她带同学来就算了，还是一大群男生！

辛禾被看得有些窘迫，微微抿唇，点了点头。

小梦反应过来，对客人们展露笑颜："好的，不好意思几位，请跟我这边来。"

男生们跟着小梦走进餐厅，辛禾走在最后，余昱川也落后一步跟在她身旁。他转头看着她，随口问了一句："你要在台上唱多久？等会儿要不要下来跟我们一起吃饭？"

辛禾摇了摇头："我……我要唱两个小时，你们吃吧。"

"那我们点些东西等你下来之后吃。"

"不……不用了……"

余昱川笑道："没事，今晚轮到阳子请客。他那个吝啬鬼难得请吃一顿饭，我们当然要吃他个够本才行。"

闻言，辛禾的脸上也露出了浅浅的笑意。

"那就这么说好了，你先忙，我就不打扰你了。"余昱川说完，快走了几步跟上队伍。

将男生们安置好后，小梦走到舞台侧方来找辛禾："禾禾，这是什么情况呀？"

辛禾没听懂，转头看着她。

小梦朝前排那桌的男生努了努嘴，问："我是说他们，他们真的是你同学？”

辛禾顿了顿，说：“是……是比我高一届的师兄。”

小梦：“这样……那你们是怎么认识的？怎么以前从来没听你说过？”

这事就说来话长了，辛禾一时间不知该怎么回答，只好先转移话题：“小……小梦姐，我舅舅呢？”

“桐哥在后面的仓库点货，你等会儿啊，我让人去喊他回来。”小梦说。

“没事……”辛禾原本想说舅舅在忙就不去打扰他了，但她这话还没出口，小梦就去喊人了。

小梦离开后，辛禾自己在台下调试了音响设备，然后选了几首歌作为开场曲目。

她拿着曲谱上台的时候，宋阳他们鼓着掌捧场地尖叫了一声。辛禾听到他们的声音，抬起帽檐看过来，就见余昱川坐在最前面，单手托着腮，笑吟吟地歪头望着她。

他面若冠玉的模样看得辛禾的心跳快了一拍，她慌忙低下脑袋。

桐子进来的时候，恰好就看到一众男生捧场尖叫这一幕。小梦走过来跟他说：“桐哥，那群男生就是跟着禾禾一起过来的。”

桐子也同样讶异，挑了挑眉，问：“什么情况？”

小梦说：“禾禾说是比她高一届的师兄，具体怎么认识的，她没说。”

桐子沉吟了一会儿，说：“行，我知道了。”

他放下手头的东西，走到男生们所在的那一桌。

有个店员正在帮他们点餐，桐子走过去跟那人说：“这里我来吧，你去别的地方。”

闻言，店员就把位置让给他了。

桐子看了一圈这桌的男生，个个都是生面孔，他没什么印象。他收回视线，不动声色道：“都想好要吃什么了吗？”

男生们知道今天是宋阳请客，点菜的时候都没有留情，专挑贵的点：“再来一打啤酒。”

宋阳听着他们报菜名，心里在滴血。

点完单，桐子把他们点的菜都上传到系统，然后看向这群男生，忽然道：“我听说你们是辛禾的校友？”

“对呀，我们是。”宋阳点头，“你是……”

桐子笑了，自我介绍道：“哦，我是辛禾的舅舅，也是这家餐厅的老板。”

余昱川抬起头看向眼前这个身材微胖的男人。

这桌的男生都惊了一下，宋阳回过神来，道：“原来是舅舅啊，失敬失敬。”

桐子笑了笑：“不介意的话你们可以叫我桐哥。”

男生们面面相觑，觉得这辈分似乎有些奇怪，一时间没说话。

“桐哥好。”余昱川在一旁从善如流道。

桐子转头看过来，看清这个男生的长相后，微讶了一下。他也算是行走江湖阅历不浅的人了，还是头一回见到容貌这么俊秀的男生。

他笑道：“小伙子，你叫什么名字？”

“余昱川，剩余的余，日立昱，山川的川。”余昱川笑答。

桐子扬眉，赞道：“好名字。”

他转头看向其他人，问：“你们呢？”

其他人一一介绍了自己，桐子问：“你们怎么跟辛禾认识的？”

宋阳就把事情的经过跟他说了一遍，桐子边听边点头：“原来是这样。”

听他讲完后，桐子说：“既然你们跟禾禾这么有缘分，那这顿饭就由我来请客吧。你们尽管吃喝，账都算在我头上。”

惊喜来得太突然，宋阳愣了愣，有点不敢相信地说：“这……不太好吧？”

桐子笑着说：“没什么不好的，禾禾第一次带朋友来餐厅，我这个做舅舅的总得意思一下。”

“禾禾，怎么带朋友来餐厅也不提前跟舅舅说一声？”

辛禾在台下中场休息的时候，桐子就靠着旁边一台半人高的音响设备，看着前面那桌男生，跟辛禾闲聊道。

辛禾正喝着水，闻言道：“我……我们是在路上遇到的。”

说完，她抬起头来看向舞台前方的一桌。

余昱川他们正坐在那儿吃饭喝酒，见她看过来，余昱川笑着朝她招了招手。

桐子看到之后笑了笑，摸了摸下巴，道：“嘿，这小子，难不成是对你有意思？”

辛禾一愣，脸红起来：“舅舅，你别乱说。”

桐子哈哈大笑起来："你别不好意思，这不是挺正常的吗？你长得那么漂亮，唱歌也好听，我要是他们这个年纪的小伙子，我也喜欢你这样的小姑娘。"

"桐哥，你又在欺负禾禾。"有个店员走过来说了一句。

桐子"嘿"了一声，说："你这小丫头片子别乱说啊，我还能欺负自己的外甥女？"

店员耸了耸肩，朝辛禾吐了吐舌头，说："他就爱瞎说，别理他。"

辛禾弯眉一笑。

桐子叫住她："哎哎，这就是你对老板的态度？"

那人不理他，回后头忙去了。

"不过禾禾，你能交到那么多朋友，舅舅很高兴。"桐子发自内心道。

自从她父亲那件事发生后，原本就内向的辛禾变得更加孤僻。来到这座城市念书后，她也是独来独往的，身旁一个亲近的同学都没有，为此桐子还替她担心了好一阵子。

朋友……

辛禾微微垂下眼帘，其实她也不知道自己算不算是他们的朋友。

过了几分钟，前台那边有人用传呼机喊桐子过去，桐子跟辛禾打了声招呼后就走了。辛禾看时间差不多到了，就拿着曲谱上了台。

她走到一架电子琴前坐下，把曲谱摆在架子上，然后抬头看着坐在底下的人。视线从余昱川的脸上掠过，她微微抿唇。

辛禾低下头，收敛心神，压低了头顶的帽檐。她调整完呼吸，用纤细的手握住面前的话筒，开口道："下面这首《化身孤岛的鲸》送给大家。"

说完，她的双手就放在琴键上。

悠扬空灵的琴声从舞台上传来，整个餐厅霎时一静，底下用餐的客人纷纷抬头看向台上。

台上的人低着头，被帽檐遮住了眉眼，只露出一截雪白小巧的下颌。她的手指搭在琴键上，节奏由缓转快，琴声温柔绵长，像被夜色缠绕的月光一般柔和细腻，在这嘈杂的人间烟火场里显得格外清澈动人。

余昱川看着舞台上的人，听着这琴声，不知怎的，心里那根弦也好像被人轻轻拨动了一下，泛起了一丝从未有过的涟漪。

"小师妹真是太厉害了，不仅会弹吉他，电子琴也弹得这么好。"宋阳感叹道，说完看向对面默不作声的人，“是吧，川少？”

余昱川没反应。

“川少？”宋阳又喊了一声。

余昱川回神，看过来，不耐烦道：“喊我干吗？”

“你发啥呆？”

余昱川抹了一把脸，将心头那丝异样压下去，不答反问：“你刚才说什么？”

“我问你发啥呆。”

“上一句。”

“哦，我是说小师妹太厉害了，不仅是吉他，电子琴也弹得那么好。”

余昱川扬眉，一副与有荣焉的神情：“那当然，能在音乐上当我知己的岂会是普通人。”

宋阳嗤了他一声：“我是说小师妹厉害，你别硬往自己身上扯关系。”

余昱川拿起一根筷子丢到他身上：“话那么多。”

他拿起手边的啤酒兀自喝了一口，舞台上娓娓动听的琴声传来，一并传入耳中的还有女生清甜婉约的歌声——

“你的衣衫破旧，而歌声却温柔，陪我漫无目的四处漂流，我的背脊如荒丘，而你却微笑摆首，把它当成整个宇宙……”

回去的路上，宋阳和顾思明他们要去便利店买东西，余昱川和辛禾就等在门口。

“重不重？”

“嗯？”辛禾抬起头来。

余昱川看了一眼她背着的吉他，重复了一遍：“你的吉他，重不重？”

“还好……”

她身板瘦弱，背着这把跟她体型不太相符的吉他，看着很违和。

余昱川好心问：“要不要我帮你背一段？”

辛禾愣了一下，连忙道：“不……不用……”

余昱川开玩笑道：“你这语气搞得我要偷你的吉他似的。”

“我……我不是……”她不是这个意思。

余昱川见她慌慌张张的，没忍住笑出了声：“好了，我开玩笑的，别当真。”

辛禾这才放下心来：“嗯……”

“喏，这个给你。”余昱川把口袋里的糖掏出来给她。

辛禾看到他手里的糖，问：“这个是……”

“临走前你舅舅店里的前台塞给我们的。”余昱川解释了一句。

辛禾微微抿唇：“你……自己不吃吗？”

“我不喜欢吃甜的。”

辛禾犹豫了几秒，把糖接过来，说：“谢谢。”

余昱川收回手，掏出手机，低头看手机去了。

过了几秒，辛禾偷偷抬头看他。这会儿天色黑沉，便利店的光线漏出来，洒在他身上。他的身量很高，脑袋低着，侧脸对着她，鼻子高挺，下颌线的弧度流畅漂亮，衬得他的脸型很是俊秀好看。

辛禾心里一动，连忙垂下眼帘，不敢多看，悄悄地将两颗糖握在手心里。

辛禾回到宿舍，苏晓晓看到她，开口问了一句：“辛禾，你是不是去参加十大歌手了呀？”

辛禾走到自己的座位上，点头应道：“嗯……”

她把吉他放下。

“哎，你去参加十大歌手这么重要的事情怎么不跟我们说一声？”陈卉转过头来，“要不是班长在复赛名单里看到你的名字，我们还不知道你去参加这场比赛了。”

“对呀，你怎么神神秘秘的什么都不说，跟我们说了，我们好去给你捧场呀。”苏晓晓说。

辛禾抿了抿唇，有些不知道怎么回应才好。看到她们俩将目光投过来，她心一紧，有些局促道：“不……不用的……”

苏晓晓撇了撇嘴：“不用什么？不用我们去看你比赛？”

“辛禾，一场同学，你这就有点不够意思了吧。”陈卉半开玩笑道。

辛禾手指一僵，垂下眼帘，沉默着没说话。

“对了，我们看到复赛名单里有余昱川的名字，你在现场见到他本人了吗？”苏晓晓问。

辛禾还没说话，陈卉就说："她应该不知道余昱川是谁吧。"

苏晓晓有些失望："早知道他也参加的话，我就去看初赛了。"

陈卉说："他不是进复赛了吗？到时候我们还可以去看他呀。"

"对哦！"苏晓晓瞬间精神一振。

她问辛禾："你们复赛是什么时候？"

辛禾一直安静地待在一旁，她把帽子摘下来，打开衣柜正准备拿换洗衣服，就听见苏晓晓这么问。她动作一顿，转头看向苏晓晓。

苏晓晓不等她开口，就低头看手机："算了算了，我还是自己看吧。"

"我看到了，在这个月月底。"陈卉说。

苏晓晓把关于复赛的这条信息截图保存下来，又给自己设置了一个提醒事项，跟陈卉说："哎，你这个人，不是已经有男朋友了吗，怎么对这种事情还那么热心？"

陈卉扬起下巴："谁说有男朋友就不能关注帅哥了？"

"你就不怕你男朋友吃醋？"

"管他的，谁也不能阻止我看帅哥。"陈卉开玩笑道。

辛禾洗完澡出来的时候听见她们还在讨论余昱川的事情，陈卉跟苏晓晓说："外院的系花你知道吗？听说从大一就开始倒追人家，追了两年多了，到现在也没有结果。"

苏晓晓讶异道："真的假的？"

陈卉："真的，我一个读外院的闺密告诉我的。"

"外院系花不是那个出了名的才女吗？"

"对呀，人家还是学校电台的女主持人呢。"

"我知道，就是长得很漂亮的那个。他这都瞧不上？"

"感觉他眼光挺高的，普通人应该都瞧不上吧。"

"……"

辛禾坐在自己的位子上，耳边是她们的交谈声。她伸手将台灯打开，翻开专业书，拿起笔，开始研究起今天刚学的课题。

隔天上午，辛禾在本学院的实验室里上完课后，老师就点了她和两个男生一起去办公室。

“找你们来是想说件事。十一月会举办一个全国性的大学生创业比赛，校领导那边希望我们学院能多组织点学生参与到这次的比赛当中，所以老师想让你们三个作为我们班的代表一起去参加。”老师把大赛的资料分别递给他们，“这个比赛含金量挺高的，对你们来说也是一次很好的锻炼机会。考虑到大家是第一次参加，我根据往年的比赛整理了一些相关的课题，这里是几个课题方向，你们可以回去商量一下。”

“好的。”周维接过了资料。

站在辛禾身旁的徐小勇大致看了一眼比赛资料，问：“老师，我看到这上面写了每组参赛队员五至十人，我们是需要自己去组队吗？”

老师说：“对，不过我给你们选的这几个课题里都需要运用到机械自动化这方面的技术，所以我跟隔壁机械学院的林教授借了一个人。”

他看了一眼时间，说：“应该快到了。至于其他人选，你们可以看看有没有认识的人对这个比赛感兴趣，不限学院也不限年级，老师这边也会帮你们留意一下。”

老师说完，办公室的门就被人敲响了。

“韩老师在吗？”一道懒洋洋的声音从门口传来。

“我在。”

辛禾听到这熟悉的声音，微微愣住，转头就看见余昱川从门外进来了。

余昱川看到她时也愣了一下，随即面色就恢复如常，走了过来。

“这位就是我刚刚跟你们提到的，林教授的得意门生，余昱川，比你们高一届，是你们师兄。”

韩老师转头对余昱川说：“这三位就是我们班的学生。”

“师兄你好，我叫周维。”

“我叫徐小勇。”

余昱川朝两个男生略微点了点头，然后将目光转向默不作声的辛禾，眼睛里带了一丝兴味。

辛禾被他这样的目光看得脸颊一热，低下头，踌躇道：“我……我叫辛禾。”

余昱川眼睛里的笑意渐浓，他“哦”了一声，咧嘴笑道：“师——妹，你好。”

他故意拖长了“师妹”这两个字，辛禾微微抿唇，有些羞窘地看着地板。

“好，既然都认识了，那你们回头自己商量一下选题吧。”老师说，“确定好项目再告诉我。”

离开了办公室，周维和徐小勇跟余昱川互加了微信，然后就离开了。

辛禾走在过道上，余昱川跟在她身旁。他看了一眼旁边的女孩，勾唇笑道：“我原本是不打算参加这个比赛的。”

闻言，辛禾转头看向他。

余昱川目视前方，无奈地撇了撇嘴：“我们学院的老林没事的时候总喜欢把我塞去参加一些乱七八糟的比赛，我今天来之前原本已经想好要怎么拒绝参加这个比赛了。但是……”

他说着，把目光移过来，轻笑道：“看到你之后我就改变主意了。”

辛禾微愣，问：“为……为什么？”

余昱川：“你跟你们班那两个男生关系一般吧？”

辛禾不明白他怎么会说起这个，眼里浮现了几分疑惑和讶异。

余昱川笑着问：“我猜对了？”

他把双手放进口袋里，神色自然道：“据我所知，这个比赛还需要其他专业的人加入，那些人你就更不认识了，所以我决定留下来陪你。”

辛禾一怔。

余昱川看过来，脸上笑容真切：“是不是很感动？”

辛禾看着他脸上的笑容，眼底也不自觉地升起几分笑意。

她看着前方，认认真真地应道：“嗯……谢谢。”

余昱川听到后勾唇笑了：“我发现你这人有时候挺呆的……”

辛禾神色茫然地看着他。

余昱川收回视线，笑了笑，没说话了。

他心想，呆得挺可爱的。

两天后的晚上，辛禾回到宿舍后，就被周维拉进了一个参赛群里。群里还有好几个陌生人，周维跟他们介绍这些人分别来自哪个学院、哪个年级。

他们效率挺高的，群里已经有八个人了。

辛禾把吉他放下，等她洗完澡出来，群里已经在商量开会的时间和地点了。

周维说：“我们周六下午两点在图书馆碰面可以吗？大家把自己的想法整理一下，到时候我们集中讨论。”

群里的大家纷纷在底下回复，辛禾看到余昱川也回了一句：“可以。”

就剩下她一个人没回复了，辛禾赶忙在群里回复了一声。

周六下午，辛禾提前半个多小时到达了图书馆。

图书馆二楼拐角有一间小型的会议室，供学生使用，周维已经提前申请好了。

辛禾到的时候，会议室还空无一人。

辛禾进去之后走到最末尾的位子坐下，随后注意到旁边的推车上放着一排书籍。看了一眼门口，还没有人来，她就把目光放在这些书上。她大致看了一眼，发现了一本关于机械工程的书。

余昱川也来得很早，他到的时候会议室里只有辛禾一个人。他透过门上的玻璃看到她坐在最末尾的位子上，正低头安静地看书，齐肩的头发被挽到了耳后，神色恬静认真。

余昱川抬起手敲门，里面的人抬起头来，余昱川推开门走进去。

“来这么早？”他随手拉开了她身旁的椅子。

辛禾微微抿唇，点了点头，想了想，又加了一句：“你也是。”

余昱川“嗯”了一声：“我跟阳子他们在外面吃饭，回来路过这里，看时间差不多就进来了。”

说着，他问：“在看什么书？”

辛禾顿了顿，将书的封面展开给他看。

余昱川看到书名，扬眉笑了：“你对机械感兴趣？”

“随……随手拿的。”

“哦。”余昱川应了一声，随即又笑了，“不过，这么高深的书你看得懂？”

其实看不太懂。辛禾脸颊一红，神情有些窘迫，翻着书页的手指微微蜷起来。

余昱川说：“这本书的内容太深奥了，没有基础的人可能看不太懂。如果你感兴趣的话，我可以给你推荐几本。”

辛禾刚想摇头，转念又想到这次的项目需要结合到相关的机械技术，如果能了解一些，可能对课题研究有帮助，于是她道：“会不会太麻烦你了？”

“还好，不麻烦。”

他话音刚落，就有人来了。

“师兄，你们来那么早？”周维和徐小勇到了。

余昱川掀起眼皮，不紧不慢道：“不早了，快两点了。”

周维被他一噎，干笑道：“其他人应该快到了。”

会议室里陆陆续续来了几个人，后来新增的这些成员都是周维或者徐小勇认识的，他们跟在场的人一一介绍。

“这一位是机械学院的师兄，余昱川。”周维说。

听到这个名字，有位学市场营销的女生眼睛都亮了：“余昱川？”

“你认识我？”余昱川看了女生一眼。

女生点头：“上学期我去当一个技术比赛的志愿者，见过你，你得了那场比赛的金奖。”

她看着周维，笑道：“哎，这位可是机械学院鼎鼎有名的大神，你们怎么请过来的？”

这几个人的性子都是活泼外向的，会议室的氛围一时间其乐融融，笑声不断。

辛禾安静地坐在末尾，从头到尾没说一句话，这样的环境让她显得格格不入。

余昱川跟不熟的人没什么好聊的，别人提到他，他也只是象征性地笑一下，听着他们寒暄打趣。他坐在座位上，无聊地抓了支笔在手里轻轻转着，一转头就看见身旁的女孩沉默地低着头。

他单手撑着脸，用手里的笔轻轻敲了一下桌面，看向那群人，开口道：“我接下来还有点事，赶时间，可以开始了吗？”

周维说：“不好意思师兄，那我们开始吧。”

他们讨论了一下午，散会之后讨论出了两个方向，具体确定下来的项目还得回去咨询老师。

余昱川和辛禾一起出了图书馆，余昱川看了一眼时间，已经五点多了。

他问辛禾：“你饿吗？”

辛禾答：“还好。”

“学校后街新开了一家面馆，你去吃过吗？”

辛禾闻言，摇了摇头。

余昱川说："那家店的面做得特别好吃，我带你去吃吧。"

辛禾还没回应，余昱川就看到车来了。他说："走吧，正好车来了。"

见他往前走了，辛禾顿了顿，只好加快脚步跟上去。

余昱川带她去了学校后街新开的那家面馆，这家店店面狭窄，位子不多，人倒是挺多的。

他们到的时候只剩下最后一桌空位，余昱川坐下之后对面馆老板说："老板，来两份葱油小面。"

"你等会儿还要去兼职吗？"余昱川问。

辛禾摇头："今天不用。"

店里有两名驻唱歌手，除了她还有另外一个人，一般情况下周六都是她轮休。

老板的动作很快，两份小面没过多久就端了上来。

余昱川从旁边拿了双筷子递给辛禾，问："你要不要试一下这里的辣椒酱？"

他把旁边放辣椒酱的罐子打开，说："这里的辣椒酱都是老板特制的，独一无二，用来拌这个葱油小面特别好吃。"

辛禾坐在他对面，店内光线充足，他那双漂亮的眼睛被灯光映照得亮亮的，眼底似有光。

余昱川没等她说话，又兀自道："哦对了，我忘记你不吃辣了。不过你可以试一下，这个不会很辣。"

辛禾被他说动了，点了点头："我试一点点……"

余昱川笑了，舀了点辣椒酱放到她的碗里，然后再舀了一大勺放进自己的碗里。

他用筷子卷着面条朝她示意道："你看，要像这样，充分搅拌，辣椒酱才会入味。"

辛禾学着他的动作，搅拌着碗里的面条。

余昱川看着她笨拙的动作，没忍住笑了："我帮你吧。"

他帮她把面条和酱拌好，然后把碗推到她面前："好了，你尝尝。"

"谢谢……"

辛禾用筷子挑起一小口面放进嘴里，刚吃完就听见对面的人问："好吃吗？”

辛禾抬起头来，对面的人也刚吃完一口，看过来的时候漆黑的瞳仁亮着光。他刚吃完辣椒，嘴唇很红，加上他的肤色原本就白净，这点红润就显得更加鲜艳。

辛禾只看了一眼就低下头，像是被上了发条似的，心跳忽地快起来。

她讷讷地点头：“好……好吃。”

“这点辣还能接受吗？”

“嗯……”

辛禾刚吃了一口，觉得辣度尚可，可没想到这种辣椒后劲大，她才吃了几口就被辣得呛了一下，咳出了声。

余昱川见状，找老板要了杯水放在她面前：“喝点水缓缓。”.

辛禾喝了水之后就好一些了，她白皙的脸颊因为咳嗽而变得红润无比，那双清亮的眼睛蕴着一层淡淡的水雾，这么看过来的时候，有种说不上来的动人。

余昱川看着，心跳忽地快了一拍，他赶忙移开了视线。

“咯，你……你好些了吗？”

辛禾点头：“好些了。”

“抱歉，我不知道你……”余昱川不知道她这么不能吃辣，又道，“我重新点一碗给你吧。”

“没……没事……”

辛禾原本想说不用，但对面的人转头就喊：“老板，再来一碗小面。”

余昱川回头就见对面的女孩正盯着眼前的碗，似乎有些犹豫。他没多想，自然而然地伸手把碗挪过来，说：“你这碗我吃。”

辛禾愣了一下，看着他把碗挪了过去。

这碗是她吃过的……

余昱川似乎刚意识到这个问题，抬头就见她正盯着自己，那双大眼睛黑白分明。

气氛突然变得尴尬起来。

“你……你不介意吧？”

说完，他就想抽自己两巴掌，这都说的什么乱七八糟的。

这时，老板吆喝了一声："面来了。"

余昱川立马转移话题道："咯……先吃吧。"

空气沉寂下来，反而让人觉得不自在。余昱川伸手搭住后颈，稍稍抬起头看了一眼对面的人。辛禾低着头，斯文又安静地吃着面。

他只看了一眼就移开了视线。

"那个，你的复赛歌曲选好了吗？"

辛禾点头道："选好了。"

"那等会儿要不要去练歌？"

"嗯？"辛禾一愣，抬头看着他。

"我也选了一首歌，但还没时间练习。我知道有个练歌的好地方，等会儿要一起去吗？"余昱川目光熠熠地看向她，接着道，"正好你可以指点我一下。"

辛禾看到他这副模样，沉默了半晌，点了点头。

"好。"

吃完面，余昱川就带她坐车去了文体中心。他带她上了三楼，来到了一间教室前。

晚上这附近没什么人，整个楼道都是黑的，只有头顶的感应灯发着光。

余昱川站在这间教室前，拿着手机似乎在联系什么人。十多分钟后，辛禾就看见一个穿着睡衣、披着外套的男生匆匆跑过来。

"川少，你这大晚上的瞎折腾啥呢？我在宿舍吃饭正吃到一半呢……"男生跑到他们跟前，弯着腰等喘过气后才直起身。

他往旁边扫了一眼，就看到了站在一旁的辛禾。

男生讶异了一下，转瞬就明白过来。他将目光转向余昱川，调侃道："川少，这么有闲情逸致啊，大晚上带着女生来音乐教室约会？"

余昱川踢了他一脚："废话那么多，快开门。"

"哦……"男生从兜里掏出钥匙把教室门打开。

"川少，你们用完教室记得把门窗都锁好，门直接关上就可以了。"男生说。

"谢了。"余昱川说。

男生挠挠头，笑了两声："没事，川少，下次我做实验的时候你在旁边帮忙提点一下就行……”

余昱川爽快地应下来：“行啊。”

见他杵在原地，余昱川抬起眼皮看他，微笑道：“还不走，要我送你？”

“喀，不……不用，我这就走……”男生看了一眼旁边的辛禾，递给他一个只可意会不可言传的眼神，笑道，“川少，祝你约会愉快。”

说完，男生就飞快地溜走了。

“这小子，欠揍！”余昱川骂了一声。

辛禾默默地低下头，脸颊微红。

余昱川扫了她一眼，顿觉尴尬，轻咳了一声：“别理他，这家伙平日里就神经兮兮的。”

说着，他推开门进了教室，说：“进来吧。”

这是间音乐教室，面积很大，四周的墙面上都挂满了乐器，有各种款式的吉他和贝斯，角落里放着几台架子鼓、竖琴和古筝……还有一台钢琴。

看到教室里摆放的这台钢琴，辛禾的目光倏地一顿。过了几秒，心头隐隐发热，这阵滚烫的热意一直传递到她的指尖，她的手指不受控地动了动。

“这里的乐器你随便用。”

辛禾闻声回过神来，目光从钢琴上挪开。

余昱川走到她的身后，目光越过她看向教室里的这些乐器。

辛禾轻轻捏住自己的手指，有些不太确定地问：“可以吗？”

余昱川点头，开口跟她解释：“刚刚那个男生是我们班的，音乐社社长，这里是由他负责的。”

说着，他转头看了她一眼，轻笑道：“别损坏乐器就行。”

话落，他上前一步，从离得最近的一面架子上取下一把吉他。他把吉他抱在身前，低下头，修长的手指轻轻扫了一下琴弦。

听他弹了一段简单的前奏，辛禾目光讶异地看着他，问：“你……你会弹吉他？”

余昱川点头，停下手中的动作，抬起头看向她，勾唇说：“以前无聊的时候学过，不过很久没弹了，差不多都忘光了。”

教室里没有椅子，余昱川把吉他摘下来，直接席地而坐。

辛禾见他直接坐在地板上，犹豫了一会儿，也跟着坐下了。

余昱川把吉他递给她，说："我只会弹刚刚那一小段，其他的都不记得了。"

辛禾顿了一下，伸手接过吉他。

余昱川双手撑在身后的地板上，神情惬意地看着她，微抬起下巴，笑道："你要不要猜猜我复赛唱什么歌？"

辛禾抱着吉他想了想，几秒后，她犹豫道："《Leave out all the rest》？"

闻言，余昱川愣住了。他收回手，直起身子，看着她，正色道："你怎么知道的？"

"我……我随便猜的。"辛禾说。

"你怎么不猜《Numb》？"

"那……那首歌太难了，你……你可能唱不了。"

余昱川："……"

"我改变主意了，我要唱《Numb》。"余昱川说。

辛禾看着他，眼神里有一丝茫然："嗯？"

余昱川扬起下巴："我喜欢挑战高难度的。"

越说他唱不了，他越要唱："来吧，你弹我唱。"

说着，他看了她一眼："你会弹吧？"

见他就这么改变主意了，辛禾愣了一下，然后缓缓点头。

辛禾低头看着身前的吉他，纤细的手指扫过琴弦，前奏一起，那阵摇滚风的味道就出来了。这首歌的节奏快，她的指法也快，琴声铮铮，光一个前奏就听得人热血沸腾。

余昱川听得呆住了，看着她扫动琴弦的那双纤纤素手，觉得有点不可思议。这双手跟她的人一样柔柔弱弱的，可此时仿佛蕴藏着巨大的能量，把这首摇滚风的曲子演绎得如此霸气酷炫。

忽地，音乐一停。

余昱川回过神来，抬头就见辛禾正看着自己。他咳了一声，说："我……刚才忘词了，重新来过。"

辛禾也没多想，重新起了节奏。

余昱川这回专心地数着拍子，觉得是时候了，开口唱道："I'm tired of being what you want me to be（我已经厌倦了你期望我变成的那个样子）……"

辛禾的节奏忽地乱了一拍，她悄悄抬头看向对面的男生。余昱川毫无所觉，正闭着眼睛忘我地歌唱着。

辛禾抿了抿唇，没有打断他，手指拨动着琴弦转而去跟他的节奏。

余昱川唱到一半就停了下来，他自我感觉还不错，转头看向辛禾，神情自得："怎么样？"

辛禾看了他一眼，犹豫道："一……一开始你进的时候……快了两拍。"

余昱川："……"

辛禾委婉地给出了自己的意见："要……要不还是唱回《Leave out all the rest》？"

余昱川妥协了："好吧，我听你的。"

这首曲子比《Numb》温和一些，辛禾教他怎么听节奏准确进入拍子，然后陪他唱完了这首歌。

之后她弹吉他给他伴奏，余昱川被指导过后也能顺利找到节奏唱完整首歌了。

练习了几遍后，余昱川停下来说："你是我小学的音乐老师之外，第一个教我唱歌的人。"

辛禾神情微顿，然后就见他促狭一笑。

他说："今天谢谢你呀，辛老师。"

辛禾脸皮薄，闻言脸颊一红，手指不自觉地扣紧了琴弦。

"陪我练了那么久，你也练一下自己的歌吧。"

闻言，辛禾心一紧。刚刚陪他练歌还不觉得有什么，现在让他单独听自己弹唱，她就莫名有些紧张。

余昱川见她没动静，声音里含笑，说："别害羞，这里就我们两个人，来吧。"

辛禾顿了顿，抿了抿唇，垂眸看着自己的手指，安静了几秒，随后纤细的手指扫过琴弦。

清亮的吉他声从她的指下传来，余昱川双手撑在身后看着她。前奏过后，那空灵柔和的歌声就在耳边响起——

"春天的风，能否吹来夏天的雨，秋天的月，能否照亮冬天的雪，夜空的星，能否落向晨曦的海，山间的泉，能否遇上南飞的雁……"

春风秋月，夏雨冬雪，随着她的歌声在交替更迭，似乎一抬头，就可以看到这些景色呈现。

外面的夜格外寂静，头顶的灯光将他们的身影投映在地上。

余昱川一直注视着面前闭着眼睛唱歌的人。面前的女孩低着头，腰背笔直地坐着。她唱歌的时候神情温和又平静，像一幅岁月静好、浓淡相宜的水墨画。

余昱川敛眸，聆听着这宛若天籁的歌声，还有胸腔内不知何时起加速跳动的心跳声。

“可能我撞了南墙才会回头吧，可能我见了黄河才会死心吧，可能我偏要一条路走到黑吧，可能我还没遇见，那个他吧。”

第5章

心动的感觉

顾思明刚洗完澡从浴室出来，正好看到余昱川从外面回来。他嘴里轻轻哼唱着歌曲，脸上的神情怡然自得。

顾思明“咦”了一声：“川少，今晚似乎心情不错哦，去哪里艳遇啦？”

余昱川赏了他一个字：“滚。”

“我听说你今晚带师妹去文体中心了？”顾思明问，“你们去那里干吗？”

余昱川斜了他一眼：“你一个大男人怎么那么八卦。”

顾思明委屈道：“我这不是好奇嘛。”

余昱川把外套脱下来披在椅子上，说：“我们去练歌了。”

“复赛的歌？”

余昱川点头。

顾思明上下打量他，调侃道：“你这歌喉……没把我们小师妹吓着吧？”

余昱川：“想找打就直说。”

顾思明笑嘻嘻地拿着脏衣服出去了。

宋阳坐在自己的位子上玩游戏，一局结束后，他摘掉耳机，转身拿水的时候就见余昱川站在他身后发呆。他被吓一跳：“川少，你啥时候回来的？吓我一跳。”

余昱川看了他一眼，没说话。

“瞅你这神情，像是有事儿啊。”宋阳疑惑地看着他，“怎么，你今晚不是跟小师妹去约会了吗？遇到不开心的事情了？还是……你们俩吵架了？”

说着，他又兀自道：“不对呀，小师妹看着也不像那种脾气不好的人啊……”

听着他乱七八糟说了一通，余昱川难得没有给出反应。宋阳惊道：“是不是你欺负小师妹，然后人家一气之下甩下你走了？”

余昱川居高临下地睨了他一眼：“再胡说八道我揍你信不信？”

宋阳认㞞地闭上嘴，随即又道：“那你这是咋啦？”

“问你个事儿。”余昱川神色犹豫地开口道。

“你问。”

这事儿有点难以启齿，余昱川伸手搭在自己的后脖颈上，沉默了半晌，才委婉道：“如果……咳，我是说如果……突然有一天，一个人对另外一个人产生了那种类似心慌的情绪，就是你看着她心里有些慌乱，但不看她呢，心里又有点乱糟糟的……你说这个人是怎么了？”

宋阳琢磨着他话里的意思，恍然笑道：“川少，你终于承认你对小师妹有不一样的感觉啦？”

余昱川立马道：“我又没说这个人是我。”

宋阳一脸“你骗不了我”的表情，说：“你就别掩饰了，就这一个人对着另外一个人的，不是你和小师妹，还有谁？也不见你平时关心过别人。”

余昱川无言片刻，反驳的话卡在喉咙里，忽然说不出口了。

宋阳笑道：“我跟顾思明两个局外人早就看出你喜欢小师妹了，就你自己还蒙在鼓里，我们说了你还不信。”

话落，他又道：“搞半天你就是在纠结这事儿呢，喜欢就去追呀，这有什么。”

“我跟你说，你别看小师妹现在平平无奇，但我有种感觉，她这样的宝藏女孩以后一定会展露出自己的光芒。”宋阳站起身来，拍了拍他的肩膀，神秘兮兮道，“川少，等到那个时候追她的人肯定不少，你要趁现在赶紧先下手为强！”

闻言，余昱川皱了一下眉，没说话。

过了一会儿，他反问道：“你觉得我是喜欢她？”

“不然呢？喜不喜欢你自己还没搞清楚？这样，你想象一下小师妹现在就站在你面前。”宋阳给他出了一个主意，在他面前给他比画了一个人形，“你想想看，你有没有那种……想要亲她的冲动？”

余昱川顺着他的话想象了一下，结果下一秒就听见他这样说，整个人触电似的往后退了一步，开口骂道：“你要流氓啊！”

就知道他尽出些馊主意！余昱川推了他一把，说：“去去去，不说了，我要去洗澡了。”

宋阳在他身后嬉皮笑脸地喊了一声：“川少，别害羞啊，你想象一下。”

“滚！”

这天晚上，辛禾刚回到宿舍就收到了余昱川发来的微信消息，他问她现在在不在宿舍。

辛禾放下吉他后回复他：“在。”

余昱川很快回了个“OK”的表情，说：“十分钟后你下来一趟，我拿点东西给你。”

拿东西给她？

辛禾发了个问号过去，可是他没回复，于是她在宿舍里等了十分钟就下楼了。

辛禾走到一楼的时候就看到他了。他站在正对着宿舍门口的一排树下，一双长腿笔直修长，整个人就像一棵挺拔的松竹，每个经过的女生都不由自主地被他俊秀帅气的面容吸引，频频看过去。

可偏偏当事人毫无所觉。

看到辛禾出现，余昱川脸上很快扬起笑容，精致的五官立马就变得生动明朗起来，他朝她挥手示意了一下。

辛禾走出来的时候就感觉身旁路过的女生们都将视线放在了她身上，她的心顿时一紧，微微压低了脑袋往门外走去。

看到她一身外出的打扮，余昱川出声问道：“你刚从餐厅兼职回来？”

辛禾走到他跟前，闻言点了点头：“嗯。”

余昱川把手里提着的袋子给她，说：“这是上次说的，关于一些机械制造的入门书。”

闻言，辛禾微微一愣。其实她上次在图书馆里也就那么随口一说，原本以为他不会放在心上。

辛禾抬起头看向他。

“我找了一些跟我们这次比赛课题相关的书。”余昱川从袋子里拿了一本书出来，“比如这本，这里面提到的关于重金属净化的原理，跟我们的项目就有些类似的地方……”

辛禾听着他说话，身旁走过的一些女生频繁地将目光落在他们身上，辛禾悄悄捏住自己的手，有些局促地抿紧了唇。

然后她突然想到苏晓晓和陈卉刚才下楼拿快递了，不知道等会儿会不会撞见……想到这里，她心里就有些莫名的忐忑。

辛禾看了一眼正在说话的余昱川，踌躇了半晌。终于，她鼓起勇气伸出手，用白皙纤长的手指轻轻扯住了他的外套下摆，磕磕巴巴道：“跟……跟我来……”

余昱川声音一停，低头就见她扯住了自己的衣服。

辛禾带着他往一个方向走去。

余昱川任由她抓着自己的衣服，没阻拦。他看着她的背影，缓缓勾起嘴角，笑着问：“喂，你要带我去哪儿？”

辛禾没说话，一直带他到了这栋宿舍楼的后楼梯才停住脚步。

这里位置偏僻，一般不会有什么人来。

辛禾停下来后，就收回了自己的手。

余昱川环顾了一下四周，见这里人少僻静，他低头看着面前的女生，微挑起眉，声音里隐含几分促狭的笑意：“你带我来这里做什么？”

辛禾将刚才扯着他外套的手背到身后，悄悄蜷起自己的手指，几秒后才道：“这里……这里人少。”

见她这副模样，余昱川忍不住逗她：“然后呢？”

“比……比较好说话……”

“你想跟我说什么？”

辛禾只是单纯地想带他来这处人少的地方而已，并没有什么想说的。闻言，她支吾了半天，一个字也没说出来。

余昱川稍微想了一下，就明白她为什么要带自己过来了。他笑了，没再继续逗她，把手里那袋书递给她，说：“你拿回去看吧，有哪里不懂的，你就问我。不过这些你当课外书看看就好了，也不用强迫自己一定要看懂，反正这个比赛还有我呢。”

辛禾把书接过来，由衷道：“谢……谢谢。”

余昱川笑着问：“明天就要复赛了，你的歌准备得差不多了吧？”

辛禾点点头，反问：“你呢？”

余昱川耸了耸肩，说：“就那样吧，我有预感我应该就止步于此了。就我这种水平，再让我进决赛，那我真的要怀疑这群评委是看脸的了。”

他这番话说得有几分自嘲和自恋的意味，辛禾垂眸，脸上露出浅浅的笑容。

她刚想说什么，抬起头就看见余昱川伸出手指抵在了唇边。

“嘘——”

辛禾眼里露出些许疑惑，然后很快她的这点疑惑就被打消了——旁边拐角处传来了一对情侣的声音！

“宝宝，你回去后记得给我发微信。”这是男生的声音。

“好啦，我回到宿舍就给你发。”女生回应他说。

“那你最后再让我亲一下。”

“哎呀，讨厌啦你，哈哈……”女生的声音戛然而止，取而代之的是一片令人心悸的寂静。

辛禾跟余昱川对视了一眼，然后两个人不约而同地立马错开了视线。

辛禾低着脑袋，脸颊一下就红了，心跳如擂鼓般，一下一下敲击着耳膜。

余昱川没想到会在这里撞见这么尴尬的一幕，他移开视线看向另一侧，脸有些红了。

就在这时，他的脑海里突然浮现了前段时间宋阳跟他说的话——

“你想象一下小师妹现在站在你面前，你想想看，你有没有那种……想要亲她的冲动？”

余昱川偷偷转头看了一眼面前的辛禾。

因为害羞，她的脑袋一直压得低低的，齐肩的黑发自然地垂着，遮住了那张巴掌大的小脸。她脸颊都红透了，眼睛低垂着，纤长的眼睫轻轻地颤动着。

余昱川看着，心忽地一痒，喉结情不自禁地滚了滚。

几秒钟后，他慌慌张张地别开视线，在心里暗骂了一声——都怪宋阳那个死变态！

那对小情侣就站在他们这堵墙背后，他们一过去就会撞见，所以余昱川和辛禾只能僵在原地，等那俩人浓情蜜意过后才好离开。

这对小情侣走后，余昱川就开口道：“走……咯，走吧……”

说完，他率先往前走去。

温凡意正跟好友一起回宿舍，突然看见余昱川跟一名女生从后楼梯那边走出来。她愣了一下，脚步霎时间停住了。

“凡意，怎么了？”她身旁的好友问。

余昱川送辛禾到宿舍楼下，离开的时候路过门口的仪容镜，不经意看了一眼，目光顿住了。

看见镜子里的自己耳根红润，他低声骂了一句，伸手将卫衣的连衣帽戴上。

刚往前走了几步，就有人叫住了他——

“昱川。”

余昱川脚步一停，转头就看见了站在自己身后的温凡意。他几不可察地皱了皱眉。

见他停住了，温凡意脸上带着温柔恬美的笑容，朝他走了过来。

在他面前停住脚步后，她柔声问：“你怎么来这边了？”

余昱川将手放进外套口袋里，移开视线看向别处，嗓音淡淡：“过来办点事。”

见他不欲多说，温凡意就换了一个话题：“对了，我听说你参加了十大歌手的比赛，而且还进复赛了，好厉害呀，恭喜你。”

“哦，谢谢啊。”

“明天就是复赛了吧，我和我的室友也会一起去看比赛的，你要加油！”温凡意说。

余昱川淡淡地应了一声。他刚想说自己有事要走了，就听见她说：“昱川，这周五下午在体育馆那边有个集市会，我和我的室友会在那里摆个摊位，你……你到时候有空的话，方便过来捧个场吗？”

“我没空。”余昱川拒绝了她。

温凡意神情一滞，随即笑道：“如果你周五没空的话也没关系，周六、周日我们也在，这场集市会一共举办三天时间。”

闻言，余昱川转头看了她一眼，沉默了片刻，忽然问：“你喜欢我？”

他突如其来的问话让温凡意心头一震，她脸上的笑容一僵："什么？"

余昱川看着她，眼神淡漠，重复道："你是不是喜欢我？"

温凡意愣了一下。

她抬头看着他，对上他那双狭长乌黑的眼睛。他的眼里不含任何一丝情绪，就这么从容坦荡地直视她。

温凡意缓缓咬住唇瓣，那些在心里潜藏了许久的倾慕他的话忽然就说不出口了。

余昱川见她一直不说话，移开目光，说："如果不是，那就最好了。如果是的话，那请你以后不要再把心思放在我身上了。"

温凡意捏紧了自己的手，下意识地反问一句："为什么？"

话落，她突然想起刚才和他并肩走在一起的女生。

"你……你是不是有喜欢的人了？"

听她这么问，余昱川稍稍一顿，然后皱眉道："这跟我有没有喜欢的人无关，只是我对你没有任何感觉。"

温凡意的心瞬间就沉了下去，但她仍不愿死心，又开口道："昱川……"

"还有，以后不要再这样叫我了，我跟你并不熟。"余昱川跟她没什么好说的了，朝她微微点了点头，"先走了。"

温凡意这个人，余昱川觉得挺莫名其妙的。她不知是从哪里知道了他，然后就开始跟他各种套近乎和示好，上次他过生日的时候也是。他已经明里暗里拒绝过她很多次，但这个女生仍旧不愿意死心。每次见到他，她总是摆出一副亲昵的姿态，平白无故地惹他反感。

余昱川忽地想到了另一个人，那个总是害羞地低着头，神色腼腆，但是非常有音乐才华的女生。

他心中不自觉地有了比较，得出一个结论——

还是辛禾好。

隔天，十大歌手的复赛在会展中心如期举行。原本这场复赛是不对外宣传的，知道的人应该很少，但不知为何，这次来了不少人，现场有将近三分之二的座位被人坐了。

来观赛的人数超出了预期，外面还有人源源不断地进来，最后还是工作人员出面阻拦，才没让现场的人数继续增加。

辛禾是一个人来的，她很早就到了现场。她在工作人员的指引下签到，然后抽了上场顺序。

那人对她说：“你先去后台稍微休息一下，比赛还有二十分钟开始。”

辛禾这次抽的顺序挺靠前的，是八号。

在后台候场的时候，她整个人都处于紧绷状态。她坐在角落里，帽檐压得很低，她只能看到前面的一小块地板。她低着头，缓缓调整着自己的呼吸。

她突然想起十岁左右的时候，她去省台参加青少年钢琴比赛。她也是像现在这样，自己独自一人在后台的角落里紧张到瑟瑟发抖。那时，是她的父亲找了工作人员帮忙，来到后台找她。她记得父亲当时将年幼的她搂在怀里，耐心地安抚，以消除她的紧张和顾虑。

想到父亲，辛禾眼神一暗，心脏像是骤然间被人紧紧攥住，所有的难过和悲伤都在心里交织着。

就在这时，一道声音由远及近——

“门口的工作人员说辛禾在后台。”

听到自己的名字，辛禾抬起头来。只见后台的门被人打开，余昱川和宋阳出现在门口。

余昱川一开门就在室内寻找着辛禾的身影，他的目光停留在角落里的人身上，语气欣喜：“找到了。”

他边说边走进去。

余昱川径直走到辛禾跟前，弯腰看着她，眉开眼笑道：“辛——禾。”

辛禾心中浮现的阴霾在看着他面带笑容地朝自己走来时就渐渐消散了。

余昱川见她看着自己不说话，笑着准备开口，这时宋阳的声音从旁边传来：“小师妹，让你久等啦。都怪这家伙，非要挑这么一身招摇的衣服来参赛，要不然我们早就过来了。”

余昱川瞪他一眼，怒道：“睁大你的眼看清楚，我这身衣服哪里招摇了！”

看着他们两个人日常般打闹，辛禾也不由得被这样的热闹氛围感染，之前还在心里沉浮的灰暗情绪全都烟消云散，眼底缓缓爬上了一丝笑意。

“你让小师妹看看，你今天这样穿招摇不。”宋阳说。

辛禾顿了顿，目光放在余昱川的身上。

他今天穿了一件黑棕色的拼接外套，内搭一件白色卫衣，身上那种如晴空皎月般干净明朗的气质顿时就彰显出来了。

她不敢多看，低下头，然后摇了摇头，抿唇说："好……好看的。"

余昱川轻咳了一声，转头就看见宋阳一脸看好戏的神情。他瞪了宋阳一眼，说："听到没有！滚滚滚，回你的观众席去。"

"小师妹，你看，川少老是这样欺负我，你要替我主持公道。"

辛禾还没说话，余昱川就踢了他一脚，道："再不滚我就让你爬着回去！"

宋阳朝他吐了吐舌头，然后就离开了。

少了个插科打诨的人，他们俩之间的气氛顿时微妙起来。余昱川拖了一把椅子过来，坐在辛禾的身旁，忽然想起什么，问："对了，你是几号？"

辛禾把自己的号码牌亮给他看，说："我是八号。"

"这次你比我先，我是十六号。"

辛禾捏了捏自己的手，忽然道："外面人很多。"

"是很多。"余昱川接话道，随即转头看向她，"你很紧张？"

辛禾顿了几秒，还没回答，工作人员就过来喊："八到十四号，跟我去前面候场了。"

比赛已经开始了，辛禾从位子上站起来，有些紧张地说："我……我要去前面了。"

余昱川也站了起来，说："我陪你过去。"

他们跟着工作人员去候场处，下一个就轮到辛禾了。

辛禾站在这里，紧张和不安的情绪又逐渐在心里蔓延。她捏了捏自己的手，一颗心七上八下的，始终无法平静下来。

余昱川转头看了她一眼。

"八号辛禾，准备一下，快到你了。"工作人员喊道。

辛禾抿了抿唇，手微微捏紧了自己的袖子。

突然，她放在身侧的手被人握住。她一怔，抬头看向身旁的人。

余昱川塞了点东西到她手里，他低头看着她的眼睛，温和道："这个给你，我之前不知道在哪里看到的，说上台前手里捏点东西能够缓解紧张的情绪。

"你等会儿上台后什么也别想，闭上眼睛别看台下，专心唱自己的歌就好。"

辛禾愣愣地看着他。

见她这副呆呆的模样，余昱川情不自禁地笑了，伸手轻轻敲了一下她的帽檐，说："听到了吗？"

辛禾回过神来，低头就看见他们握在一起的手。他的掌心是温热的，热度传递到她冰凉的指间。她的心忍不住轻轻颤了一下，脸颊顿时红了。

"别耽误时间了，快上台吧。"工作人员在旁边催促道。

"去吧，我等你回来。"余昱川松开她的手，帮她正了正帽檐。

辛禾上台的时候低头看了一眼自己的手心，这才发现他刚才塞给她的是两颗糖果。

这次复赛要求参赛选手提前准备好伴奏，然后在现场演唱完整首歌。底下有五个评委为选手的演唱打分，最后挑选出前二十五名进入决赛。

辛禾从工作人员手里接过麦克风，站在舞台上，聚光灯打在她的脸上。

想到余昱川刚才说的话，她慢慢垂下眼帘，将眼睛闭起来。她捏紧了手中的糖，非常奇怪的是，上一秒内心深处还在翻涌的情绪在这个时刻竟然得到了缓解，所有的不安和焦躁都渐渐平复了下来……

前奏响起，她开口唱——

"春天的风，能否吹来夏天的雨，秋天的月，能否照亮冬天的雪，夜空的星，能否落向晨曦的海，山间的泉，能否遇上南飞的雁。

"能否早一点，看透命运的伏线，能否不轻易就深陷，能否慢一点，挥霍有限的时间，能否许我一个永远……"

歌声从前面传来，余昱川背靠着墙，微微垂下脑袋，掌心似乎还残留着她手里的温度，他忍不住握了握拳头。察觉到自己在做什么时，他的脸上浮现一丝红晕，心跳得有些快。

离开会展中心后，他们俩走在路上。

辛禾听着身旁的人一直在哼唱着刚才比赛的那首歌，心情似乎很好的模样，她的脸上也跟着露出了笑容。

认识他的这些时日，他好像无论什么时候都是这般心情愉悦、张扬恣意的模样。

顾思明莫名其妙地看了他一眼，说："川少，你这个没进决赛的人怎么表现得比我们进了决赛的师妹还开心？”

他是这场比赛的工作人员，现场的打分刚出来，他就知道结果了。辛禾不负众望地以第三名的成绩进入了决赛。余昱川只差一点就进决赛了，他是第二十七名。

余昱川其实是在替辛禾开心，但转念想了想，他道：“你懂什么，我这样的唱功还能进入复赛，赢了二十三个人，难道不值得开心吗？”

辛禾笑了。

宋阳在旁边看到了，说：“看到没有，小师妹都笑你了。”

他边说边上前揽住辛禾的肩膀，带着她往前走，又说：“小师妹，我跟你说，这个人真的太不要脸了。”

“喂，说话就说话，别动手动脚。”余昱川拍开他的手，将辛禾拉到自己身边。

“哎哟哎哟，你看我都还没干啥呢，这就护上了。”宋阳和顾思明对视一眼，笑他。

闻言，辛禾脸颊一热。

余昱川转头对她说：“别理他们，两个神经病。”

“哎哎，你说谁神经病？”宋阳立马道。

余昱川嗤笑一声：“谁承认就说谁。”

“余昱川，你是不是觉得我打不过你？”宋阳说，“要不要来打一架？”

余昱川不屑一顾：“幼稚。”

“……”

他们带着辛禾去了二食堂旁边的自助餐厅，一进门，宋阳就对辛禾说：“小师妹，今天川少请客，你想吃什么随便点，别跟他客气。”

辛禾还没答话，就听见余昱川在旁边说：“我是请客，不过我只请辛禾，没你们的份。”

“川少，你这样不厚道啊。难道不是听者有份？”顾思明说。

“我……这顿我请客吧。”辛禾抿了抿唇，轻声打断他们的话。

她很感激他们，特别是余昱川，虽然她和他们认识的时间并不长。

余昱川这个人看着大大咧咧、吊儿郎当的，其实内心深处比谁都要细心和温柔。他能看懂她的犹豫和忐忑，所以当初才会借参加比赛的名义来拉她一把，也会在今天临上场前把两颗糖塞到她手心里，以抚平她的不安。

闻言，宋阳和顾思明都忙说不用。

余昱川抬手轻轻揉了揉她头顶的帽子，笑道："别着急，你那顿饭跑不了，等你拿到奖，我们可是要吃大餐的。"

辛禾脸颊一热。

余昱川看着她，说："走吧，看看今天有什么好吃的。"

宋阳和顾思明在旁边默默对视了一眼，突然觉得他们不应该出现在这里。

这家自助餐厅最近很火，因为菜式丰富、价格实惠，吸引了很多学生过来就餐。

余昱川带辛禾去了就餐区，说："想吃什么随便拿，不用跟我客气。"

他说是这么说了，但辛禾一个贵的菜都没拿，盘子里都是一些清淡的素菜。

余昱川看见后笑道："干吗，你要替我省钱啊？"

"不……不是……这些够了。"辛禾解释道。

"你是小鸟胃吗？这么一点哪里够。"余昱川拉着她回到自助餐区，把看到的一些价格昂贵的肉食全拿下来放进她的盘子里。

他拿了三四碟，见他还要拿，辛禾慌慌张张地挪开手中的盘子，出声阻止他："够……够了，太多了。"

这么多，她都吃不完。

"不多，你吃不下还有我呢。"余昱川示意她把盘子挪过来，辛禾抿唇，摇了摇头。

余昱川眼角微挑，笑道："乖，拿过来。"

辛禾犹豫了几秒，把盘子挪过去，说："都没地方放了。"

"哦。"余昱川说，"你在这儿等着，我再去拿一个盘子。"

闻言，辛禾微微睁大了眼睛。她没多想，赶忙伸手拉住他的袖子："已……已经很多了，不用再拿了。"

他刚才拿的都够两三个人吃了。

"确定够了？"

辛禾连忙点头。

见她这副紧张的模样，余昱川俊秀的眉眼微弯，轻笑道："不知道的还以为是你请我吃饭。"

辛禾松开手，听着他的打趣，脸颊红红的，低着头没说话。

余昱川把她的盘子接过来，说："行吧，埋单去。"

余昱川虽然说这顿只请辛禾一个人，但在埋单的时候遇到了宋阳和顾思明，就顺便帮他们也结了账。四个人拿着自己的东西，找了张空桌坐下。

余昱川和辛禾并排坐着，宋阳和顾思明坐在他们对面。宋阳看到他们的盘子里装了各种小碟，惊讶道："川少，拿那么多，你喂猪呢？"

余昱川："闭嘴，吃你的饭。"

辛禾听着他们的对话，笑容浅浅。

这时，旁边突然有人喊了她一声："辛禾？"

苏晓晓和陈卉端着盘子走过来，停在辛禾他们这一桌旁，看清楚人之后惊讶地喊道。

听到她们的声音，辛禾动作一顿，抬起头就见两个室友站在桌旁。

苏晓晓和陈卉今天也去看十大歌手的复赛了，比赛结束后，她们在离开会展中心的路上看见辛禾跟三个男生很亲密地走在一起，还发现其中一个男生竟然是余昱川！虽然不知道辛禾跟余昱川是怎么认识的，但她们控制不住自己的好奇心，就这么一路跟了过来。

苏晓晓笑着说："辛禾，好巧啊，没想到你也在这里，不介意我们一起坐吧？"

她说着，已经跟陈卉主动坐了下来。

宋阳问辛禾："小师妹，这两位是？"

她们俩会出现在这里，辛禾也很意外。闻言，她正准备回答，苏晓晓就把话题接了过去："我们是辛禾的同班同学，也是室友，你们是？"

"哦，原来也是师妹啊。"宋阳笑了笑，"我们是辛禾的朋友。"

陈卉看着默不作声的辛禾，笑着问："辛禾，你什么时候结交了这几位师兄做朋友，我们怎么不知道？"

辛禾想到之前她们在宿舍里议论余昱川的事情，背脊微微一僵。

宋阳替她回答道："师妹，我们跟辛禾就是之前偶然一次机会认识的。"

他说得含糊，陈卉见他不肯多说，也就没继续问了："原来是这样。"

苏晓晓就坐在辛禾的斜对面，她把目光放在辛禾身旁那个容貌俊秀的男生身上，按捺不住紧张又雀跃的心情。

她忽然道："哎，你就是余昱川余师兄吧？我们刚才去看十大歌手的复赛，听到你唱歌了，你唱得很好听！"

她的话刚落，坐在余昱川对面的宋阳先忍不住笑出声。

余昱川面无表情地瞥了他一眼。

顾思明也笑了："你怎么知道他的名字，你认识我们川少？"

"当然！江北校区的风云人物，谁不认识。"苏晓晓脸上漾开了笑容。

顾思明故作恍然地"哦"了一声："原来如此。"

"还有之前的篮球赛，我们也去看了。"苏晓晓看了一眼余昱川，神情有些羞涩，"师兄打球也很厉害！"

辛禾听着他们的对话，一直低着头安静地吃东西。

余昱川坐在她旁边，见她默默地吃着自己碗里的青菜，他笑了笑，用只有他们俩才听得见的声音说："你上辈子属牛还是属羊？"

辛禾不明所以地抬起头来。

余昱川看着她，笑着说："不然怎么只吃青菜？"

他说着，夹了片培根放进她的碗里，说："这个培根很好吃，试一下。"

苏晓晓见余昱川只顾低头跟辛禾说话，完全不理自己，有些尴尬，脸上稍稍有些挂不住。

吃完饭后，他们要回宿舍，苏晓晓和陈卉也跟他们一起。辛禾走在余昱川身边，苏晓晓就找了个机会上前挽住辛禾的胳膊。她的动作亲昵，整个人靠过来的时候，辛禾的身体微微僵住。

"辛禾，刚刚复赛的时候我们也听了你的歌，你唱得也好好听。"苏晓晓笑着说，视线越过辛禾偷偷看向余昱川，又说，"早知道你唱歌那么好听，去年我们班的文艺汇演就让你上场了。"

辛禾还没跟人这么近距离地接触过，有些不自在。闻言，她内敛地一笑。

"对呀，难怪有人愿意请你去当驻唱歌手了，你这歌声肯定能吸引来很多客人。"陈卉附和道。

辛禾低了低头，没说话。

"吵死了。"余昱川听不下去了，开口轻嗤了一声。

苏晓晓和陈卉的脸色同时一僵。

余昱川不理这俩人，拉着辛禾，带着她往另一条路走去。

宋阳和顾思明见状连忙跟上，问："川少，去哪儿？"

"买点东西。"余昱川说。

他握住辛禾的手腕，一路牵着她没松手。他的力气很大，辛禾只能被他牵着走。

她走在后头，看着前面的人，好几次想要开口说话，但最终还是什么也没说。

余昱川带她去了附近的商店，给她买了一瓶酸奶，问："你那两个室友经常这样跟你说话？"

辛禾察觉到他的语气里有一丝不悦，握紧了手，片刻后垂下眼帘，摇了摇头。

她们知道她的性子安静，所以很少会跟她搭话。

见她摇头，余昱川有些将信将疑："她们欺负过你吗？"

"没有的……"辛禾立马道。

她的眼神真诚，不像是在说假话，余昱川刚才那一瞬间涌起来的怒火才稍稍平息下来："她们要是敢欺负你，你就跟我说。"

余昱川接着说："我帮你出头。"

宋阳和顾思明从商店里买完东西出来，就听见他这么说。宋阳笑道："川少，你要怎么出头？"

余昱川："我多的是办法。"

余昱川看着安安静静的辛禾，说："辛禾，下次她们再这样阴阳怪气地说话，你就撑回去。你要是不会骂人，我可以教你两句。"

顾思明笑着说："喂，川少，你可别教坏我们师妹啊。"

他转头看向辛禾，说："师妹，你别听他的。"

听着他们为自己抱不平，辛禾心里涌起一丝暖意。她脸上露出温和的笑容，由衷道："谢谢你们。"

她模样生得好，笑起来的时候连眉眼都变得生动明丽起来，如清晨跳跃在窗前的日光。

心怦怦跳快两下，余昱川微微愣住，但他很快便回过神来。

他移开视线，手握成拳抵在唇边，有些不自然地咳了一声："客气什么，我们不是朋友嘛。"

宋阳笑他："咦，川少，你的耳朵怎么红了？"

"……"

"是不是害羞了？"

"滚，就你话多！"

辛禾回到宿舍，苏晓晓和陈卉都没拿正眼瞧她。

她走到自己的座位上把东西放下，从衣柜里拿了衣服就进了浴室。

她洗完澡出来，就听见苏晓晓说："陈卉，我算是发现了，这人就是人前一套人后一套，表面一副安静乖巧的样子，私底下都不知道是什么样的。"

陈卉赞同道："对啊，而且你看，平时话都不怎么说的人，竟然能跟比我们高一届的师兄走到一起。这就算了，连余昱川都跟她这么好，啧啧……我只能说这个人城府太深，太可怕了。"

"气死我了，都是因为她，要不然余昱川也不会那样对我们。你说她到底使了什么手段让余昱川对她这么好？她这个人长得也不是很漂亮吧，走在余昱川身边，两个人简直一个天上一个地下，都不知道是他瞎了还是我们瞎了。"

"哎……"陈卉看到辛禾，朝苏晓晓示意了一下。

苏晓晓撇了撇嘴，回自己的座位上去了。

辛禾垂眸，走回自己的位子，然后拿出书，默默地拿出耳机戴上。

夜深了，宿舍里的灯不知何时被人关上了，所有的话语声都渐渐停止。辛禾躺在床上，等周围的环境都安静下来后，才悄悄睁开眼睛。

两个人简直一个天上一个底下，都不知道是他瞎了还是我们瞎了。

苏晓晓的话回荡在耳边，辛禾敛了敛眸。

阳台上的窗帘没有拉好，透过缝隙漏进来一丝细微的白光，这点光就落在她的眼前。辛禾安静了一会儿，伸出手，静悄悄地将这缕光拢在掌心里。

没过多久，她就收回手，蜷起身子。她盯着这道光看了许久，然后重新闭上了眼睛。

隔天早上，辛禾起晚了，她的闹钟不知怎么的没有响，直到听见宿舍门被人关上，她才被惊醒。

她起床的时候苏晓晓和陈卉已经不在了，她看了一眼时间，已经七点四十多分了。

第一堂课是八点半开始，她匆忙洗漱完，拿起自己的东西就出门了。

她到教室的时候，刚好上课铃响起，老师已经到了，辛禾忐忑不安地站在门口。

“进来吧。”老师说。

辛禾微微捏紧了自己的外套袖子，低着脑袋穿过过道，坐到教室里的空位上。

“起晚了？”坐她身旁的女生随口问道。

辛禾局促地点了点头。

“晓晓、陈卉，你们跟辛禾不是一间宿舍的吗？她睡过头了，你们怎么也不叫她？”女生说。

苏晓晓耸了耸肩，说：“我们叫了啊，她没听见吧。”

辛禾抿了抿唇，默默地低下头。

这天晚上，Dream's 餐厅里，桐子正在吧台擦拭杯子，小梦路过的时候对他说：“桐哥，你有没有发现禾禾这几天有点不太对劲？”

桐子听了这话，手上的动作一停。他抬头看向小梦，问：“有什么不对劲？”

小梦看向舞台上唱歌的人，深思了一下，说：“我也说不上来，就是感觉她这几天心情不太好。”

“我怎么没发现？”桐子纳闷道。

小梦：“你们这些男人粗枝大叶的，不细心观察怎么会发现。”

桐子：“具体怎么回事，你跟我说说。”

“我怎么知道？禾禾又不会跟我说。我这是女人的直觉，你懂吗？”小梦说，“不说了，我要干活去了，免得你等会儿又说我偷懒不干活。”

“哎，你这小丫头……”桐子还没来得及叫住她，人就走了。

中场休息的时候，辛禾刚走到舞台侧方，就听到桐子喊她：“禾禾。”

辛禾抬起头，看见桐子站在跟前，于是喊了一声：“舅舅。”

桐子递了一杯水给她，问：“累吗？”

辛禾轻声道谢，接过水，摇了摇头，说：“不累。”

桐子走到她身边，靠着桌子，问：“对了，之前那帮小伙子，怎么最近没见你带他们过来？”

辛禾顿了一下，浅浅地抿唇：“他们……”

她说不出个所以然来，不知该怎么回答桐子的问题。

“他们不是你的朋友吗？你有空的时候可以带他们过来，舅舅请他们吃饭。”

“嗯……”

沉默了一会儿，桐子又问她：“禾禾，你最近……在学校没发生什么事吧？”

辛禾微愣了几秒，抬头看着桐子，眼神有些疑惑：“没有，舅舅……你怎么这么问？”

“没事，我就是随便问问。”桐子笑了两声。

话落，他的传呼机就响了，店里有人叫他过去。

桐子说：“那你自己歇会儿，我先去忙了。”

“好。”

余昱川走进 Dream's 餐厅的时候，舞台上的人正好唱完一首歌。

他往里走，小梦看到他，有些惊喜：“咦，你不是……”

余昱川朝小梦点头微笑，小梦笑道：“过来吃饭吗？还是来找我们禾禾？”

“我刚好路过，就进来看看。”余昱川说。

他今晚过来这附近办事，刚好路过这家餐厅，听到从里面传来清澈动听的歌声，他脚步一转就进来了。

“吃饭了吗？”

“吃过了，我喝杯东西吧。”

“行，那你先去吧台那边坐着，我去找人给你做饮品。”

余昱川走到吧台边的椅子上坐下。他坐的这个位子有点隐秘，但座位正好对着舞台，他一抬头就可以看见台上的人。

辛禾坐在一把高脚椅上，侧对着他，头上戴着一顶帽子，帽檐压得很低。她抱着一把吉他，那双纤纤如玉的手正拨动着琴弦。

余昱川单手托腮，饶有兴趣地盯着舞台上的人。

辛禾唱歌的时候全神贯注，完全不知道底下有一双眼睛正在注视着她。

“青石板留着谁的梦啊，一场秋雨，又落一地花，旅人匆匆地赶路啊，走四季，访人家……”

她的声音轻轻柔柔的，就像在耳边呢喃似的，宛如柔和的月色在心间流淌，每一句词似乎都能唱进人心里最柔软的地方。

“山谷的薄雾吻着烟霞，枯叶之下，藏多少情话，划破天空的归鸟啊，它不问，你不答。

“如同昨夜天光乍破了远山的轮廓，想起很久之前我们都忘了说，一叶曲折过后，又一道坎坷，走不出，看不破……”

余昱川看着台上的人，眼里蕴着柔和的光，心也随着她的旋律渐渐安静柔软下来。

辛禾唱歌的时候和平时很不同，音乐让她整个人变得更加鲜活和生动。余昱川觉得辛禾有种很神奇的能力，她抱着一把吉他就可以让人感受到大千世界。

这样的她，光芒熠熠，引人注目。

“潺潺流水终于穿过了群山一座座，好像多年之后你依然执着，白云是否也听过你的诉说，笑着你，笑着我……”

“你喜欢她？”

突然，耳边传来另一道声音。余昱川吓了一跳，转头就看见桐子站在旁边望着他，眼里含了一丝探究。

余昱川怔了一下才反应过来，忙开口打了声招呼：“桐哥。”

“哎。”桐子笑了两声，“我刚才还在跟禾禾说怎么最近这段时间不见你们过来，没想到刚说完没多久，就看见你坐这儿了。”

他看着跟前的男生，问：“想喝什么？”

余昱川刚从桐子那句“你喜欢她”中回过神来，就听见桐子这么问。他压下心头的慌张，面上维持镇定，微笑着说：“来杯苏打水就好了。”

桐子点头：“行，就让你尝尝我最新特制的柠檬苏打。”

他拿着杯子在吧台调制饮品，跟他闲聊道：“小伙子，你们是学什么专业的？”

“桐哥，你叫我昱川吧。”余昱川笑了笑，说，“我是学机械的。”

桐子听完他的前一句话，抬头看了他一眼。说实话，他对这个性格爽朗的男孩还是很有好感的。

他笑着喊了一下他的名字，然后道："学机械呀，这个行业好像这几年的市场就业前景还不错吧？"

"还可以，不过我当时选专业的时候没想那么多，感兴趣就读了。"

"挺好。"桐子点点头，切了块柠檬，接着问，"你是哪里人？"

"我是蓉城的。"

桐子看着他，笑道："巧了，我们是老乡啊。"

余昱川："对，我之前听辛禾说过。"

"你父母是做什么的？"桐子似是随口问了一句。

这话问得就有些细了，余昱川一顿，看着神色如常的桐子，一时半会儿没说话。

桐子意识到什么，忙说："哦，我是不是问多了？你不方便说的话就当我没问吧。"

"没事。"余昱川笑了笑，如实道，"我爸是检察官，我妈在川都音乐学院教声乐。"

其实这两次跟他接触过后，桐子就知道他的家境应该挺好的，所以闻言也并不意外。

"你是家中独生子吧？"

"是。"余昱川微顿，"您怎么知道？"

桐子把做好的苏打水放在他面前，笑着说："我猜的。"

他拿抹布擦了擦台面上的水渍，看着跟前的男生，忽然道："你是不是对我们禾禾有意思？"

"咯咯——"

余昱川被入口的苏打水呛到了。

桐子拿了一张纸巾给他，说："别紧张，我随便问问而已。"

余昱川刚被那口水呛得不轻，咳得脸都红了。他张了张嘴，话都说不完整："我……咯咯……"

桐子接着说："你刚刚那个眼神可骗不了人。"

"咯咯……"

桐子非常大度地表示："没事，你桐哥我也年轻过，这点事情能理解，看到这么漂亮又优秀的女孩，会动心是很正常的。”

听他这样说，余昱川的神情里多了几分羞窘。这口气平复下来后，他突然语塞了。

桐子注视了他半晌，有些话想警示他却又觉得现在说不是时候，索性就没再继续这个话题：“好了，不说这个了。我问你个事儿，最近禾禾在学校里有没有遇到什么不好的事情？”

“不好的事？”余昱川微微皱眉。

“对，我刚才问她了，她跟我说没事。但我们前台跟我说，感觉她最近好像心情不太好。”桐子说，“你们不是她在学校的朋友吗？所以我就想问问你。”

最后一首歌唱完，底下响起稀稀拉拉的掌声。辛禾从位子上站起来，朝观众席鞠了一躬，然后就拿着吉他下台了。她刚走下台阶，就看见余昱川站在音响旁边，她顿时一愣。

见她看过来，余昱川抬头朝她笑了笑。

辛禾愣愣地看着他，问：“你……你怎么在这里？”

余昱川实话实说：“我来这附近办事，路过这里，听到你的歌声就被吸引进来了。”

“回学校吗？”他问。

辛禾脸颊热热的，点了点头：“嗯。”

“一起走吧？”

“好。”

她去找桐子打了声招呼，桐子说：“行，你到宿舍了给我发条消息。”

辛禾带着余昱川从餐厅后面的巷子走向地铁口。她背着吉他，低着头专心致志地走路。

“地上有钱吗？”身旁的人隐含笑意的声音传来。

辛禾蒙蒙地抬起头来。

余昱川笑了，好心提醒她：“前面有根电线杆，再走几步就要撞上了。”

闻言，辛禾看向前方，果然看见几米开外的地方杵着一根电线杆。她脸一热，神情有些窘迫。

“你刚才在台上唱的那首是什么歌？”

“嗯？”

余昱川不记得词了，给她哼唱了几下旋律。

“你说的是《一程山路》吗？”这首歌是她这两年很喜欢的一个歌手写的。

“你唱两句给我听听看是不是。”

见他笑吟吟地看着自己，辛禾迟疑了一会儿，又转头看了看，确定这附近没人，才开口唱：“如同昨夜天光乍破了远山的轮廓，想起很久之前我们都忘了说，一叶曲折过后，又一道坎坷，走不出，看不破……”

“对，就是这首。”余昱川笑起来，称赞道，“你唱得很好听。”

他说着，兀自跟着她刚才唱的旋律轻声哼了起来。

他哼着哼着，音调突然变了。辛禾转头看了他一眼。

余昱川：“怎么了？”

辛禾犹豫着开口：“音……音调变了。”

余昱川：“你这人怎么总喜欢说些大实话。”

“对……对不起。”

“逗你的，傻孩子。”余昱川笑了，抬手轻轻拍了拍她头顶的帽子。

听着他爽朗的笑声，辛禾有些羞赧地低下头。

他们继续往前走，地铁站旁边的广场上传来热烈嘈杂的音乐声，不知是哪里的主办方在前面搭了个舞台举办街头音乐节。

余昱川的注意力被那头吸引了：“咦，在举办音乐节。”

他看向身旁安静的女孩，说：“我们过去看看。”

辛禾还没反应过来，就被他拉走了。

走得近了，那阵狂热炸裂的音效更加刺激人的耳膜和神经。

余昱川带她钻进了人群中，辛禾的耳边很快就只剩下舞台上热闹喧嚣的摇滚乐和底下人群狂欢的呐喊声。

这是国内音乐平台联合国际知名的音频品牌共同赞助的一场音乐节活动，在全国各地巡回，请的都是当地一些有名的乐队。

辛禾被余昱川带进来，身旁的人都在随着音乐兴奋地舞动着，她的身体却有些僵硬。

舞台上震耳欲聋的音乐仿佛要将脚下的地面都炸开，余昱川被这音乐感染，十分自然地加入了人群当中，随着他们一起动起来。他看着辛禾，脸上的笑容灿烂又肆意，他朝她伸出手："来。"

男生的眼角微挑，眉眼间俱是风流笑意，和这音乐一样，具有很强的感染力。

辛禾不知被身后的谁轻轻撞了一下，往前踉跄了一下，手就搭在了他的手心里。

余昱川一笑，牵着她的手一起随着人群舞动。

辛禾还从来没有在人群里跳舞的经历，这对她来说是非常疯狂的事情，在这之前完全不可能发生在她身上。可是她当下被人握着手，身体也不自觉地跟着音乐节拍动起来。

一开始她的动作僵硬而缓慢，渐渐地，随着音乐赋予的激情，动作就逐渐变得协调起来。

她看着余昱川脸上的笑容，眉眼间也情不自禁地染上了几分笑意。

舞台上的乐队唱完了一首歌，主唱对着麦克风说："有没有哪位朋友愿意上台跟我们一起唱歌？"

闻言，余昱川转头看了辛禾一眼。

辛禾对上他明亮的眼睛，心咯噔一下，下一秒，就如预感那样被他拉着往前走。

辛禾来不及拒绝，一回神，人就已经被他带上了舞台。

余昱川跟主唱说了几句话，然后就接过了麦克风。他朝辛禾走来，说："一会儿我唱歌，你帮我伴奏吧？"

辛禾原以为他拉她上台会让她唱歌，没想到他是要自己唱。她愣了一下，有些惊讶："你……你要唱歌？"

余昱川开玩笑道："干吗？听你这语气好像有点瞧不起人？我好歹也是进了十大歌手复赛的人好吗？"

辛禾被他的语气逗笑了，随即就看见他靠过来。他弯腰，把头贴在她耳边说："别怕，我们就丢这么一回脸，反正底下的人都不认识我们。"

听他这么说，那种被人群注视的紧张感好像顿时消退了一些。辛禾敛眸一笑，看着他，也不知道是从哪儿来的勇气，她把身后的吉他取下来，轻轻柔柔地问："你要唱什么？"

“《永远都会在》这首歌会吗？”余昱川问。

辛禾愣住了，她还以为他会唱 Linkin Park 的歌。

见她呆住了，余昱川勾唇笑了，拉着她走到吉他手跟前，说：“来，让这位大哥教一下你。”

辛禾记乐谱很快，她看了几遍，又练习了一下，就能完整地将这首歌弹下来了。余昱川朝她比了个“OK”的手势，辛禾朝他点了点头。

乐队主唱对底下的观众说：“下面就由这位帅哥跟他的朋友合作带来一首《永远都会在》。”

余昱川和主唱站在一起，辛禾取代了吉他手的位置，她身后依次是贝斯、鼓手和键盘手。

鼓声一起，其他乐器都开始合音，辛禾低着头，不知道是因为紧张还是因为体内不断沸腾的灼热感，她的手微微颤抖着，有好几次险些拨错了音。

前奏响起，余昱川和乐队主唱开始唱——

“生活似海，起伏不定，无边总是看不到头，我欲乘风，浪迹远方，因为我并不平凡普通，忙忙碌碌，反反复复，那是我的言不由衷，勇敢为你，无畏地做白日梦……”

辛禾看着身旁肆无忌惮唱歌的人，心突然就安定下来。

好像只要有他在，什么紧张忐忑、恐惧不安通通都消失不见，只有一颗心脏在飞快地加速跳动。

“勇敢为你，无畏地做，只做少年心气的我，来时的路，没有归途，相互告别沉默地挥一挥手，终有落幕，然后无声，谁能什么都拥有，稀里糊涂，搞不清楚，我还是把自己弄丢……”

余昱川唱到“只做少年心气的我”时忽然转头看向辛禾，他笑容明朗，眼神里带着几分促狭。

辛禾的脸颊似是随着这火热的气氛一同燃了起来，她垂下头，但控制不住地勾起嘴角。

辛禾活了二十年，从未有过这样的时刻。

此刻，她能清晰地感觉到体内的血液在沸腾、在燃烧，被她封闭在内心深处的一角正蠢蠢欲动。

慢慢地，她好像就听不到底下观众的呐喊了，她的指法越来越灵活，音乐在她的指尖越来越流畅……直到这一刻，她才体会到真正的淋漓畅快。

有人惊艳于她的弹奏，叫了一声，底下的喧嚣更加热烈。

这首歌无论旋律还是歌词都非常洒脱欢快，余昱川唱得兴起的时候还会把话筒凑到辛禾的嘴边，让她跟着一起合唱。

辛禾起初还不肯开口，但看到他一脸兴高采烈的模样，她也不再扭捏，随着唱了几句。

余昱川脸上的笑容跟他的人一样恣意洒脱。

有主唱带着，他顺利地唱完了这首歌。

“刚才那首歌，献给我的女孩。”

他的话音一落，底下就传来起哄声。

辛禾低下头，脸颊红透了。

下场的时候，主唱把赞助商提供的耳机送给他们每人一副，同时对辛禾说：“小妹妹，你吉他弹得真棒，有没有兴趣加入我的乐队？”

辛禾受宠若惊，余昱川笑着开口：“你不是已经有一个吉他手了？怎么那么贪心？”

主唱也笑道：“我对人才一向很爱惜，不介意队里再多一个吉他手。”

余昱川：“谢谢欣赏啊，我身边这位出场费昂贵，一般人可请不起。”

“哦？”主唱的目光在他们俩身上打转，蓦地笑了，“那太可惜了。”

余昱川笑了笑：“刚刚多谢了。”

他转头看向辛禾，说：“我们走吧。”

他们离开广场，往地铁站走。余昱川双手放进口袋里，扭头看了一眼辛禾，忽然道：“开心吗？”

刚才在舞台上的激情和炽热感还残留在体内，辛禾现在整颗心都是热的。她点头，浅浅笑道：“嗯。”

余昱川也笑：“那……你的心情好点了吗？”

闻言，辛禾微微怔住。

“你……怎么……”怎么看出她心情不好的？

她话没说完，余昱川像是知道她要问什么似的，说：“小脑袋都快垂到地板上去了，就差没在脸上写‘心情不好’这四个字了。”

辛禾抿唇，安静下来。

余昱川也不问她心情不好的原因，只是问：“感觉怎么样？刚才疯狂过后，现在心情爽不爽？”

辛禾这几天确实心情不太好，但经历过刚才那样热闹喧嚣的场面，现在心里反而一松，所有不好的忧愁的事情全都想不起来了。

“嗯！”她点头。

“什么？”他假装没听清。

“爽。”辛禾红着脸道。

余昱川笑了。

又往前走了一段路，他说：“辛禾，我一直觉得，人生在世短短几十载，要尽可能地让自己活得潇洒畅快些，这样才不枉来这人世间走一遭。”

余昱川拍拍她的脑袋，又轻叹了一声：“你呀，就是过得太憋屈了。

“以后跟着我，我带你吃香的喝辣的，肆无忌惮，横扫江湖，如何？”

听着他乱七八糟说了一番，辛禾温和地笑了。

半晌，她轻轻地应了一声。

对她而言，今晚真的是个非常疯狂又格外畅快的夜晚。

第6章

唱首歌给我听吧

十大歌手的决赛通知已经下达了，时间定在这个月月底，地点就在江北校区的礼堂。

主办方召集了这次决赛的二十五名选手开会，跟他们说了赛前的一些流程和事项，并给他们每个人分配了对应的指导老师，最后还给他们发了十张观众的入场门票。

除了这件事，这周还有一件事情，就是这一届校篮球总决赛。

余昱川他们顺利闯进了决赛，宋阳还特意在群里邀请辛禾来观赛。可她那天下午正好有课，她答应下课之后赶过去。

这天下午，辛禾上完课，就听到苏晓晓她们在教室里议论篮球总决赛的事情，她们跟班里的几个女生也要去观赛。辛禾在旁边听着，等她们结伴离开后才走出教室。

总决赛在体育馆的室内篮球场举行，辛禾到的时候球场边聚集了很多人，围观的观众比前几场比赛的观众还要多。人潮涌动，观众的欢呼声和鼓劲声响彻在球场上空，远远走过来都能听见这排山倒海似的声音。

余昱川比赛前给辛禾发了一条微信消息，告诉她来了就跟他说一声。

辛禾站在球场外围，给他发了消息。

余昱川很快就打了电话过来，电话一接通他就问："到了？"

辛禾应道："嗯，到了。"

"你在哪儿？"

辛禾告诉了他自己的方位，余昱川就说："好，你等我一下，我出来接你。"

辛禾等了几分钟，就看见余昱川出现在面前。

上半场的比赛应该刚刚结束，他身上大汗淋漓，篮球服都湿透了，脸上还不断冒着汗。辛禾从袋子里拿出纸巾递给他。

"谢了。"余昱川接过纸巾随意抹了一把脸上的汗，朝她一笑，"走吧，我带你进去。"

余昱川给工作人员示意了自己参赛人员的身份，但工作人员把他身后的辛禾拦住了："赛场只有相关人员才能进。"

"帮个忙，她也是我们队的。"余昱川说。

工作人员看了一眼身材瘦弱的辛禾，怀疑地看向余昱川，说："出示参赛牌就能进去。"

"她忘带了，通融一下。"余昱川面不改色地撒谎。

工作人员摇头，不肯放人。

辛禾轻轻拉了一下余昱川的衣服，小声道："要……要不就算了。"

她自己在外围找个能看比赛的地方就好了。

余昱川回头递给她一个"放心"的眼神，转头对工作人员说："她可是我们队的王牌，要是你不放她进去，回头我们输了，你可要当心些。"

他微微眯起眼，工作人员被他眼神里隐含的警告和威胁唬了一下，咳了一声："行……行吧，在这里签名登记一下。"

然后辛禾就这么进来了。

余昱川带着她沿着赛场边缘走，直到走到他们队伍的休息区才停下。

宋阳他们看到辛禾，微微一惊："川少，可以呀你，真的把小师妹带进来了？"

余昱川从旁边拿了一瓶水递给辛禾，脸上的神情有点得意："都跟你们说了我有办法。"

辛禾想到他刚才一本正经唬人的样子，忍不住浅浅地笑了。

"来，师妹，这个位子给你坐。"顾思明把自己的位子让给她。

辛禾抿了抿唇："谢谢师兄。"

她的声音轻轻柔柔的，悦耳极了。

旁边的几个男生都笑了，逗她道："师妹，你还没喊过我们呢。来，叫声师兄来听听。”

见男生们都嬉笑着望过来，辛禾有些局促地红了脸。

余昱川把手里的毛巾丢到他们几个人身上，怒道：“喂，你们几个大老爷们儿要点脸啊。”

男生们哄笑了一阵，玩闹过后，顾思明看着余昱川问：“下半场准备怎么打？”

这回总决赛他们又跟计算机队碰上了，上半场的比赛结束了，他们这边的比分落后得有些多。

提起这个问题，大家纷纷收起玩笑的神情，都认真严肃起来。

有人说：“他们前锋太厉害了，据说高中是省队的，参加过专业训练。”

宋阳：“那又怎么样！跟他们拼了，我这把一定要一雪前耻！”

他们去年跟计算机系比赛的时候输得一败涂地，被对方嘲笑了许久。今天一上场对方就出言挑衅，故意影响他们的士气。

余昱川沉默了许久，说：“下半场我上前锋。”

“你确定吗？”顾思明看他。

余昱川：“我是这么想的，下半场我们这样……”

中场休息结束，准备上场前，顾思明身旁有人问：“我们这一把能赢吧？”

“放心，有师妹在，我们这一把肯定赢。”顾思明说。

那人挠了挠头，不解地问：“这关师妹什么事儿？”

顾思明看向正在跟辛禾说话的人，拍了拍这人的肩膀，神秘莫测地笑道：“你觉得川少在自己喜欢的女孩面前能输？”

余昱川把水随手放在一旁，活动了一下脖子，正准备上场，就听到身旁的女孩小声道：“加油。”

赛场声音嘈杂，她的声音很小，余昱川没听清。他靠过来，问：“你刚刚说什么？”

他把头低下来，辛禾在他耳边说：“加油！”

女孩的气息温温软软的，像杨柳岸拂过的一缕暖风。

余昱川的心跳快了一拍，抬头就看见她睁着一双黑白分明的大眼睛看着他，像只温顺的猫儿，看得人心里痒痒的。

余昱川心中有种冲动，想伸手捏捏她的脸颊。但想想自己手上全是汗，还是算了。

他露出一个笑容，随口问："你觉得我会赢会输？"

辛禾顿了顿，说："会赢。"

她的声音仍旧是轻柔的，语气却是肯定的。

余昱川眼中的笑意加深，他这回没忍住，屈起手指，蹭了一下她的脸颊："乖，赢了带你去吃大餐。"

他的动作很轻，手指像片羽毛似的拂过她的脸颊。

辛禾猝不及防，反应过来后慌慌张张地垂下眼帘，只觉脸颊又痒又热。

余昱川走到赛场上，计算机队那边的队员又开始进行新一轮的冷嘲热讽："还以为过了一年你们的球技会有所长进，没想到还是跟去年一样垃圾。"

"比分落后那么多，要不你们干脆认输得了，免得下半场输得更难看。"

"你们给我小心说话！"宋阳的脾气顿时上来了。

余昱川伸手往宋阳跟前挡了一下，掀起眼皮看向对方，咧嘴嘲笑道："叽叽歪歪的，一点都不像大男人。"

"你说什么！"那边的人怒了。

余昱川慢悠悠地笑了："敢不敢打个赌？"

"打什么赌？"对面的队长站出来说。

余昱川气定神闲道："赌输赢，你们赢了，我们答应你们一个条件。如果你们输了……"

他指着脚下的地面，神色傲然："就要在这个球场上公开道歉！"

"好，赌就赌。"他们的队长应了下来，"同样的，你们输了也要做同样的事情！"

"行啊，输了的话，我一个人给你们挨个道歉。"余昱川敛起脸上的笑意，眼神陡然一厉，"不过，我们肯定会赢。"

他这话一出口，机械队这边的队员个个精神振奋，昂首挺胸地看着对面的人。

宋阳说："你们就准备道歉吧，哈哈……"

"痴人说梦话。"计算机队的队长嗤笑了一声。

说是这么说，但宋阳转身后又有些担心。他对余昱川说：“我们真的能赢吗？”

余昱川拍拍他的肩膀，说：“不知道，赌一把吧。”

裁判拿着篮球过来了，他站在两支队伍的中间，吹了一声口哨后，就把球往天上抛。

余昱川一跃，轻松地将球夺过来，再找准机会将球传给了宋阳。

宋阳带球跑了半圈，计算机队那边的人缠了上来，他又把球抛给了下一个人。

那人接过球，找到时机把球抛给了余昱川：“川少。”

余昱川站在三分线上，接过球后转身，动作迅捷地将篮球投进篮球框中。

一个漂亮的三分球。

全场顿时沸腾起来，欢呼声响起。

辛禾坐在休息区，她的视线从比赛开始就不自觉地追随着球场上那道挺拔如松的身影。

余昱川动作敏捷，轻轻松松地投进三分球后，神情还是跟上场前一样闲淡从容。进球后，身后有队友跟他击了一下掌，他笑了笑，眉眼一下子张扬夺目起来。

球场上的竞争激烈，场上的局势发生了大转变。原本机械队这边的比分差计算机队的一大截，但下半场比赛开始后，他们这边的比分就渐渐追上了。

余昱川以一个三分球开了一个好头，接下来的时间里，计算机队一个球没进，他们这边又接二连三地进了几个两分球。

“川少，干得漂亮！”宋阳跟余昱川击掌，神色难掩得意，“你这球进得太漂亮了！”

第四节比赛开始没多久，他们就把比分追平了。但计算机那边也铆足了劲，双方你追我赶的，比分一时间不相上下。

辛禾这个局外人的心情也不由得随着赛场上的局势变得紧张起来。

时间一点点流逝，就剩最后十几秒了，余昱川从对方手中夺过球，以一个三分球奠定了最后的胜局，众人顿时欢呼起来。

赢球之后，宋阳得意扬扬地走到对方队员面前，喊道：“来，愿赌服输哦。”

“……”

“厉害啊川少！”大家纷纷上前来拍余昱川的后背。

余昱川松了一口气，开玩笑道：“紧张死我了，差那么一点点我就要给他们公开道歉了。”

顾思明努了努嘴：“可惜了，我还想看看那样的场面呢，肯定很精彩。”

“……”

余昱川被众人簇拥着走出赛场。他一回到休息区，就看见安静乖巧地坐在椅子上的辛禾。他脸上很快扬起笑容，走过去对她说：“我赢了。”

他眉眼带笑，明朗如日光。

辛禾也笑了，从位子上站起来，把手中一直没喝的水递给他：“我……我看到了，恭喜。”

“小师妹，我们也口渴，你怎么不把水分给我们？”宋阳刚从对方那边出了口恶气回来，看到这一幕，心情很好地调侃道。

其他人也纷纷道：“对呀，小师妹你偏心哦。”

辛禾闻言，脸颊倏地涨红，支支吾吾地说：“我……我给你们拿。”

余昱川拦了她一下，瞪了一眼旁边看戏的一群人，嗤笑道：“别管他们，一群大老爷们儿有手有脚的不会自己拿。”

众人笑起来，喝水的喝水，擦汗的擦汗。有人说：“我们回去洗个澡换身衣服，晚上庆功宴走起啊。”

“好啊。”宋阳和顾思明附和道。

余昱川笑了，转头看向辛禾，邀请道：“一起去吧。”

“我……我晚上还要去舅舅那里。”辛禾说。

余昱川：“跟你舅舅请一天假吧，说好要带你去吃大餐的。”

“小师妹，一起去吧。”宋阳说。

“对呀，师妹，一起去吧。”男生们异口同声道。

辛禾心里涌起一丝无措，她看着余昱川，对方朝她挑了挑眉。

她抿了抿唇，说：“那……那我跟舅舅说一声。”

球场另一侧，温凡意看着余昱川面带笑容地跟一个女生聊天，默默地咬住了唇。

虽然上次余昱川拒绝了她，但温凡意仍旧不愿意死心。她从大一刚入学的时候就开始喜欢他了……让她就这么放弃，她怎么甘心。

卢峰拿着两瓶水挤过人群来到温凡意面前，说：“给，我给你买了水。”

温凡意恍若未闻，一直盯着球场的方向。

卢峰顺着她的视线看过去，就看到余昱川和一个女生站在一起，那个女生……他微微皱了一下眉头，觉得对方有点眼熟。但因为离得远，看不太清，他一时半会儿也认不出是谁。

他没放在心上，移开了视线，嗤笑一声：“哎，我真的搞不懂余昱川这个人有什么好的，能让你喜欢他那么久。”

他不屑道：“不就是长得好看了点吗？空有相貌……”

温凡意没理会他说的话，转身就走，语气冷淡：“请你别再跟着我了。”

桐子知道辛禾今晚要跟朋友出去吃饭后，说：“可以呀，你好好去玩吧，舅舅这边你就别担心了。”

辛禾：“舅舅，我回头把工时补上。”

“行，回头再说吧。”桐子说完，又道，“禾禾，你把电话给昱川。”

辛禾不明所以，迟疑了一下，转身把手机给了余昱川：“我……舅舅找你。”

“找我？”

辛禾点头。

余昱川接了手机走到一边，说：“桐哥。”

宋阳问辛禾：“你舅舅找川少干吗？”

辛禾摇了摇头，她也不清楚。

不知电话那端的人说了什么，只听余昱川道：“桐哥你放心，我一定安全地将辛禾送回宿舍。”

“好，我记住了。”

“如果您不放心的话，我回头把定位发给您。”

结束通话后，余昱川走回来把手机还给辛禾。

辛禾问：“我舅舅说了什么？”

“没说什么，就让我看好你。”余昱川揉揉她的脑袋，笑了笑，“走吧，大餐可不等人。”

Dream's 餐厅里，桐子加了余昱川的微信，没过多久就收到了对方发来的定位。

小梦刚才听到桐子打电话，知道了事情的始末。

她问："桐哥，你就放心禾禾跟一群男生出去？"

"不放心也没办法，女大不中留啊。"桐子开玩笑道。

"你还有心思开玩笑呢。"小梦哼了一声。

"我观察过了，那几个小伙子人应该都挺好的，没什么坏心思。"

"那可不一定，知人知面不知心。"

"所以我做了二手准备。"桐子扬了扬手机，"那个叫昱川的小伙子主动把自己的手机号和餐厅的定位都发给我了。再说了，你就算不信我的眼光，你也该相信禾禾的眼光。她虽然人是单纯了点，但她不傻。自她爸爸那件事过后，她的心思比任何人都敏感。谁对她心怀善意或者恶意，她自己再清楚不过了。"

桐子见她皱着眉，好笑道："怎么你看起来比我这个当舅舅的还担心？"

小梦瞪他一眼，道："我也是看着禾禾一路过来的好吗？你这个当舅舅的整天大大咧咧的，我当然要对禾禾的事情上点心了。"

桐子笑了："没事，担心啥。"

"其实说实话，我挺替她开心的。她愿意去交朋友，愿意去接纳或者融入一个群体，愿意一点点努力地改变自己，这都是好事。"桐子想起很久以前的事，语气里多了一丝欣慰，"至少证明她开始从她爸爸那件事里走出来了。"

余昱川和辛禾他们一行人出了校门后打了两辆车，去了市中心的一家火锅店。

他们到的时候已经开始排位了，宋阳认识火锅店经理，提前预留了包厢，他们一行人就直接进去了。

为了照顾不能吃辣的辛禾，他们点了鸳鸯锅。

有人把菜单递给辛禾："来，小师妹，你先点，你可是我们的大功臣。要不是你来了，川少都不一定能赢这场比赛。"

余昱川提起水壶给辛禾倒水，闻言扫了那人一眼，冷冷道："就你话多。"

宋阳唯恐天下不乱，笑嘻嘻道："哎，我跟你们说啊，川少现在护着小师妹像护着心肝似的，你们千万不要拿小师妹开玩笑，小心等会儿川少揍你们。”

辛禾脸皮薄，受不住他们这样打趣，脸皮一热，默默地低下头。

余昱川把水壶一搁，警告地瞪了宋阳一眼：“我等会儿第一个揍你！”

宋阳打了个寒战，赶忙讨好地笑道：“嘿嘿，川少，我开玩笑的……”

点完单，宋阳又点了一打啤酒，大家就开始聊起刚才篮球赛的事情。

辛禾想起自己十大歌手的决赛门票还在包里，踌躇了一会儿，然后把门票拿了出来。

余昱川喝着酒，余光瞥见身旁的女孩默默地推了什么东西过来。他转头看去，问：“这是什么？”

辛禾把门票推到他面前，然后缩回手，讷讷道：“这……这是决赛的门票。”

余昱川挑了挑眉。

辛禾把门票分给在座的人。

有人拿到门票后说：“小师妹真厉害。”

宋阳说：“我感觉我们都可以在这里继续预定一桌了，就小师妹这唱功，肯定能拿奖。”

辛禾被他们说得有些不好意思地低下头。

“决赛的时候打算唱什么歌？”余昱川问她。

辛禾抬起头来，答：“我……我打算唱自己的歌。”

她在餐厅里也经常会唱自己写的歌，余昱川听过几首，她的歌都很能打动人。

他眼睛微亮，勾唇笑了：“这样，那我很期待。”

火锅吃到一半，有人提议：“要不要来玩一轮游戏？”

“玩什么？”宋阳问。

“就玩一个最简单的好了，每人轮流说一件自己做过但别人没做过的事。但如果在场有人做过相同的事情，那一开始说的那个人就罚喝一杯酒，怎么样？”男生说。

“无聊。”顾思明笑着哼了一声。

“玩不玩？”那人说。

“玩呀，这么有意思的游戏。”宋阳说。

"川少和小师妹呢？"

余昱川无所谓地点了点头："行啊。"

"好，那从我开始，然后按顺时针的方向每个人依次说。"最开始提议玩游戏的男生道，"我初中的时候留过级。"

大家都安静下来，男生得意道："没人跟我一样吧？"

"这事儿被你说得好像很值得炫耀的样子。"宋阳笑道。

"不管，没人一样的话，那就算我赢了。下一个。"

大家依次说着，很快就轮到了辛禾。她心一紧，想了想，轻声道："我……我学过吉他。"

宋阳："完了，小师妹，你输了，我们川少也学过吉他。"

"谁告诉你我学过吉他？"余昱川扬起眉，"我什么时候学了？"

宋阳惊讶道："你不是学过吗？"

余昱川耸了耸肩，一脸无赖的模样，说："那你得拿出证据。"

宋阳被他这无耻的模样惊到了，抱拳道："川少，论厚脸皮的本事，在下甘拜下风。"

余昱川："滚。"

辛禾勾起唇笑了。

余昱川看见了，伸手揉了揉她的脑袋，无奈一笑，凑过去低声说："你个小没良心的，还笑，我为了你背了多大的锅。"

"对……对不起，我不笑了。"辛禾认真道。

余昱川看她这模样，心中爱怜又好笑，敲了一下她的脑门，说："小呆子。"

这一轮游戏结束，男生说："我们换一个游戏吧，游戏名叫'我不是猫，我不是狗，我是人'。打比方说，我会指阳子，同时说我不是猫，阳子就要指下一个人说我不是狗。比如说下一个人是顾思明，他就要指下一个人说我是人。以此类推，谁中途喊错或者没跟上节奏就要罚喝酒。"

余昱川笑了："这是什么无聊的游戏。"

"来吧，我先说。"那人指着宋阳，"我不是猫。"

宋阳指着对面的顾思明说："我不是狗。"

顾思明指着余昱川："我是人。"

余昱川指别人："我不是猫。"

“我不是狗。”那人指向辛禾。

辛禾愣愣的，没跟上游戏节奏：“我……我不是人。”

全场安静了一秒，不知道是谁先笑的，紧跟着所有人都哄堂大笑起来。

宋阳笑着拍了拍桌子，余昱川手握成拳抵在唇边，脸上的笑容完全遮掩不住。

他看着身旁这个傻姑娘，摸摸她的脑袋，声音含笑：“乖，不要那么可爱好不好。”

辛禾被他们笑得脸都红了，一转头就对上余昱川笑意盈盈的眼睛。

那双细长的眼睛像月牙儿似的弯着，漆黑的瞳仁里光华流转，如同晶莹剔透的琉璃，漂亮极了。

辛禾心跳一滞，埋了埋头，脸颊更红了。

余昱川见她羞窘到无地自容的模样，轻咳一声，对着一桌人喊道：“好了，不准再笑了。”

大家纷纷收起笑声，宋阳说：“小师妹，这杯酒你逃不掉哟。”

余昱川说：“我替她喝。”

“哦！”这话一出口，众人纷纷起哄。

“来人，给川少满上。”顾思明看热闹不嫌事大，开口道。

辛禾见一杯酒这么满，赶忙用手轻轻扯了一下他的袖子，担忧道：“我……”

余昱川知道她在担心什么，他转头看着她，眉眼间带着骄傲自得的神色，笑道：“你可能不清楚，我在江湖上还有个外号叫酒神，千杯不倒。”

说完，他一只手端起酒杯，仰头将这杯酒灌下，动作潇洒流畅。

众人拍手叫好。

“没事吧？”辛禾抿唇，面露忧色。

余昱川放下酒杯，一双眼睛乌黑明亮。他从容不迫道：“没事，你放心玩，输了我帮你喝。”

辛禾有些愧疚，想说什么却又不知道该说什么。

她接下来集中精力，但反应速度还是比不上别人，每一轮都是她输。

“小师妹，没想到你居然是‘游戏黑洞’。哈哈哈——”宋阳说。

辛禾看着余昱川替她连喝了三四杯酒，心中愧疚更甚，慌忙道：“我……

我不玩了。”

“没事，小师妹，我们川少酒量好着呢，这几杯酒对他来说是小意思。”宋阳说。

说是这么说，但大家都不再逗她，各自吃肉喝酒。

辛禾看着余昱川，问：“你……你还好吗？”

余昱川看着她紧张的模样，笑着拍了拍她的脑袋，安慰道：“别担心，好着呢。”

但吃完火锅后，他从座位上站起来的时候踉跄了一下，吓得辛禾赶紧扶住他。

“我……我扶你吧。”辛禾以为他喝醉了。

“哦……好。”闻言，余昱川顺从地将身体靠在她身上。

宋阳见状，趁辛禾不注意，朝余昱川揶揄一笑：“川少，你真是太卑鄙无耻了！装醉这种馊主意你都想得出来。”

余昱川转头，瞪他一眼，朝他比了个口型——滚。

他们一行人打车的时候，大家故意将余昱川和辛禾单独安排在一辆车上。宋阳站在车外对辛禾说：“小师妹，我们几个自己打车回去，川少就拜托你照顾啦。”

他说完，把车门一关就溜了，辛禾愣住了。

车子开动后，她转头看了一眼身旁的人。

余昱川靠着椅背，闭着眼睛似在休憩。不知道是不是酒喝多了，他的脸上泛着一丝红晕，让他的面容看上去越发精致如玉。

辛禾不敢多看，匆忙收回视线。她看着前座，片刻后，只感觉肩膀一沉。

余昱川的脑袋歪倒过来，靠在她的肩上。辛禾一怔，顿时僵住了。

几秒后，辛禾回过神来，伸手想要将他扶正。就在这时，她听见他呢喃了一声：“头好晕……”

他身上的酒气钻进鼻间，闻言，辛禾动作一顿，抿了抿唇，默默地把手收回来。

余昱川偷偷睁开一只眼睛看她，见她低着头乖顺地任由自己靠着，不禁勾起嘴角。

静静地靠了一会儿，他忽然道：“唱首歌给我听吧。”

辛禾微愣，转头看向他。

余昱川微仰起脑袋，睁着眼睛看着她，瞳仁漆黑。外面路灯的光线照进来，将他的眼瞳点亮。这双轮廓上挑的眼在这样深浓的夜色中忽地变得妖冶起来，能蛊惑人心似的。

辛禾的心跳立马乱了。

她慌慌张张别开视线，喉咙一紧，下意识想要拒绝，但想到刚才……她抿唇，声音有点抖："你……你想听什么？"

余昱川垂眸想了想，问她："你会不会唱蓉城当地的民谣？"

辛禾动作微滞，缓缓点了点头："你……可不可以先坐起来？"

"哦。"余昱川听话地坐直了身体。

辛禾看着窗外，调整了一下呼吸，车厢内一时安静，没有声音。

过了许久，她才开口唱——

"遥远的古镇里有梦乡，青色的石板，红色的砖墙，我沿着这条小路，悠悠地走啊，看见树梢上的小鸟展开翅膀。

"阿婆坐在小小的村屋前，抖着筛子，数着豆子，把这岁月时光慢慢与我讲……"

她的声音音色很纯净，但每唱一句词，声音里总夹杂着微微的沙哑，给她的歌声增添了几分耐人寻味。

余昱川歪头看着她。辛禾低着头，眼睛微微闭上，嘴唇一开一合的。

宛如天籁的歌声传来，让人的心一下子就安静下来。同时心底的某一处却隐约有火苗燃起，整颗心变得暖暖的、热热的。

他看着女孩白白净净的脸颊，心里一动，忽然鬼使神差地靠了过去。

辛禾闭着眼睛，毫无所觉。

余昱川跟她拉近了距离，低头看着她清秀的小脸，喉结一滚，心跳得飞快。她的歌声比酒还醇烈，他听着，忽然有些醺醺然。他似乎真的有点醉了，又好似单纯地沉醉在她的歌声里。

他盯着她看了几秒，垂下眼帘，轻轻地吻上她的脸颊。

歌声戛然而止。

脸上一暖，辛禾猛地睁开了眼睛。

男生的唇擦着她的脸颊而过，然后脑袋一歪，就倒在了她的肩膀上。

辛禾吓了一跳，怔了几秒才转头看去，只见余昱川靠在她的肩上睡着了。

辛禾匆忙别开脑袋，被他不小心亲到的脸颊似有火在烧，烧得她整个人都蒙蒙的。

余昱川闭着眼睛靠在她的肩上，心跳快得要命。刚才亲到她的一瞬间脑子就清醒了，好在他及时反应过来，才不至于让之后的场面变得尴尬。

异常安静的车厢内，两颗年轻的心疯狂地跳动着。

余昱川心里偷偷浮起的一丝欢愉让他的眼角眉梢都忍不住染上几分笑意。

宋阳和顾思明回到宿舍，发现余昱川比他们早回来。

"川少，难得帮你制造了和小师妹独处的机会，你干吗这么早就回来？"宋阳问。

没有人回答他。

余昱川坐在自己的位子上，修长的手指摸着自己的唇，眼睛看着前方，眉眼间满是藏不住的喜悦。

宋阳和顾思明对视一眼，顾思明愣愣道："这是……喝酒喝傻了？"

"你才喝傻了。"余昱川闻言，收起脸上的笑意，淡淡地瞥了他们一眼。

"川少，你大半夜的做啥呢？"宋阳走过去，"你知不知道你刚才坐这儿傻笑的场面很吓人？"

"啥事那么开心，分享来听听？"

余昱川眉眼一弯："想听？"

宋阳点头。

余昱川抬了抬下巴："叫一声爸爸，我就告诉你。"

宋阳："……"

第7章

一直看着你，陪着你

十大歌手的主办方给选手们请来的指导老师是川都大学音乐学院的任课老师，辛禾和其他四个人一起被分配给一位声乐老师，他们每周三和周五下午都要去音乐教室练歌。

周三下午，辛禾在教室里演唱完她的参赛歌曲，音乐停下后，她抱着吉他，心情有些紧张。

指导老师听完她的演唱后沉默了一会儿，问："你会弹钢琴吗？"

辛禾一顿，抿唇点了点头。

"你这首歌，要不要尝试用钢琴去演奏？"老师说，"你刚才唱得很棒，吉他也弹得不错，但我觉得钢琴的效果应该会更生动和震撼一些。你可以尝试看看。"

老师的这番话让辛禾想了很久，她决定还是先改一版钢琴的曲谱出来。

周四晚上的公选课，她提前到了教室，把自己的小本子也带上了。

上课前，她正专心地修改着乐谱，身旁忽然有人坐下了。

辛禾抬起头，身旁的余昱川朝她一笑，开口问道："在写歌吗？"

那天晚上过后，他们就没见过面了，直到今天。辛禾看到他就不由得想起那天晚上在车里的情景，脸颊倏地一热，她下一秒就移开视线，答："我……在改曲子。"

余昱川挑眉。

辛禾跟他解释了缘由，将指导老师的那番话也简要地跟他说了。

余昱川看着她，问：“你还会弹钢琴？”

不过想到她在餐厅里用电子琴演奏过，她会弹钢琴这件事好像也并不出奇。

辛禾点头：“我……以前学过。”

余昱川：“你的曲子改好了吗？”

“差不多了。”

“那你想不想练习一下？”

“嗯？”

余昱川笑了：“老地方。”

“川少，你最近怎么总喜欢大半夜跑来这里？”男生边开门边看向余昱川和他身旁的辛禾。

“你有意见？”余昱川似笑非笑地挑起眉。

“不敢不敢……”

门开了之后，余昱川说：“谢了，下次请你去撸串。”

“川少，您客气了……”男生笑了两声，“不过你们要注意一点，晚上会有老师过来巡逻，你们可千万别被发现了，要不然倒霉的就是我了。”

“行。”

音乐教室里黑漆漆的，余昱川把墙壁上的灯打开。辛禾安静地注视着摆在教室里的这架静穆的钢琴，心忽然有些颤抖。

她已经有两三年没有弹过钢琴了。

以前的她将钢琴当成生命中最重要的一部分，所以她将其放下的时候花了很长一段时间去适应。现在再次面对它，辛禾的心情除了沉重，还有几分意想不到的怀念。

余昱川将琴盖揭开，抬头看到辛禾还呆立在原地不动，他缓缓笑了：“发什么呆呢？”

闻言，辛禾回过神，走过去。

余昱川伸手将她轻轻按在琴凳上，笑着说：“来吧，我们的时间不多，速战速决。”

辛禾边听他说话边低头看着面前的黑白琴键，心里有些顾忌，犹豫道：“我已经很久没弹了……可能弹得不好。”

“没事，反正这里就我们两个人，弹得不好也只有我能听到。我帮你保密，绝对不说出去。”余昱川笑了笑，走到窗边，找了个舒服的位置靠着。

辛禾静默了片刻，抬起一只手搭在琴键上，一道清音打破了这静谧的氛围。

她微微抿唇，先是试探性地弹奏了几个音，然后脑海里关于钢琴的记忆很快就被全部唤醒。

她将另一只手也放在琴键上，弹琴的动作开始自如起来，流畅悦耳的琴声随之响起。

清婉的琴声回荡在这间空旷的教室里，余昱川背靠着身后的窗户，双手随意撑在身侧，注视着坐在琴凳上的女孩，看着她挺直的背脊、白净姣好的面容，还有低头看着钢琴时那含蓄内敛的神情。

她平时极安静，也不爱说话。虽然她坐在这里，也同样是低头安静地弹着琴，但他透过琴声，仿佛能听到她想要跟这个世界传达的千言万语。

她双手灵动地在琴键上弹奏，节奏渐渐转快，她的动作也变快了。十指纤纤如玉，似乎蕴藏着不容小觑的力量，让她指下的黑白琴键，甚至是琴声，都像是有了生命。

余昱川的眼中渐渐多了一丝惊艳的神色，他知道她的吉他弹得很好，歌也唱得好，但他没想到她连钢琴也弹得这么厉害，这样的水平完全不亚于他同样是学音乐出身的母亲。

琴声停止后，室内安静了几秒。

余昱川回过神来，走上前，低头看着她，眼睛里的笑意灼灼。他打趣道：“你这也叫弹得不好？”

辛禾羞窘地低下脑袋。她以为自己许久没弹，琴技应当是会生疏的。

“阳子说得没错，你真是个宝藏女孩。”余昱川慢悠悠地笑道。

辛禾抬起头来，跟他对上视线。

他的双目一如初见时那般灼灼明亮，带着毫不掩饰的惊艳和欣赏，眼里流露出的光彩在这晦暗的环境里异常动人。

“你学了多久的钢琴？”他问。

辛禾闻言回神，低下头答：“十……十五年。”

“几岁开始学的？”

“三……三岁开始。”

余昱川讶异地看着她，随即笑了：“难怪这么厉害。”

辛禾脸一红。

“那你刚才为什么说很久没弹了？”他接着道。

辛禾的手指微微一僵，抿唇沉默了。

她没说，余昱川也没再追问。

他在她身旁坐下，像是发现了什么新奇事物，抬起修长的手放在琴键上试了几个音，然后弹奏起一首曲子来。

听到这琴声，辛禾怔住了，愕然地看向他。

余昱川手指一停，轻轻“哎呀”了一声：“剩下的不记得了。”

辛禾：“你……你也会弹钢琴？”

余昱川点点头：“会一点点，小时候我妈逼我学过。”

说着，像是想起什么好玩的事儿，他勾唇笑了，转头看她，说：“没跟你说过吧，我妈是在大学里教声乐的。她从小就想把我往音乐家的方向培养，结果发现我没半点音乐天赋，她的这个梦想就被扼杀在摇篮里了。”

余昱川笑着，自然而然道：“改天介绍你们认识，她肯定会很喜欢你。”

辛禾微愣。

余昱川说：“我不打断你了，你练歌吧。”

他从琴凳上起来，把空间留给她。

辛禾默了几秒，开始弹奏起自己决赛的歌曲来。

一曲终止，余昱川给她鼓掌，眼中的惊艳之色比刚才还要多几分。

他刚想说什么，就看到外面有一束手电筒的光照进来，同时有人大喊：“什么人在里面？”

完了！

余昱川心一惊，眼明手快地关掉灯，然后牵着辛禾就从凳子上站起来，迅速溜到了墙边。

他原本想等人走了之后再离开，没想到外面的人掏出了钥匙。

余昱川很快镇定下来，他环顾四周，目光停留在后门上，心里很快就有了主意。

低头看到辛禾眼中焦急的神色，余昱川朝她安抚地一笑，伸手指着后门示意她：“等会儿我喊一二三，就往后门跑。

“一。

“二。

“三。”

辛禾还没反应过来，他数完数就拉着她往后门跑了。

“喂，你们两个站住！”身后有人喊道。

余昱川牵着她径直跑到走廊尽头，然后一路跑下楼，再跑出文体中心这栋楼。

往前跑了一段，余昱川没忍住笑了，一开始是憋着笑，后来干脆笑出声来。

他的笑声爽朗悦耳，辛禾转头就看见他眉眼弯弯，俊秀的脸上带着张扬恣意的笑容。

“怎么了？”辛禾不明白他在笑什么。

见身后没人跟上来，余昱川慢慢停下。他笑着说：“没什么，只是我还是第一次像过街老鼠一样被人追赶，感觉还挺新鲜和刺激的。”

这仿佛被他说成了什么好玩的事。

辛禾一笑，不经意低下头就看见他们还牵在一起的手，神情顿时一僵。

余昱川也察觉到了，忙将手松开。他脸庞微热，有些不自在地移开视线，轻咳一声：“咯……刚才事出突然，抱歉。”

辛禾微微蜷起自己的手指，捏住衣袖，低头红着脸小声道：“没事……”

余昱川送她回宿舍，到了宿舍楼下，辛禾停下来，跟他道谢：“今晚……谢谢你。”

“都认识多久了，还跟我这么客气？”余昱川扬眉笑了。

辛禾也跟着温和一笑。

余昱川看着她脸上的笑容，心里像被猫爪挠了似的痒痒。他心随意动，伸出手来捏了捏她白皙的脸颊：“别看着我傻笑，快回去吧。”

温软细腻的触感从指尖传来，余昱川的心猛地一跳。他慌慌张张地收回手，故作镇定道：“走了，别太想我。”

说完，趁她呆愣之际，他转身离开。

辛禾看着他的背影，愣愣地抬起手捂着自己的脸颊。

半晌，她垂眸，脸颊红了。

距离十大歌手的决赛就剩下三天了，周五这天下午，辛禾接到通知去礼堂彩排。

顾思明是这次比赛的现场总统筹，辛禾来的时候他正在指挥人布场。

“师妹，来了。”

“师兄。”辛禾走过来跟他打了一声招呼。

顾思明跟她说：“一会儿我们彩排走一下过场，你到后台去熟悉一下上场位置，然后看看现场的灯光有没有问题。”

“好。”

“我让人先带你过去。”

顾思明喊来一个女生。这个女生名叫桃子，正是上次在宣传展位给辛禾派传单的那个人。

她领着辛禾去后台的时候，一直在说：“师姐，你在初赛和复赛唱的歌都好好听！那歌声简直绝了，我听完了现场所有人的演唱，都找不到一个比你唱得还好听的人！”

“我有预感，这次决赛你肯定是第一名！”桃子说，“反正你肯定是我心中的第一名。”

辛禾听完她说的话，腼腆地笑了。

她们来到后台时，温凡意正在跟其他几个主持人对稿子。听到门口的动静，她转头看去，就看见辛禾跟桃子正从门外进来。她的目光落在辛禾脸上，一时间顿住了。

她认得这个女生。

——最近这段时间跟余昱川走得很近的那个女孩。

她……原来参加了这场比赛？

“凡意，怎么了？”身旁的另一个女主持人见她没接上台词，出声问了一句。

温凡意回过神来，将所有的思绪都敛起，笑了笑，说：“没事，我们继续吧。”

桃子领着辛禾熟悉场地，告诉她到时候化妆、休息和候场的地方在哪里。

她们沿着上场的路线往前走的时候，有人过来把桃子喊走了。她临走前跟辛禾说："师姐，你沿着这条路往前走就可以了，前面会有人安排你们上场彩排的。"

辛禾点头，跟她道谢。

桃子走后，辛禾就一个人往前面走去。她拐弯的时候没察觉到前面有人，跟来人迎面撞上。

卢峰手里提着给温凡意买的热奶茶，突然有个女生撞上来，差点把他的奶茶掀翻。

"走路不长眼睛啊！"他骂道。

辛禾脸色一白，心头发紧，低下头捏了捏手心，说："对……对不起……"

卢峰骂了一句就走了，走到半路他皱了皱眉，觉得刚才那个女生有点眼熟。

但她头上戴着一顶帽子，又低着头，他没看清正脸，想了半天他也没想出那人是谁。

辛禾彩排完下台的时候，看见坐在最前排的余昱川正在跟顾思明聊天。

转头瞧见她过来了，余昱川脸上扬起笑容："彩排完了？"

辛禾点了点头，问："你……怎么来了？"

余昱川朝顾思明的方向努了努嘴，说："这家伙跟我说你在这里彩排，问我要不要过来看看，我就来了，顺便给你们带了几杯奶茶。"

顾思明觉得自己在这里太碍眼了，咳了一声，说："你们聊，我先去忙了。"

余昱川跟辛禾一起往礼堂外走，他看着身旁安安静静的女生。

她手里握着奶茶，嘴咬着吸管。

看她连喝东西都一副乖巧认真的模样，他不由得笑起来："好喝吗？"

辛禾点头："嗯。"

"看不出来你竟然也爱喝这种东西。"余昱川笑着打趣了一句。

往前走了一小段，他问："你参赛的衣服准备好了吗？"

参赛的衣服？辛禾一时间没说话，然后低头看着自己身上的穿着。

余昱川一下子就看穿了她的想法："你不会打算穿这一身去参赛吧？"

辛禾犹豫了一下，点了点头。

余昱川被她逗笑了："你见过谁比赛穿得这么休闲的？"

他拍了拍她头顶的帽子，说："傻姑娘，走吧，我带你去挑一身好看的衣服。”

余昱川带她去了附近的商城，拉着她进了一家女装店。

他也是第一次陪女生来逛这种地方，一进店就被各式各样的衣服弄得眼花缭乱。

门店的导购及时迎上来，问他们需要挑选什么衣服。

余昱川将辛禾推到前面，说：“麻烦帮她挑选两身合适的裙子。”

“好的。”

导购选了几条裙子递给辛禾，说：“小姐，这些都是适合您的裙子，您可以试一下，试衣间在这边。”

辛禾回头看了一眼身后的男生。

余昱川朝她笑了笑，指着沙发说：“去吧，我在那儿等你。”

辛禾踌躇了几秒，这才跟着导购走了。

余昱川在外面等了很久，但辛禾一直没从试衣间出来。他看了一眼时间，跟导购说了一声，让她帮忙去看看。

“小姐，您换好衣服了吗？”导购在试衣间外敲门。

话落，试衣间的门才被人轻轻地拉开了一条缝。

辛禾换好了裙子，畏畏缩缩地站在门后，手捂在自己胸前。她红着脸说：“领子太……太低了。”

导购笑着说：“这条裙子就是这样的设计，您走出来看看吧。”

辛禾犹豫了一会儿，才从试衣间里挪了出来。她一只手捂在胸前，一只手反过去捂着后背。

这是她第一次穿这种裙子，因为羞涩，整张脸都红了，眼神还有些慌乱。

余昱川抬起头看见的就是这副场景，他的目光一时顿住。

她身上穿着一条星空蓝的裙子，原本就白净的皮肤被这颜色衬得像白玉一般细腻无瑕。这条裙子十分贴合她的身体，完美地显出她玲珑有致的身体曲线。

“小姐，这条裙子穿在您身上太好看了，很显身材，我还是头一回见到有人把这条裙子穿得这么漂亮。”

“先生，您觉得呢？”

余昱川像是被这句话点醒了似的，回过神来，匆忙将视线从辛禾身上移开，面上悄悄爬上一丝红晕。他目光闪烁，话都说不利索了：“咯，很……很漂亮。”

闻言，辛禾的脸更红了。她支支吾吾道：“我……我去换掉。”

说完，她就匆忙返回试衣间。

余昱川呆坐在沙发上，想到刚才辛禾穿着裙子的模样，心像是被什么烫着了似的，像脱缰的野马一样，跳得飞快。

他伸手捂了捂自己的眼睛。

真的太漂亮了。

辛禾换上自己的衣服，因为剩下的几条裙子跟上一条的款式差不多，她就没再试了。

离开这家店的时候，两个人之间的氛围变得有些怪异。余昱川偷偷看了她一眼，随即收回目光看向前方的路。

安静了片刻后，他说：“我……我也觉得刚才那些……不太合适，我们……咯，再看看有没有别的。”

辛禾低着脑袋，红着脸点了点头。

他们进了另一家店，辛禾试了条裙子出来，余昱川眼睛一亮，说：“这条好看。”

导购也在旁边附和。

辛禾害羞地站在镜子前，看着换上裙装的自己，感觉镜子中的人忽然变得陌生而遥远起来。她有些不适应，也有几分不自在。

最终他们敲定了这条裙子，余昱川去付了钱。

离开的时候辛禾说：“我……回去把钱还你。”

余昱川一笑，毫不在意道：“没事，这就当作我提前庆祝你决赛得奖的礼物吧。我很期待你那天的表现。”

辛禾垂眸，脸上的笑容腼腆又柔和。

决赛当天，下午三点，所有的参赛选手都在礼堂后台集合。比赛是晚上七点正式开始，在这之前，所有的选手都要再彩排一遍。

走了一遍流程后，所有人就到后台的化妆间做准备工作。

“来，师姐，坐这边。”桃子拉着换好衣服的辛禾坐在其中一面化妆镜前，手里拿着皮筋，帮她把头发扎好，说，“我来给你化个漂漂亮亮的妆，保证你今晚艳压群芳，光彩照人。”

主办方给选手请了几名化妆师来帮忙上妆，桃子是自告奋勇加入化妆师行列的。

辛禾坐在位子上，桃子依次给她上了底妆、修容和眼妆。镜子里的人妆容逐渐完整，也一点一点变得陌生起来。

桃子最后挑了一支口红，涂在她的唇上，说：“好了，完美！”

“师姐，你真的太漂亮了。”桃子欣赏着自己的作品，忍不住感叹道。

辛禾这是第一次化妆，镜中人面容精致，五官明丽动人。她不自觉地抿了抿唇，镜子里的人也跟着红唇微抿，姿态有种楚楚动人的韵味。她低下头，格外不适应这样的自己。

桃子带她去了前面的休息区候场，顾思明正好带着几个男生往这边过来。辛禾一出现，就惊艳了在场的男生们。宋阳和另外几个男生眼睛都看直了，呆呆地看着装扮华丽的辛禾。

“师妹，今晚很漂亮哟。”顾思明率先道。

“对呀，小师妹，你穿的这身，还有脸上这妆容，也太好看了吧！”宋阳赞叹道。

“我刚刚还以为是哪位天仙下凡了呢。”有人说。

其他人也纷纷表示赞赏。

一连串的赞美让辛禾不好意思地低下头，她红着脸，手脚都有些不知道往哪儿放了。

刚才他们过来的时候，辛禾就察觉到这群人里少了一个人。她状似不经意地往男生们身后扫了一眼。

宋阳捕捉到她的眼神，瞬间领悟，笑着说：“小师妹，川少一会儿过来，他去买吃的了。”

想法被看穿了，辛禾有些羞窘地垂下眼帘，轻轻应了一声。

见了她后，顾思明就带几个男生去观众席了。

温凡意换完衣服化好妆后就独自一人拿着主持稿在后台默默练习着，将台词都背熟后，她收拾了东西准备去跟其他几个主持人会合。往前走了几步，她就看见余昱川从另一边走了过来。

温凡意心中一喜，开口准备叫住对方，就看见他停在休息室门前，伸手敲了敲门。

她脚步一顿。

余昱川朝里面说了句什么，然后俊秀的脸上转瞬漾开笑容。

没过几秒，有个女生从里面走了出来。俩人说着话，余昱川带那女生往另一个方向走去。

后台非工作人员不能进入，余昱川在顾思明那边打了声招呼，然后就进来了。

他来到休息室找辛禾，站在门边一眼就看到了坐在角落里的女孩。

余昱川喊了她一声，辛禾回头就看见他了。她愣了一下，然后才从座位上起身过来。

余昱川朝她扬了扬手中的袋子，笑着说："我来给你送吃的。

"走吧，我们找个安静的地方。"

后台有一处空旷的场地，外面连着一个小花坛。考虑到辛禾的穿着不太适合出去，余昱川就在这里停下来。这里正好有张空桌，他把手里的东西放在桌上。

"我给你买了点面包，还有牛奶。"余昱川担心影响她上台发挥，所以只买了这些给她填填肚子。

他把牛奶从袋子里拿出来，说："还好，牛奶还是热的。"

辛禾接过他递来的牛奶，说："谢谢。"

余昱川见她手里握着某样东西，随口问："手里拿着什么？"

辛禾低头看了一眼自己手心里的耳饰，说："戴在耳朵上的，刚才不小心……掉了。"

"要我帮忙吗？"

辛禾抿了抿唇，说："好……"

余昱川接过她手里的耳饰，问："戴在哪边？"

"右边。"辛禾边说着，边侧过身对着他。

余昱川伸手帮她把耳边的碎发别到耳后，辛禾微微瑟缩了一下。她低头看着地板，脸颊忽然变得滚烫，耳朵也跟着红了。

余昱川都还没做什么，就看见她白皙圆润的耳朵悄悄红了。他好笑地挑起眉，忍不住起了一丝捉弄的心思。

他修长的手指轻轻触碰到她红润的耳根，然后就见她的耳朵以肉眼可见的速度又红了一点。他无声地笑了：“戴在这里吗？”

“嗯……”

他们离得近，他的声音从头顶传来。辛禾伸手轻轻抓住自己的裙子，红唇紧抿。

“好了。”余昱川看着耳朵红到快要滴血的女孩，轻声笑了，帮她把耳饰戴上后就退开了一步。

“谢……谢谢。”辛禾不自在地摸了摸自己的耳朵。

“客气，吃点东西吧。”

余昱川把东西都放到她面前，辛禾问他：“你要吃吗？”

“我来的时候吃过了。”余昱川伸手抹了一把桌子，见没什么灰尘，手一撑就坐到了桌上。

辛禾站在他身旁，低头专心地咬着面包。

余昱川的视线停在她身上。

她今天穿着的是他们那天买的水蓝色长裙，裙子收腰，显出她纤细的腰肢，下摆的裙身缀着银色的亮片，在灯光的照耀下像会发光的鳞片似的，楚楚动人。

她两侧的一些头发被编成辫子，用银丝束到脑后，绑了个低马尾。藏在发间的耳饰是一只蓝色的蝴蝶，它停留在她的耳朵上，是随时都会展翅飞走的姿态。

感觉到他一直盯着自己，辛禾微微收紧手指，转头偷偷看了他一眼。

她犹犹豫豫地问：“是不是……很奇怪？”

她觉得桃子给她化的妆太过隆重了。

余昱川勾唇笑了：“你今晚很漂亮。”

他一顿，心里的话没多想就脱口而出了：“漂亮得我都有些挪不开眼睛了。”

空气霎时一静，辛禾微微蜷起手指，脸颊忽地变得滚烫。

察觉到氛围变得不太对劲，余昱川别开视线，掩饰了一下脸上的不自在，下一秒就感觉心跳在这安静的空间里成倍扩大，有某些潜伏已久的心思逐渐浮上心头，变得清晰明朗起来。

余昱川看着眼前妆容精致的女孩，心跳得很快。他从桌子上跳下来。

“辛禾。”

“嗯？”

“我……”他刚开口，手机就响了。

余昱川的心都提到嗓子眼了，这手机铃声一响，心瞬间就沉了下去，他忽然很想骂人。

看到来电是宋阳后，他的神情整个一沉：“找我干吗？”

宋阳：“川少……谁惹你了？听你这语气像要吃人似的。”

余昱川：“有屁快放。”

“哦，我是想问你见到小师妹了没有。”宋阳说。

余昱川看了一眼身旁默默喝着牛奶的人，不知怎么的，觉得好气又好笑。情绪渐渐平复下来，他应了一声：“见到了。”

“行，那你快些过来吧。对了，顺便跟我们向小师妹转达一声，比赛加油。”

他收起手机后，辛禾转过头来看着他。

余昱川看着她，脸上扬起笑：“阳子他们跟你说比赛加油。”

辛禾抿了抿唇，说：“我……我会加油的。”

吃完东西，他们俩便往回走。

余昱川送她到休息室门口，辛禾跟他道别后准备往里走，余昱川突然伸手握住她垂在身侧的手。

辛禾一怔。

余昱川往她手里塞了一颗糖。

他的手很温暖，辛禾的手指轻轻瑟缩了一下，她诧异地抬头看着他。

她惊讶的时候，眼睛微微圆睁。她今天眼皮上涂了层浅浅的桃红色眼影，让她的眼睛看上去更加明艳动人。

余昱川心一痒，微俯下身，抬起另一只手轻缓地抚摸着她的眼尾。

他敛眉，眼中笑意灼灼：“别紧张，也别太在意最终的名次，今晚你就好好享受这个舞台吧。我会坐在台下，一直看着你，陪着你。”

辛禾坐在休息室的椅子上时，脸还是红的。

耳边是主持人上台开场的声音，还有其他选手说话的声音，可她像是什么都听不到似的，半晌才回过神来。

她低头看着手心里的糖。

这颗糖像是融化了，沿着血液绵延进她的心里。

她的心里悄悄浮升起一丝从未有过的温暖甜意。

观众席上，宋阳看着走到座位上坐下的人，问：“川少，你来啦。”

“怎么样？小师妹今晚是不是很漂亮？”宋阳兴致勃勃地凑过来问道。

余昱川坐在位子上，骄傲道：“她一直都很漂亮。”

话落，想到她今晚的装扮，他不由自主地勾唇笑了：“只是今晚更漂亮。”

宋阳看着他脸上的表情，抖了抖身上的鸡皮疙瘩，嫌弃地说：“川少，你能别一提起小师妹就一脸痴迷吗？”

余昱川斜了他一眼：“再说一次？”

宋阳浑身一激灵，立马改口道：“咯，我是说川少你的眼光真好。”

余昱川这才收回视线，扬了扬下巴，轻轻哼了一声：“这还差不多。”

有人拿着节目单过来了，辛禾之前彩排的时候抽到的号码是二十三号，倒数第三个出场。

决赛的规则是五个人一组，每一位选手演唱完，会由底下的评委老师打分。分数会在这组选手演唱结束后公布，每个人都可以当场得知自己的分数。

主持人上场的时候，底下就有观众发出尖叫声。

宋阳用手碰了碰余昱川的胳膊，促狭地说：“川少，你看，是之前追你的外院系花。”

余昱川撩起眼皮看了一眼舞台上，反应冷淡地“哦”了一声。

底下有很多观众都在喊温凡意的名字，宋阳一笑，碰了碰身边的人：“川少，这妹子长得那么漂亮，人气又这么高，你有没有后悔当初拒绝人家？”

余昱川瞄了一眼他不断拍打自己的手，咧嘴笑道：“你的多动症需不需要我帮你治一下？”

宋阳闻言，默默地收回自己的手，嘴巴也默默地闭上了。

主持人开场后，就开始介绍今晚第一位登场的选手。

这次活动的主办方很用心，每个人出场前都会在大荧幕上播放一段提前录制好的个人 VCR。

第一名选手演唱后，宋阳就说："这唱的是啥歌？那么难听！"

余昱川扬眉道："这样的水平都能进决赛，当初为什么把我刷下来？回头问问顾思明这比赛是不是有什么内幕。"

宋阳："……"

等待的过程总是煎熬的，不止观众席下的男生们坐不住，随着身边的选手一个一个上台，休息室里辛禾的心情也跟着紧张起来。

"接下来要登场的这位选手，要给我们带来的歌曲很特别，是由她本人创作完成的一首歌，歌名叫《一个人》。下面先让我们来看一段关于她的VCR。"

大荧幕里出现了一双弹钢琴的手，纤细如玉的手指弹着黑白琴键，一段轻柔的琴声响起，镜头随之转向这双手的主人。

女生戴着一顶黑色的帽子，正在低头弹琴，察觉到镜头转过来，琴声一停，她看了一眼摄像机，有些腼腆地低下头去。

"呀，是小师妹！"有人喊了一声。

看到辛禾出现，余昱川的眼睛微亮。

"听说这次决赛演唱的歌曲是你自己写的，你为什么会选择用自己的歌来参加比赛呢？"镜头外的编导开始提问。

辛禾抿了抿唇，似是不知该怎么回答这个问题。

她过了一会儿才说："我……我想不到其他合适的歌。"

她说完这话，有些观众笑了。

余昱川单手撑着脸，望着荧幕上神色害羞内敛的女生，脸上不由得扬起温和的笑容。

"你喜欢音乐吗？"编导问。

"嗯。"女孩点头。

"可以跟我们分享一下你觉得音乐能给你带来什么吗？或者说每次唱歌弹琴的时候，你都会想到什么呢？"

女孩温温柔柔的声音从荧幕里传来："音乐……能让我的心安静下来，它能帮我舒缓情绪，会让我觉得很安心。"

"这么说，音乐对你真的很重要。"

编导又跟她聊了些别的事情，最后问："好，我最后再问一个问题，你这么喜欢音乐，那它是你的梦想吗？”

荧幕里的人垂下眼帘，神情平静。她安静了半晌才回答——

“曾经是。”

……

“下面让我们掌声有请第二十三号选手，辛禾。”

一束聚光灯照向舞台，底下的观众就看见从侧方的幕布后缓缓走出一个纤细窈窕的女生。

“辛禾！辛禾！”宋阳和几个男生扯着嗓子喊道。

另一边，卢峰看着出现在舞台上的人，震惊道：“竟然是她！？”

“峰哥，你说什么？”身旁的人听到他似乎说了一句话。

卢峰收起震惊的神色，回应男生的话：“没什么，只是我遇到一个熟人了。”

“熟人？”

卢峰朝舞台扬了扬下巴，脸上露出意味不明的笑容：“那儿，我以前的高中同学，在我们班可受‘欢迎’了。”

辛禾都不知道自己是怎么来到台上的，她的手仍旧是颤抖的。

用眼角的余光瞥见底下乌泱泱的观众，她心一紧，随即强迫自己镇定下来，一步一步往舞台中央那架钢琴走去。

她坐在琴凳上，四面八方的灯光在这一刻都聚集在她的身上。

她垂眸看着琴键，类似的场景从她脑海里闪过。她在这一刻突然想起很久很久以前有人对她说过的话——“我们家禾禾是最棒的，弹钢琴世界第一。”

她的指尖微颤。

全场寂静，见舞台上的人迟迟没有动静，大家都有些不明所以。底下的观众交头接耳，传来了议论的声音。

宋阳也跟着诧异道：“小师妹这是怎么了？”

余昱川没说话，安静地看着舞台上的人。

过了好半晌，辛禾才重新睁开了眼睛。

她垂眸，将手指放在琴键上。灯光从她的身上滑开，在天花板、幕布和舞台的地板上交织成美轮美奂的光影。清亮舒缓的前奏结束，她开口唱——

“所有的灯火都熄灭了，所有的话语声都停止了，在我耳边呼啸的只有孤独的声音，能看见的只有无穷黑暗。

“所有的故事都讲完了，所有的人儿都走散了，在我眼前停留的只有寂寥的影子，能听见的只有萧索风声。”

蓝色的灯光照在她身上，她的人跟她的声音都宛如夜色般温凉柔和。

“我在这条路上走走停停，世间万物都在，热闹着，喧嚣着，狂热着，燃烧着，在演奏着一曲与我无关的歌。

“可就算这世界，再冷漠再冷漠，我也不能只当个过客，在这遥远的宇宙尽头，是否有一首只属于我的歌——”

女孩的声音清亮而柔和，余音寥寥，是悲伤哀寂的音色。

“我走在城市街头，安静着，默然着，冰冷着，悲伤着，还能看到些什么呢。

“可就算这一刻，再无望再无望，我也无法纵容自己陷入黑暗。

“在穿过人间以后，山顶的曙光是否会重现，我能否期盼着那一刻的到来。”

记忆里那些哀恸的时刻随着歌声、琴声在她的脑海里翻涌着，她曾以为已经放下的那些刻骨铭心的往事，在这一刻全都浮上心头。它们像沉甸甸的石头，牵着她的心不断地往下沉。

她闭上眼睛。

“所有的灯光都熄灭了，所有的话语都停止了，在我耳边呼啸的只有孤独的声音，能看见的只有茫茫黑暗——

“我独自一人，孤独着，沉默着，踌躇着，徘徊着，穿过重重人海，走向未知的路途……”

她的尾音轻缓，听得人的心也随着她的歌声走向了那茫茫无边的未知归途。

琴声停止后，全场也随之安静了几秒。

片刻后，掌声雷动。

宋阳回过神来，抹了一把眼睛：“小师妹这歌……我一个大老爷们儿怎么听了那么想哭。”

余昱川看着舞台上和光影融合在一起的女生，半晌，他微微低下头，心里突然涌起一股冲动，他很想立刻就冲到舞台上去抱住她——

拥抱住这个将无数心事都藏在歌声里的女孩。

第8章

他是你男朋友

这一场的分数很快就出来了，辛禾是小组第一。综合了之前的选手分数，主持人在最后宣布她获得了这届十大歌手的冠军。

听到自己的名字后，辛禾蒙了一下，还没反应过来，话筒就被塞进她的手里。

主持人说："辛禾，说两句获奖感言吧。"

这会儿辛禾受万众瞩目，感觉比刚才上场的时候还紧张，脑海里一片空白，她张了张唇，不知道说些什么。

她沉默了很久才磕巴道："我……谢……谢谢大家。"

"没了？"主持人笑着问。

辛禾抿唇，有些窘迫地摇了摇头，将话筒还了回去。

"好，那让我们再次用掌声恭喜辛禾。"

辛禾下台的时候正好看见等在一旁的余昱川，他笑着朝她走过来，走到她跟前时，伸手拥抱住她。

辛禾猛地怔住，然后就听见他在耳边笑着说："哎呀，我们辛禾真棒。你说你这人怎么能这么厉害呢？竟然把我这么优秀的人也比下去了。"

辛禾怔怔的，脸颊贴在他的衣服上，他身上那干净好闻的气息霎时涌入鼻内。

"你都不知道你在舞台上被所有灯光照耀的那瞬间有多耀眼，整个人都在闪闪发光！我之前就跟阳子他们说过了，如果照你这水平决赛不能拿第一名，我的名字就倒过来写。”他笑声愉悦，“还好评委们的耳朵没有聋，你这歌拿冠军，完全就是实至名归！”

他絮絮叨叨说了一堆话，辛禾就靠在他的怀里呆滞了许久。

听到他笑起来时胸腔震荡的声音，还有他心跳的声音，她听着听着，感觉世界好像在这一瞬间都安静下来。她似乎什么都听不到了，渐渐感到温暖和安心，随着歌声涌起的那些难过的情绪也逐渐平复下去。

“恭喜你呀，冠军。”余昱川在她耳边说，等了半晌见怀里的人一点反应都没有，他轻轻推开她，“高兴傻了？”

辛禾的脸颊红红的，她看着面前的男生，笑容像春风拂过杨柳岸般温和，还带着小小的内敛和羞涩：“谢……谢谢你。”

她脸庞粉嫩，眼中藏着含蓄笑意，看得余昱川的脸也跟着一热。

他张嘴正准备说些什么，一群男生吵吵嚷嚷地寻了过来。

“小师妹，原来你在这里！”宋阳喊道，“我们刚刚找了你好久。”

有人说：“川少，人在这儿你也不通知一声。”

“师妹，恭喜你呀！”还有人跟辛禾说，“你的歌真的太好听了！我们几个人听了都很感动！”

“对呀，小师妹今晚真的太优秀了，在台上就跟女神一样，整个人都在发光！”

辛禾被他们夸得脸颊红扑扑的，害羞得低头看着地面。

她今晚的穿着华丽又漂亮，往那儿一站就是纤细窈窕的淑女。她低着头，纤长柔美的脖颈微垂着，白皙的脸颊上浮着红晕，羞涩的模样看得人心都化了。

看着她这副模样，一群大男生都呆住了。

下一秒，余昱川就挡在他们面前，不耐烦道：“走了走了，别在这里挡别人的路，像几堵肉墙似的。”

余昱川将身上的外套脱下来，披在辛禾身上，然后自然而然地伸手揽住她的肩膀，带着她往另一侧走，边走边说：“辛禾，走，我们去换衣服，然后我再带你去吃顿消夜庆功！”

“他们……”辛禾愣愣地回头看了一眼男生们。

余昱川把她的脑袋掰过来，手搭在她的头顶，说：“别管他们，几个跟屁虫自己会跟上来的。”

“川少，你别以为我们听不见！”宋阳他们几个跟了上来，不满道。

余昱川朝辛禾无奈地耸了耸肩，笑了：“看吧，我就说会跟上来的。”

辛禾听着身后的人骂骂咧咧，再看着他无奈的神情，脸上缓缓现出笑意。

“川少，你变了，有了小师妹后你就开始重色轻友了！”宋阳控诉道。

余昱川掏了掏耳朵，神情悠然自得：“你说什么？我听不见。”

看着他们几个打闹，辛禾心里不知不觉被暖意填得满满的。

十大歌手的决赛视频放出去后，辛禾一下子就火了，在不到一天的时间里迅速蹿升为校园红人。很多人都在打探这个人美声甜的女生到底是谁，这几天也陆陆续续有人找到辛禾所在的院系。

这天去上实验课的路上，同班女生走在她身边跟她闲聊道：“辛禾，你参加十大歌手的视频我们看了，你唱歌真的好好听，钢琴也弹得好好，而且你那天晚上的打扮很漂亮！”

辛禾听着，脸上露出腼腆的笑容。

“大家同学一年多时间，没想到你平时看着安安静静的，原来唱歌和弹钢琴都那么厉害。”女生说，“好羡慕你这么会唱歌的人。”

苏晓晓和陈卉从旁边走过，闻言轻嗤了一声。

自从上次余昱川的事情过后，她们就开始疏远辛禾，在宿舍里把她当成空气，连话都不跟她说半句。

十大歌手的决赛她们也去现场看了，看到辛禾在舞台上夺目耀眼的模样，俩人更加反感，打心底觉得她现在这模样就是故意装出来的。

辛禾边听女生说话边往前走，忽然，从旁边冒出来一个男生。

“嘿，你就是辛禾吧？”男生开口跟她打招呼。

辛禾被这突然冒出来的人吓得一愣，

男生开门见山道：“我在十大歌手决赛现场听了你的演唱，你很对我的胃口，方便加个微信吗？”

辛禾完全不认识这个人，她抿了抿唇，为难道：“不……不好意思，不太方便。”

说完，她埋下头，绕过这个男生往前走。

“哎，先别着急走呀，不方便加微信也没事，要不我们先互相认识一下？”

男生跟上来。

“不……不用……”辛禾摇了摇头，脚下的步伐渐渐加快。

这已经是这个星期里第二次被搭讪了，辛禾上次在图书馆也被人这样搭讪过，吓得她之后两三天都没再去图书馆。

辛禾往前快走了几步，不管男生说什么她都摇头，跟对方小声说着“抱歉”。好在对方也不是不依不饶的性子，被辛禾拒绝几次后就没再跟上来了。

辛禾见对方走了，提起的心才放了下来。

刚才跟她说话的女生快步跟上来，说：“辛禾，你那天决赛的视频放出去之后，好像有不少男生都对你有好感哦。”

她调侃道：“你现在真的好有名啊，你都不知道你在我们学校的贴吧和各种论坛网站上有多高的人气。”

“你知道上一个这么有名的人是谁吗？”女生见她没回话，兀自道，“就是那个长得很漂亮的外院系花，学校电台的女主持人。有好多男生喜欢她，你现在的人气都跟她差不多了。”

辛禾从来没有了解过这些，她也没有想过这场比赛会引起那么多人的关注。

她很害怕被投放到大众的视野里，也不喜欢这种关注度过高的感觉。

在实验楼上完课，辛禾打算先回一趟宿舍拿书，吃完饭后就直接去教室。她走到宿舍门口的时候，发现门是半敞着的。里面的声音传出来——

“有些人真是没看出来呀，平时看着默默无闻的，原来关键时刻喜欢放大招。”苏晓晓轻笑道，“真是让人大开眼界呢。”

陈卉：“我真没看出她这个人那么会装，还说什么喜欢音乐，音乐能让自己安静下来。我的妈呀，她当自己在拍电视剧吗？说这种让人起鸡皮疙瘩的话，真受不了。”

苏晓晓：“对呀，还有她比赛上唱的那首歌，说是自己原创的，指不定是从哪里抄来的呢。”

“就是！”陈卉气愤道，“我一想到上次的事情就生气！余昱川怎么会维护她这样的人！”

“……”

辛禾站在门外，这些刺耳的话让她心底一凉，她默默地低下了头。

过了半晌，里面的人似乎是察觉到门没关，顺手将门带上，“砰”的一声将她关在门外。

辛禾捏了捏自己的袖子。

过了几分钟，她才像是回过神来，拿出钥匙上前开门。

听到开门的动静后，里面的声音一顿。

打开门后，看到苏晓晓和陈卉各自坐在位子上玩手机，辛禾默默地把门关上。

她走到自己的座位前，把下午上课的书放进帆布袋里，转身的时候看见陈卉往自己这边瞟了一眼。

辛禾缓缓垂下眼帘，从衣柜里拿出帽子戴在头上，伸手将帽檐压得很低。

离开宿舍后，她自己一个人往食堂的方向走去，一路上都低着头。

食堂里人很多，辛禾找了条最角落的队伍默默排在了最后面。

她随着队伍往前移动，就在这时，有人轻轻拍了一下她的肩膀。她抬起头往后看，就见宋阳站在自己后头。

宋阳朝她耸了耸肩，示意刚才拍她的人不是自己。她微愣后再转头，看见余昱川不知何时蹿到了她跟前，正笑意盈盈地看着她。

“好巧啊。”他笑着说。

辛禾愣了一下神，对上他笑容灿烂的脸，这一刻的心情似乎也跟着明朗起来。她脸上露出一丝很浅的笑，朝他点了点头。

余昱川拍了一下宋阳的胳膊，理直气壮地说：“我要站辛禾后面，给我腾个位子。”

“凭什么你说让就让，哪有你这么光明正大插队的？对吧，小师妹？”宋阳笑嘻嘻地说。

辛禾见余昱川下一秒就要爹毛了，连忙道：“要……要不你站我前面？”

“那怎么好意思。”余昱川边说边瞪了宋阳一眼，宋阳这才嬉笑着给他让了位。

三个人一起排队打饭，然后找了张空桌坐下。

余昱川坐在辛禾旁边，动筷之前先给她夹了几块红烧肉，说：“这个食堂做的红烧肉特别好吃，你尝尝。”

他把自己餐盘里仅有的几块瘦肉都夹给她了，辛禾有些不好意思：“谢谢，够……够了……”

“多吃点，你太瘦了。”

宋阳坐在他们对面，似有所觉地抬起头来，就见余昱川正盯着他餐盘里的肉。

想到上次惨痛的经历，他准备将自己的餐盘默默挪开，而余昱川这时抬起头来朝他咧嘴一笑。

宋阳沉默了几秒，把自己盘里的肉也分了几块给辛禾，肉疼道：“小师妹，我的肉你也尝尝。”

辛禾的盘中原本就只有一道青菜，她看着他们给自己夹的肉，有些不知所措。

余昱川拍了拍她的头顶，说：“别傻愣着，吃吧。”

他用哄小孩的语气说：“光吃青菜不吃肉容易营养不均衡，营养不均衡长不高，知不知道？”

辛禾被他说得一愣一愣的。

宋阳听着他一本正经地胡说八道，没忍住扑哧一声笑出来。

温凡意发现，自从跟某些人碰面之后，无论到哪里都会遇见这个人。

她坐在位子上吃饭，抬头就看见辛禾跟余昱川坐在自己斜对面那一桌。

她看着余昱川眉目含笑地帮那女生夹菜，脑海里不由自主地闪过决赛那晚她在后台看到的两个人拥抱的场景。

温凡意心里非常不是滋味，不甘和委屈萦绕在心头。

见她一直盯着一个方向看，坐在她对面的卢峰疑惑地回头，然后就看见了熟人。

他了然地扬起眉，转过头来看着对面的温凡意，问：“羡慕还是嫉妒了？”

温凡意收回视线，看也不看对面的人，放下筷子说：“你可不可以不要再烦着我了？”

说完，她饭也不吃了，背起自己的包就要从座位上站起来。

卢峰这时开口道：“如果你不喜欢那女生，我有办法帮你把她从余昱川身边赶走。”

闻言，温凡意动作一滞，犹疑道：“你……什么意思？”

卢峰没回答她的问题，只是说：“但前提是，你得答应跟我约会一周。”

温凡意猛地抬头看他。

卢峰脸上露出一丝恶劣的笑：“怎么样，要不要考虑一下？”

吃完饭，余昱川他们要去楼下的便利超市买水，辛禾也跟他们一块儿去了。

余昱川带着她站在货架前，问她：“你要喝什么？”

辛禾摇了摇头，说：“我带了水。”

说着，她给他看自己放在帆布袋里的水瓶。

“那给你买瓶热牛奶好不好？天气冷，你拿在手上正好暖手。”余昱川打开一旁的柜子拿了瓶牛奶出来，辛禾还没来得及拒绝，就听他道，“咦，阳子正好在埋单，正好，让他请你喝。”

辛禾抬起头来，就看见他张扬昳丽的眉眼间带着狡黠的笑意。

现在正好轮到宋阳结账，余昱川拉着她走到收银台边。他把牛奶和自己的一瓶饮料放在台面上，对收银员说：“把这两样也算上。”

宋阳愣了一下，转头就看见余昱川拉着辛禾站在自己身后。

见他看过来，余昱川收起脸上的笑容，无辜地耸了耸肩，说：“辛禾想喝牛奶，帮她结一下账。”

宋阳咬牙道：“你自己怎么不替她买？”

余昱川拍了拍他的肩膀，语重心长道：“啧，作为人家的师兄，不要那么小气行吗？”

宋阳无言片刻，说：“那小师妹还喝运动饮料呢？”

“哦，这是她请我喝的。”余昱川一本正经道。

宋阳被他的厚脸皮惊到了。

“小师妹，你以后别跟着川少了，他这人脸皮厚得跟城墙似的，心肠又黑，你别被他带坏了。”

辛禾垂眸一笑。

余昱川踢了宋阳一脚，怒道：“怎么说话的？”

埋完单，刚走出门的时候宋阳想起还有一样东西没买，就又进了超市。

余昱川这时刚好手机响了，他走到一边去接电话。

辛禾就站在门外等他们。

她等了几分钟，这时从远处走来一群男生。

为首的一人注意到站在门边的辛禾，朝自己的同伴们使了个眼色：“咦，那不是唱歌很好听的那个女生……”

大家都朝辛禾这边看过来。

辛禾察觉到他们的目光，压低了帽檐垂下头，侧过身子避开他们的视线。

余昱川打完电话回来就看到这一幕，他皱了皱眉，走过来挡在辛禾身前。

“久等了。”他语气温和，说话的同时，淡淡地扫了一眼那群男生。

几个男生对上他的视线，有些认怂地纷纷收回自己的目光，你推我搡地走进了便利超市。

宋阳走出来的时候也看见了这一幕。

他们离开超市后把辛禾送到附近的站台坐车，然后才离开。

走在去教室的路上，他对余昱川说：“川少，你对小师妹怎么还一点表示都没有？”

“什么表示？”

“你不是喜欢人家吗？”宋阳想到刚刚的事，说，“你都不知道十大歌手的决赛后小师妹有多出名，很多男生都在打她的主意呢。怎么我瞧你这模样，是一点都不着急？”

“我急什么？”余昱川抬起下巴，“他们长得能有我好看？”

宋阳无言半晌，说：“这一点你倒是挺自信。”

余昱川斜了他一眼，宋阳立马改口，赞同地点点头：“盛世美颜，舍你其谁。”

“喀，我跟桐哥打听过了，下个月中旬是她生日。”余昱川轻咳一声，提起这事儿脸就不由得一红。

他打算到那时给她一个惊喜，然后再跟她表明自己的心意。

“哎哟，原来是在憋大招呢。”宋阳轻轻撞了他一下，“难怪，我就说你最近这段时间怎么没点动静。”

余昱川：“我第一次喜欢一个女生，肯定得好好谋划一下。”

宋阳好笑道：“川少，要不要我们帮忙？我怕你跟小师妹剖白心意的时候紧张到腿软。”

“滚！”

往前走了一段路，余昱川忽然说：“阳子，帮个忙，你找个人把贴吧和论坛上关于辛禾决赛的视频全都下线，然后找些新的话题覆盖上去。”

“干吗？你是不是发现很多男生对小师妹有好感，吃醋了？”

“那些人压根儿入不了我的眼，我有什么好吃醋的？”余昱川将双手放进口袋，看着前方，“我怕她难受。她那样的性子，应该不太想让自己引起那么广泛的关注。”

“既然当初是我撺掇她去参赛的，现在自然得帮她善后。”余昱川沉吟了一会儿，说，“等视频下线，过一段时间热度降下来就好了。”

说完，没听见身旁有声音传来，余昱川转头看去，就见宋阳用一种不知如何形容的眼神看着自己。他浑身起了一层鸡皮疙瘩，说：“你用这种色眯眯的眼神看着我干吗？”

宋阳捂着胸口，用非常真诚的目光看着他，说：“川少，我突然发现你人特好，长得如花似玉不说，关键是还那么替人着想。能跟你成为朋友，我觉得非常荣幸。”

余昱川奇怪地看了他一眼，轻嗤道：“滚滚滚，有病就去治。”

宋阳大笑起来，揽着余昱川的肩膀，嬉皮笑脸道：“川少，你对小师妹这么好，我要是她的话肯定会感动得稀里哗啦的，然后恨不得对你以身相许。”

余昱川瞟了他一眼，不耐烦道：“废话怎么那么多，帮不帮？”

宋阳忙点头：“帮！我今晚就去找人把视频下架。”

“谢了。”

“咱俩谁跟谁，那么客气干啥。”宋阳说着，戏瘾又上来了，朝他抱拳道，“还望川少记得小弟这点恩情，来日赏我一顿饭吃。”

余昱川勾起唇，微笑着看他：“我赏你一拳好不好？”

“喀喀——小弟恐怕受不起。”

“神经病，离我远点。”

辛禾今天傍晚去了Dream's餐厅，桐子见到她，一脸凝重地朝她招了招手，示意她过来。

“禾禾，你老实跟我说，今天早上你给我转的钱是从哪里来的？”桐子将辛禾带到一处僻静的角落，边说边翻出辛禾给他的转账记录。今早他收到钱的时候都吓了一跳。

辛禾犹豫了一会儿，将前段时间参加学校十大歌手比赛这件事情告诉了桐子。

桐子听完整件事后松了一口气，同时又感到惊讶：“你怎么会去参加这个比赛？”

她的性子他再了解不过了，她刚来餐厅唱歌那会儿就有好几次紧张到歌都唱不下去。

对上桐子探究的眼神，辛禾抿了抿唇，简要地将事情的前因后果说给他听了。

桐子摸了摸下巴，若有所思道：“这么说来，那几个小伙子对你还真的挺不错的？”

辛禾点头，想到余昱川他们，心就柔软了起来。她说：“他们对我很好。”

桐子见她这副神情，笑着打趣道：“昱川那小伙子对你有意思吧。”

辛禾一怔，随后赶忙摇头道：“舅……舅舅，你别乱说。”

她说着，脸跟着红了。

“别害羞呀，那小伙子我接触过几次，人是真的不错，是个靠得住的。”桐子笑，“长得好，人又有礼貌和涵养，性格也讨喜。家世背景舅舅也帮你打探过了，家风很清正，这样的小伙子配得上我们家禾禾。”

听他越说越离谱，辛禾羞红了脸，不知所措地结巴道：“不……不说了，我……我到后面去了。”

桐子哈哈大笑了两声，说：“好了，我不开玩笑了。这样吧，你找个时间带他们几个来店里，让舅舅请他们吃顿饭，感谢他们在学校里对你的照顾，行吗？”

辛禾红着脸点点头。

桐子：“还有就是，这钱是你辛苦赢来的，舅舅不要你的，你自己收着。平时在学校里不要亏待自己，把自己照顾好就是对我最大的报答了。”

闻言，辛禾立马摇了摇头，立场很坚定：“不……不行的，舅舅，一码归一码，这钱我得还你。”

她刚来川城的机票和食宿都是桐子帮她出的钱，还有大一时的学费和生活费也是他给的。辛禾一直将这份恩情记在心里，想着有朝一日能全部偿还给他。

桐子叹了一口气，有点拿她没办法："你说你这孩子怎么那么固执，非得跟我算得那么清。"

辛禾低头沉默着。

"那这样吧，你这钱我只留一半，剩下的就等你以后手头宽裕些再转回给我行吗？"桐子就怕她为了这点钱在学校里委屈自己。

"禾禾，这是舅舅能做出的最大让步了。"

辛禾抿了抿唇，点点头："好。"

最近天气冷，夜晚气温很低，桐子为了能让辛禾早点回去，把她的驻唱时间提前了一个小时，晚上八点就结束了。

结束之后，辛禾拿上自己的吉他跟桐子道别。

"要不要我送你去地铁站？"桐子问她。

辛禾摇摇头："我自己走就好，舅舅你忙。"

"那行，你自己回去小心，外面风大，把外套裹紧点，到学校了给我发微信。"

"好。"

辛禾将后门推开，门一开，外面的冷风席卷而来。她冷得悄悄打了个寒战，回头朝桐子点了点头，轻声说："舅舅，我走了。"

"路上小心。"

后门有一条长而窄的巷子，走到尽头就是地铁口，辛禾每天晚上都会从这条巷子经过，平常这个时间点巷子里没什么人。

辛禾压低帽檐，将脸颊埋进围巾里，一只手握着吉他的背带往前走，路灯在脚下静悄悄地铺展着光影。

今晚这条巷子格外安静，有只野猫从垃圾堆逃窜而过，发出的动静把辛禾吓了一跳。

辛禾稳了稳心神，加快了脚步埋头往前走。

拐弯的时候，她忽然听到有人喊她。

辛禾一顿，回头就见身后不远处站着一个比她高出许多的男生。

认出对方是谁后，她的脸色瞬间一白。

卢峰对她笑道：“好久不见呀，老同学。”

心猛地一紧，辛禾苍白着脸，怔了几秒。

回过神后她赶紧低下脑袋，转头就要走，结果被人一把拦住了！

辛禾脸色一变，停下了脚步。

“干吗看到我就走呀？”

辛禾整个人一僵，脸色煞白。

“现在混得不错嘛，在十大歌手的舞台上出尽了风头。”卢峰上下打量了她一眼，笑道，“不过也多亏了那场比赛，要不然我都不知道原来你也在川大念书。”

辛禾僵着脸，内心害怕极了，转身想绕开他。

“干吗这么着急走啊？”卢峰轻松地拦住她，“跟老同学这么久没见面了，叙叙旧嘛。”

辛禾抿紧唇，喉咙像是被石块堵塞住，什么也说不出来。

卢峰：“我听说你最近跟一个叫余昱川的男生走得很近，他是你男朋友？”

听他提起余昱川，辛禾心里突然有些慌，抬起头看着他。

“干吗这样看着我？”卢峰笑了，“也是，毕竟家里破产了，爸爸还有精神病，谁敢跟你这种人在一起？”

辛禾彻底僵住了。

卢峰看着她煞白的脸色，笑了：“哦，对了，不好意思啊，忘记你爸爸已经不在了。”

辛禾颤抖着身躯，死死地抿紧唇，眼眶里渐渐涌起一层水雾。

卢峰低头看着她，扬起恶趣味的笑容：“你说，万一余昱川哪天知道了你家里的事情，会不会疏远你、讨厌你，甚至恨不得离你远远的，把你永远驱逐出自己的世界才好呢？”

辛禾被他的话激得浑身一冷，心里的恐慌和寒潮一阵接一阵地涌上来。

说话间，有人经过了巷子，卢峰压低了声音：“你别怕，我不会把你的事告诉他的。我们等他自己慢慢发现，让他慢慢知道你是什么样的人好了。”

待人走后，辛禾整个人脱力般沿着墙壁蹲在地上。她抓起刚才推拉时掉在地上的帽子，也不管脏不脏，直接就戴在头顶。她双手死死地压住帽檐，遮住自己的脸，冰冷的身体止不住地颤抖着。她闭上眼睛，眼泪无声地流了下来。

过了很久很久，她放在口袋里的手机振动了一下。

桐子问她："禾禾，你到学校了吗？"

辛禾泪眼蒙眬地看着这条消息，颤抖着手指回复："嗯，我到了。"

"好，那你早点洗漱完去休息。"

"好。"

辛禾关了手机，低头抱住自己，将脸埋在双膝之间，身躯早已被冷风吹得不能动弹。

她抱住自己默默地流泪，像一个被抛弃在街头无人问津的孩子。

第9章

以后只对你一个人好

冰冷苍白的房间里，辛禾一步一步缓缓走到病床前。

病床上的人容貌苍老憔悴，头发花白，身体格外瘦削，虚弱的模样看得辛禾的心像被一双手狠狠揪紧，疼痛止不住地蔓延开来。

她在病床边的椅子上坐下，拿了一条干净的热毛巾，抬起父亲的一只手，帮他把病号服的袖子挽上去，轻轻帮他擦拭着手臂。

忽然，父亲手指一动，缓缓睁开眼睛。

他将视线投过来，看向病床边的辛禾，苍老的面容上显出一丝笑。

他动了动唇，声音沙哑："禾禾来了？"

辛禾一怔，在父亲开口的瞬间热泪盈眶。

她颤抖着声音："爸……爸爸，你……认得我了？"

"说什么傻话，爸爸什么时候不认得你了？"

父亲双手撑在身侧想坐起来，辛禾赶忙把他的枕头竖起来立在床头，然后扶着他倚靠好。

她坐回位子上，父亲问她："怎么哭了？"

辛禾一顿，垂下头擦了擦眼睛，说："没……没哭。"

父亲看着她，沉默了一会儿，然后抬起手搭在她的脑袋上，语气里含着歉疚："禾禾，爸爸让你受委屈了。"

辛禾微愣，连忙摇头，说："没……没有，没有委屈。"

父亲摸了摸她的脑袋，问："家里一切都还好吗？"

辛禾垂着脑袋点点头。

“那就好。”

他将视线投向窗外，外面的日光透过窗帘的缝隙漏进来一丝光线，他有些不适应地眯了眯眼。

“今天几号了？”

辛禾抬起头来看着精神状态似乎恢复正常的父亲，眼睛一酸，说：“十号了。”

父亲点了点头，笑道：“今天外面是个好天气。”

说完，他转回视线看向辛禾，眼中盈满了慈爱：“禾禾，爸爸突然很想再听你弹一次钢琴。”

辛禾听到父亲这话，心被酸楚浸润，眼泪差点又掉了下来。她低头掩饰住神情，从口袋里拿出手机，说：“爸爸……我之前将练习的曲子录在了手机里。”

辛禾找到之前的录音，点了播放键，轻柔舒缓的钢琴声很快便从她的手机里传来。

原本毫无生气的病房因为这阵温柔的音乐有了一丝温暖和生机，房间里的两个人都沉默着，安静地将这首曲子听完。

音乐停下后，父亲看着她，笑着说：“我们家禾禾真棒！”

闻言，辛禾心里更加难过，哽咽着说：“爸爸，你要快点好起来。”

父亲从旁边抽了张纸巾帮她把眼泪擦掉，轻声哄道：“好，不哭了，爸爸很快就会好的。”

父亲的这句话轻而易举地将她心里最脆弱的防线击溃，她趴在床边哭了起来。

父亲温和地哄着她，一双温暖的手一直在抚摸着她的脑袋。

过了很久很久，辛禾听到父亲似呓语般低声呢喃了一句：“我们家禾禾那么胆小，不知道以后有谁能保护你。”

辛禾一愣，醒了过来。

她躺在宿舍的床上，面朝一堵墙。

睁开眼睛后缓了一会儿，感觉脸上一阵湿润，她伸手一摸，摸到了满脸的泪水。

辛禾怔怔地看着面前这堵墙，心里被悲伤和难过占据。

她一闭上眼睛就能想起父亲临终前的模样，想到过去无数个艰难痛苦的日日夜夜……

辛禾将被子蒙住头顶，整个人缩在里面轻轻颤抖着。她咬着自己的手，不让自己哭出声音。

辛禾隔天早上醒来的时候感觉头昏昏沉沉的，鼻子和喉咙也很不舒服。她轻轻咳了两声，发现自己好像感冒了，手脚有点酸软无力。

她洗漱完将帽子戴上，到了教室，跟她同桌的女生见到她，讶异道："辛禾，你今天脸色怎么那么差？"

辛禾压了压帽檐，轻轻摇了摇头。

见她一副不欲多说的模样，女生也就没再问了。

下课后，周维来通知她，下午他们那个创新项目的小组要开会，让她记得准时到图书馆参加会议。

辛禾一想到余昱川也会参加这个会议，心里就有些踌躇。

她捏了捏手，在周维离开前叫住他，抿唇说："我……我今天不太舒服，可……可以先不去吗？"

闻言，周维面露难色："我们这个项目接下来要上传，去参加初赛了，我们想在初赛前再把每个人负责的内容重新核对一遍……主要是接下来大家都没时间，只有今天有空。"

他说完，看着她问："你是真的很不舒服吗？"

听他这么说，辛禾抿了抿唇，低着脑袋摇了摇头。

下午上完课，辛禾离开教室的时候，觉得头比早上出门前更沉重了，喉咙又干又涩。

她强撑着精神坐车去往图书馆。

时间还早，大部分人还没来，于是辛禾走到最末尾的位子上坐下。她压低了帽檐，垂着脑袋看着自己的笔记。

没过多久，她的身旁就坐下了一个人。

"辛禾。"一道悦耳的声音传来。

辛禾呼吸一滞，微微捏紧了自己的手指，轻抬帽檐，转头看过去。

余昱川的眉眼一如既往的明朗映丽，那双天生上挑的漂亮眼睛里带着显而易见的愉悦笑意。

辛禾只看了一眼就低下头，不敢多看。所以她没看见下一秒余昱川的眉头就皱了起来。

“你的脸色怎么这么苍白，是不是生病了？”

“我……”辛禾张了张嘴，察觉到自己声音沙哑，慌忙闭上了嘴，只垂着脑袋摇了摇头。

可她的脸白得像纸一样。

他刚准备开口，就听见她压低声音咳了两声。他眉头一皱，伸手贴在她的额头上，嘀咕了一句：“是不是发烧了？”

辛禾一僵，瑟缩了一下身子，避开他的手。

见隐瞒不住，她只好道：“我……我有点感冒了。”

她一说话，声音里的沙哑完全藏不住。

余昱川见她病成这样，问：“看医生了吗？”

辛禾摇摇头：“我吃了药。”

余昱川看她这副恹恹的模样，嗓音不自觉地放柔了：“怎么不回宿舍休息，还跑来开会？”

辛禾捏了捏自己的手，说：“他……他们说下午的会议重要。”

“再重要能比自己的身体重要？”余昱川揉了揉她的脑袋，“傻，等会儿开完会我带你去看医生。”

辛禾的背脊僵了僵，她躲开他的手，垂眸摇了摇头，说：“不……不用……”

“用不用你说了不算，我说了才算。”

他说话难得有这么霸道的时候，辛禾没忍住侧过头看了他一眼。

余昱川正好看过来，他叮嘱她：“你先喝点热水。”

话落，他又问：“你带水瓶了吧？”

辛禾收回视线，点了点头。

人很快到齐了，由周维主持这场会议。他们先把项目的流程都过了一遍，然后每个人再单独讲述自己负责的部分。轮到辛禾的时候，她低着头没动静。

“辛禾？”周维喊了一声。

所有人都将视线投过来，余昱川也看过去。

辛禾的脑子有点昏昏沉沉的，听到有人喊她的名字才反应过来。抬起头见大家都看着自己，她心一紧，有些紧张地低下头。

“我……”她的声音沙哑极了，刚开口说出第一个字就咳出声来。

余昱川实在看不下去，出声打断了她，对周维说：“她身体不舒服，我先带她去看医生，你们继续吧。”

说完，他就站起身来，提起辛禾放在一旁的袋子，帮她把桌上的笔记本和书都收起来。

收拾完，低头见辛禾傻傻愣愣地看着，他笑了：“还傻愣着干吗？走了。”

辛禾就这么愣愣地跟着他出来了，直到坐上车，她的脑子才像是清醒了一些。她踌躇着询问：“我……我们去哪里？”

“带你去看医生。”余昱川答道，转头见她这副呆呆的模样，觉得可爱极了。

他轻轻敲了敲她的脑袋，好笑道：“小呆子，怎么感觉你生个病比以前更呆了。”

辛禾愣神过后，脸颊一红，慌忙垂下脑袋。

他们到了医院，余昱川带她挂了号。

医生帮辛禾做了检查，询问了几个问题后就开了药单，叮嘱道：“你这是风寒感冒，最近天气冷，没注意着凉了吧。”

闻言，辛禾微微垂下脑袋，没有出声。

“严重吗？”余昱川闻言，皱眉询问道。

“不算严重，开点药吃就行。”医生把药单写好，签名盖章，“药按照规定的剂量吃，如果没有好转再来复查。回去之后记得多喝热水，注意休息。”

看完医生后，余昱川带着辛禾坐在外面的椅子上。他拿着医生开的单子对她说：“你在这里坐着等我，我去给你拿药。”

辛禾不想麻烦他，想说自己去就好了，可是他说完就走了。辛禾张了张嘴，只好把话咽了回去。

辛禾等了十分钟，余昱川就拿着药回来了。他把每盒药的服用时间和剂量跟她一一交代清楚：“这两盒药你每天吃三次，一次两颗，都要在饭后半小时内服用……”

辛禾看着他低眉垂目、神色认真的模样，脑海里不由自主地浮现出昨晚卢峰说的话——万一余昱川哪天知道了你家里的事情，会不会疏远你、讨厌你，甚至恨不得离你远远的，把你永远驱逐出自己的世界才好呢？

她想到那样的场面，心底就涌起一股没来由的不安和恐惧。

辛禾低了低头，心慌地捏紧了自己的手指。

“是不是很不舒服？”看她的脸色比刚才又苍白了几分，余昱川低声询问了一句。

辛禾一滞，然后摇了摇头。

“走吧，我带你回去休息。”

余昱川拦了辆出租车，坐在车里，他转头看着一直低着脑袋的辛禾，轻声道：“难受的话借我的肩膀给你靠。”

辛禾抬起头来，余昱川轻轻拍了拍自己的肩膀朝她示意。

辛禾一愣，慌忙摇头，小声道：“没……没事。”

“别害羞嘛。”余昱川笑了一声，回忆道，“我记得上次我也借你的肩膀靠过。”

辛禾脸颊一热，有些羞窘地抿起唇。

她刚想婉拒，余昱川就将她的脑袋轻轻按下来，让她靠在他的肩膀上，说：“好了，你睡一会儿吧，到学校了我喊你。”

说完，他修长的手还安抚似的蹭了蹭她的脑袋。

辛禾怔住了。

靠着他宽厚结实的肩膀，她呆了几秒才后知后觉地反应过来，脸颊一下就红了，心跳忽然乱了。

“我……”

余昱川轻轻“嘘”了一声，笑道：“乖，快睡吧。”

辛禾安静下来。

他对她越好，她就越承受不住心里的压力。不安的情绪像块沉甸甸的石头，压着她的心脏，沉重得让她透不过气来，她整个人都有些疲乏无力。

吃了医生开的药后，辛禾的感冒没过几天就好了。

她这天中午独自一人在食堂吃饭，忽然有人将餐盘放到她对面。

辛禾抬起头来，就看到一张让她心生寒意的脸。

卢峰就站在她面前。

辛禾心一紧，第一反应是拿起自己的东西起身要走。

卢峰一把拦住她："干吗每次看到我都慌慌张张要跑啊？"

辛禾僵住身躯，捏紧了自己的包。

卢峰漫不经心地抬头看向她，笑道："18级应用化工技术2班，对吧？"

听到自己的班级名称，辛禾心头一滞，脸色一白。

他怎么知道……

"说实话，我知道你就读的专业后还有点惊讶。我很好奇，你怎么会来川大读化工专业？"卢峰兀自道，"你那时候不是音乐生吗？不是要考国内那个很知名的什么首都音乐学院吗？"

辛禾白了脸色，捏紧了掌心。

她不说话，也不妨碍卢峰一个人唱独角戏。他拍了一下脑袋，貌似恍然大悟："哎，对，你瞧我这记性，我都忘了，你爸过世的事情害你错过了音乐学院的考试。"

"你都不知道，那时候我们班里几个同学都替你觉得惋惜，我们还在想你错过了考试怎么办，没想到你还能考上川大。"卢峰好奇道，"川大的录取分数那么高，跟我分享一下你是怎么考上的呗。"

"你……你不要再说了……"辛禾脸色惨白，拿起自己的东西就跑了。

那天过后，辛禾晚上经常性失眠。她只要一闭上眼睛就能想到卢峰说的那些话，那些话像梦魇一般缠绕着她。

傍晚去餐厅的时候，桐子察觉到她的异样，询问她最近发生什么事没有。

辛禾只是摇头，什么也不说。

她的状态真的很糟糕，在台上好几次弹错了音，也忘了歌词，一首歌断断续续唱不完整。底下的观众频频往她这边看过来，辛禾羞愧地低下头，抱着吉他从台上下去了。

"禾禾，你是不是身体不舒服？要不舅舅先送你回去休息吧，等你过两天精神好了再来。"

辛禾也觉得自己的状态很难再继续下去，听完桐子的话，她乖顺地点了点头。

坐在车里，桐子问她："禾禾，你是不是最近学习压力太大了？"

她什么也不说，桐子只好自己揣测了一番："学习这种东西呢，要劳逸结合，书本的知识固然重要，但身体更重要，你在适当的时候也要让自己休息一下……”

他说着，却一直没听到回应。

等红绿灯的时候，他把车停下来，转头看了她一眼，就见她靠着椅背，一直低着头，帽檐遮住了她脸上的所有神情。

桐子心里咯噔一下，看着她这模样，突然就想起了很久以前见到辛禾的场景。

那时她父亲刚过世，她每天都像现在这样一言不发地坐着，不哭不闹，像一个没有生命的玩偶似的。

他心里忽地生出一丝担忧，喊道："禾禾？"

辛禾听到声音才抬起头来："嗯？"

桐子看着她苍白的面容，心里的忧虑更甚，问："是不是那帮小伙子欺负你了？"

他指的是余昱川他们。

辛禾闻言，讶异地睁大眼睛，连忙摇了摇头："不……不是的……"

见她这慌慌张张的模样，桐子觉得不像是骗人的。他问："那你为什么……"

"嘀嘀——"

路口的红绿灯转绿灯了，后面有车在按喇叭。

桐子只好把话咽回去，发动了车子。

川都大学晚上不让外来车辆进入，桐子只能送她到学校门口。

辛禾下车的时候，桐子叫住她，不放心地叮嘱道："禾禾，如果在学校遇到什么事就给舅舅打电话，千万别自己憋在心里，知道吗？"

辛禾抿唇点头："我知道的，舅舅。"

车子不能在学校门口久停，桐子反复叮嘱了几遍，才对她说："行吧，你早点回去休息。"

回去的路上，桐子想来想去，还是觉得放不下心。他找了个路边把车停下，拿出手机找到一个号码拨了过去。

周四晚上的公选课，辛禾跟往常时间一样来到教室。上课前十分钟，有个女生走到她身旁问："同学你好，这个位子有人吗？"

辛禾抿唇，没开口说话。

见她没反应，那人又喊了一声："同学？"

辛禾垂下眼帘，轻轻地摇了摇头。

女生在她旁边坐下，辛禾低头看着自己的手，不敢抬头看向教室门口。

不知道过了多久，她听见有人说："同学，可以麻烦你换个座位吗？"

听见这道熟悉的声音，辛禾顿时一僵。

"哦，好的。"女生应道，然后收拾东西从座位离开了。

余昱川在辛禾旁边的位子坐下，辛禾心一紧，低着头，有些紧张不安地抓紧了自己的外套袖子。

然后她就听到他问："今天怎么没帮我占位子？"

闻言，辛禾心一慌，抿唇小声道："对……对不起……"

余昱川只是随口一问而已，并没有别的意思。见她慌慌张张地跟自己道歉，他脸上露出一丝笑："你不用道歉，我没别的意思，就是问问。"

辛禾捏了捏手，沉默着没说话。

余昱川转头看向她，发现她藏在帽檐下的一张小脸毫无血色。他眉头微皱，问："你是不是感冒还没好？脸色这么差。"

辛禾闻言一愣，然后连忙摇了摇头。

"是不是有人欺负你了？"余昱川问道。

闻言，辛禾心一紧，捏了捏手心，摇头支吾道："没……没有。"

"如果有人欺负你了，你就跟我说，我给你撑腰。"余昱川扬眉道。

辛禾低下头，默默地应了一声。

下课之后，他们俩一起坐车回去。到了宿舍区，俩人下车，余昱川对辛禾说："我送你回去吧。"

"不……不用。"辛禾闻言，立马拒绝，"我……我自己回去就好了。"

说完，辛禾也不等他开口，压低帽檐，转身就走了。

余昱川一路神情凝重，他想到了前些天桐子给他打的那通电话。

桐子在电话里问他，辛禾最近在学校有没有发生什么不好的事情。

他这些天一直在忙自己的专业课题，除了上次辛禾感冒他送她去了医院，接下来的几天他都没怎么跟她联系，所以也不清楚在她身上发生了什么事情。

桐子跟他说："我觉得禾禾最近有点古怪，精神也不是很好。"

这一点余昱川在上次辛禾感冒的时候就察觉了，可他当时只以为她是生病了所以整个人无精打采的。

但现在病好了，她的精神反而比之前更差，行为举止也有种说不出的怪异。他感觉她好像又回到了他们刚认识的时候，甚至她的反应比那时还要内敛和封闭。

而且，辛禾在刻意疏远他。

余昱川想了一路，还是百思不得其解。

回到宿舍，宋阳见到他就调侃道："川少，我发现你真是神通广大，竟然能从老林的眼皮子底下逃去上公选课，真的厉害，看来小师妹对你的诱惑很大呀。"

说完，见余昱川停在原地，没有对他的话做出任何反应，他疑惑地跟顾思明对视了一眼。

顾思明挑眉问："这是，中邪了？"

宋阳跟他一唱一和："还是师妹给你种了情蛊？"

"你们俩是不是脑子有病？"余昱川终于给了一点反应，他斜了两个人一眼，鄙夷道。

宋阳松了一口气，对顾思明说："鉴定完毕，川少还是平时那个川少。"

"喂。"余昱川走上前，"我问你们一件事。"

宋阳见他走过来，条件反射地往后一缩："吓我一跳，我还以为你要揍我。"

余昱川没理他，皱眉问："你们有没有觉得辛禾最近有什么不太对劲的地方？"

宋阳："小师妹？"

顾思明倒是认真想了想，摇头说："最近没怎么接触，怎么了？"

余昱川不知道怎么说，只道："我觉得她这阵子有点怪怪的。"

"有啊，前几天我在打球的时候遇到她，约她一块儿吃饭。她当时拒绝了我，然后就匆匆忙忙地走了。之后我在微信上也约过她两三回，但她都拒绝了。"宋阳回忆道。

"哟，你竟然敢单独约师妹？"顾思明看热闹不嫌事大地笑道。

宋阳丢了个枕头过去，急道："顾思明你这玩意儿别坑害我，我就是单纯地作为朋友和师兄约她。”

他看着余昱川，眼神真诚，道：“我发誓，我对小师妹绝没有半点非分之想。”

余昱川没心思跟他们闹，只道：“还有吗？”

“还有……”宋阳挠了挠头，想了一会儿，忽然道，“哦，对了！还有一件事没跟你们说，之前老白在食堂见到小师妹跟一个男生坐在一起，两个人好像认识。老白隔得远看不清，只说他们两个人不知道在说什么，气氛不太好……”

余昱川皱眉道：“这件事你怎么到现在才说？”

宋阳嘟囔道：“我这不是怕你多想吗……而且老白说他离得远没看清，说不定他认错人了呢。”

说完，见余昱川神色凝重，宋阳又连忙道：“川少，你要相信我们小师妹不是那种人啊，她平时跟人说话腼腆到头都不敢抬，又怎么会认识别的男生。肯定是老白认错人了，要不然就是有什么误会！”

“不用你说我也知道。”余昱川皱了皱眉，开口道，“我只是担心她是不是被人欺负了。”

“知道那男的是谁吗？”他问。

宋阳摇摇头：“不知道，老白说不认识。”

接下来几天，辛禾出门都有点提心吊胆的。她用帽子将自己的脸挡得严严实实的，下课后就立马回宿舍，在食堂吃饭的时候也不敢久留。

她害怕会像上次那样再遇到卢峰，不过好在这两三天他都没有出现。

今天中午，辛禾像往常一样在食堂排队打饭。她端着盘子找空位的时候没注意旁边走过来一个男生，转身的时候就跟那人撞在一起了。

“砰”的一声，辛禾手里的盘子掉在了地上，男生手里的热汤泼到了她的手背上。

汤是滚烫的，辛禾的手背一痛。

男生“啧”了一声，看到自己洒掉的大半碗汤，皱眉道：“你这人怎么走路不看路的？”

辛禾心一紧，低头连忙道：“对……对不起。”

“我第一次见这么不要脸的人，明明就是你撞过来的！还将责任推到别人身上。”

辛禾霎时愣住，这是……宋阳的声音。

下一秒，辛禾的手被人轻轻握住，有人将她扯到了身后。

她抬头就看见余昱川挡在了身前，宋阳和顾思明也站在她身旁。

余昱川握着辛禾的手没放，看着男生，神色冷漠道：“道歉。”

男生见状，气势一下子弱了：“我……我为什么要道歉，你们哪只眼睛看到是我撞的？”

宋阳扬了扬下巴，说：“我们几个人都看到了，你这人还有脸赖皮？”

大庭广众下，男生拉不下面子，支支吾吾道：“你们就是人多欺负人少……”

话落，他的衣服就被人揪住了。

余昱川盯着他，怒道：“听不懂人话是不是？我让你道歉！”

男生被吓到了，认怂道：“对……对……对不起……”

“跟她说！”余昱川甩开他的衣服。

男生立马朝辛禾弯腰道歉：“对不起，是我撞了你。”

辛禾也被余昱川刚才那愠怒的模样吓到，脸色白了。听到男生跟自己道歉，她愣了几秒才回神，摇头道：“没……没事。”

男生溜走了，余昱川转过身来看着辛禾，声音温和下来：“我刚才看他的汤洒到了你的手上，怎么样，有没有被烫到？”

闻言，辛禾不着痕迹地将手背到身后，摇了摇头。

她这点小动作哪里瞒得过余昱川的眼睛，他将她的手从身后拉出来，然后就看到她的手背上红肿了一块。

宋阳惊道：“小师妹，你被烫成这样也不吭声？”

辛禾抿了抿唇，悄悄抬起头，见到面前的人蹙紧了眉头。

她想把手抽回来，余昱川却握住她的手不让她动。

他对一旁的宋阳和顾思明说：“我先带她去校医室，你们俩帮忙打份饭送过来。”

“没问题。”宋阳和顾思明同时应道。

余昱川带辛禾去校医那里买了烫伤药膏，他坐在她身旁，挤了点药膏在棉签上，对她说：“手给我。”

辛禾立马抿唇摇头，说：“我……我自己来就好。”

余昱川看了她一眼，将视线挪到她身后，惊奇道：“咦，那是什么？”

辛禾被他的话吸引了注意力，往后看去，结果下一秒手就被人牵了过去。

她怔了一下，余昱川握着她的手，已经将药膏涂在了她被烫伤的地方。

“傻不傻,痛就要说出来,知道吗？不要什么都自己憋着。”他谆谆教导道，随即看了她一眼，语气加重，有点恐吓她的意思，“小心憋出病来。”

辛禾愣住了，一时间没说话。

“好了。”余昱川将棉签丢掉，又帮她把药膏塞进袋子里，“回去之后记得自己涂几次。”

“谢谢……”辛禾将手缩回来，垂眸道。

余昱川安静地看了她几秒，忽然道：“辛禾，我问你一个问题，你老实回答我好吗？”

辛禾神情微滞，然后缓缓点了点头。

“你最近是不是在躲我？”

余昱川就这么直截了当地问了，辛禾一点防备都没有，一时间愣住了。

见她不说话，过了片刻，余昱川继续问：“被我说中了？”

辛禾垂眸沉默了。

“我能问为什么吗？”

辛禾有些无地自容地低下头，半晌，连她自己都不知从哪里冒出来的勇气，她握紧了自己的袋子，对他说了声“对不起”，然后就跑了。

她跑了，因为不知道怎么回答他这个问题。

他太好了，辛禾很害怕自己以前那些事情被他知道以后，他会用异样的眼光看待她。

傍晚，桐子给辛禾打了一个电话，问她最近怎么样。

辛禾已经有几天没去餐厅了，她担心再这样下去会让舅舅担心，所以她在电话里跟桐子说今天会过去。

挂断电话后，辛禾看了一眼外面。

卢峰已经几天没找过她了，应该没事了，她在心里这样想。

辛禾收起手机，将吉他从柜子里拿出来。

下楼的时候她环顾了一圈，见没什么异样才背着吉他匆匆往车站走去。

辛禾到了餐厅，小梦一见到她就给了她一个拥抱，问道：“禾禾，你终于来了，身体没什么事了吧？”

桐子对外称她是身体不舒服，所以请几天假。

辛禾对小梦这样的热情有些不适，腼腆道：“没事了。”

小梦松开她，说：“没事就好，去吧，你舅舅在后面。”

桐子见到辛禾，发现她的精神状态还是跟之前差不多。他不放心地询问道：“禾禾，你确定真没事了？”

辛禾摇了摇头，温声道：“没事了，舅舅。”

桐子对她的话将信将疑，但也不好多问，只好道：“那行吧，我到前头去忙了，有什么事你就叫我。”

辛禾应了一声。

她在舞台下方准备曲子，时间到了后就登台。

她尽量克制自己不去想，今晚的演唱总算是圆满完成了。

等她下台后，桐子跟她说：“禾禾，你在这儿等我一会儿，我忙完后送你回去。”

辛禾害怕会像上次那样遇到卢峰，所以她也没有拒绝。

桐子去忙了，辛禾等在一旁。过了几分钟，她看见小梦独自搬着两箱啤酒过来。

“小梦姐，我帮你。”

“谢谢。”

今晚来货了，店里上班的男同事不多，大家都在忙，所以小梦只能自己去搬货。

“禾禾，这些你帮我放到后面的小仓库就可以了。”

前面有人喊小梦，她匆忙交代了一声就走了。

辛禾搬着一箱啤酒往仓库走，小仓库连着后门，因为要卸货，后门敞开着。

辛禾刚把箱子放下，回头就见身后站着一个人。她被狠狠地吓了一跳，待看清人之后，脸色直接就白了。

——是阴魂不散的卢峰。

辛禾浑身发抖，刚要离开，就被他拦住了。

辛禾紧张地看着他："你……你做什么？"

卢峰的心情很不爽，他今天原本是要去找温凡意兑现承诺的。结果就在对方要答应他的时候，他们在食堂里正巧看到余昱川维护辛禾的那一幕，温凡意当场就给他甩脸色走了。

他追温凡意很久了，眼看着要到手了，结果却被眼前这个人搅黄了。这让他怎么不生气！

卢峰冷笑道："你挺有能耐啊，我瞧你也没有几分姿色，你说你怎么就能把男生迷得神魂颠倒的，还当众维护你呢？"

辛禾忽地怔住。

"我跟你说的话你当成耳边风了是不是？"卢峰恼火道，"不如让我把你的那些事情告诉余昱川，让他知道你是什么人好不好？"

卢峰话还没说完，脚边突然砸过来一个酒瓶，"砰"的一声，玻璃四溅。

卢峰还没反应过来，就被人一把撞开了。

辛禾一震，顿时惊呆了。

天色太暗了，她只看到眼前掠过一道黑色的身影。等回过神来，她才认出这个突然出现的人是谁。

余昱川挡在辛禾跟前，眼睛漆黑深沉，盯着卢峰，神色冰冷至极。

"哟，我当是谁呢。"卢峰站稳后看到来人，笑了，"看来我们大名鼎鼎的江北'校草'挑人的眼光实在是不怎么好，要不然怎么会看上神经病的女儿！"

余昱川眼神一冷，刚攥紧了自己的拳头，就听到远处有人呵斥了一声："你们在那儿干吗！"

闻声，辛禾僵了一下，转头就看到舅舅站在路灯底下。

卢峰见有人来了，赶紧灰溜溜地跑开了。

桐子皱眉问："发生什么事了？"

餐厅的休息室里，余昱川坐在一张矮小的单人床上，小梦给他拿来了医药箱。

她把箱子放下后，往辛禾和余昱川身上看了一眼，随即收回目光，跟他们俩打了声招呼就悄悄退出去了。

等小梦走后，余昱川把医药箱打开。

他看了一眼，将药水和棉签都拿出来。

他把棉签拆开，抬头看向从刚才起就默不作声的人。他想了想，把药水推到辛禾跟前，说："你帮我涂吧。"

辛禾愣了一下，余昱川已经把棉签取出来塞到她手里，然后将破皮流血的手伸到她面前。

他刚才从箱子里拿酒瓶的时候一时情急，不小心刮到了手背，上面划了道血痕。

辛禾抿了抿唇，把药水的盖子打开，用棉签蘸了点药水，涂在他的伤口上。

余昱川另一只手的手肘撑在腿上，单手托着脸仰头看着她。

辛禾就坐在他对面，他们离得近，他可以看见她白皙柔嫩的脸颊上细细软软的绒毛。

他看着脸色发白的辛禾，神色柔和下来，轻声问："刚才是不是吓到你了？"

闻言，辛禾立马摇了摇头。

余昱川："刚才那个人是你同学？"

辛禾手一顿，点了点头："是我……高中同学。"

"这段时间就是他一直在欺负你？"

辛禾的手指轻轻颤抖了一下，她垂眸，没说话。

余昱川当她默认了，问："他是怎么找上你的？"

辛禾："他……跟我们在同一所学校。"

余昱川看着她，安静了一会儿，伸手搭在她的脑袋上，轻轻拍了拍，语气温和又无奈："你怎么什么都不告诉我，就这样任由别人欺负你，傻不傻？"

听他说这话，辛禾不知怎的，眼眶忽然一酸。这段时间堆积在心底的情绪全在这一瞬间涌上来，交织在她心里，难受极了。

余昱川忽然想起什么，直起身子问她："你有没有哪里伤着了？"

他的声音戛然而止。

辛禾低着头，双手放在腿上，眼泪像断了线的珠子似的掉下来，滴在了她的手背上。

余昱川见她这模样，一下就慌了。手忙脚乱地摸着自己身上的口袋想找纸巾，可找了半天也没找到。他从床上起来，在室内转了一圈，也没发现哪里有纸巾。

余昱川重新回到辛禾面前，看她低着脑袋，压抑着哭泣的模样，他感觉自己的心像被一双手狠狠攥紧，既难受又心疼。

他伸手帮她把眼泪抹掉，可是他越抹，她的眼泪就掉得越快。余昱川什么也顾不上想了，直接将她抱进怀里。

余昱川让她靠在自己的肩膀上，抬手抚摸着她的后脑勺，放柔了声音哄道："傻姑娘，别哭了。"

辛禾倚靠在他温暖宽厚的肩膀上，紧紧揪住他衣服上的布料，就像独自漂浮在海面上紧紧地抓住救命的浮木。

心里的委屈和难过随着他轻缓低柔的嗓音变得更加汹涌强烈，她闭上眼睛，眼泪掉得更凶了。

他有意说些话来逗她开心，可辛禾仍旧无动于衷，只是靠着他的肩膀默默流眼泪。

余昱川一下接一下地摸着她的脑袋，眉眼柔和下来。他说："别怕，以后我来保护你，不管去到哪里我都罩着你好不好？"

辛禾抓着他衣服的手一紧，过了很久，她才哑着声音问："你……你为什么……对我这么好？"

听着她带着哭腔的声音，余昱川的心一揪。

傻瓜，当然是因为喜欢你啊。

不过这话他只敢在心里默默说。

余昱川轻咳一声，说："我这个人嘛，对人一向很好。"

怕她不信，他随口胡诌道："以前阳子和顾思明就说过我特别友善亲和，没办法，这是我与生俱来的优点和特质，别人是羡慕不来的。"

他的语气里带着点莫名的骄傲和得意，辛禾靠在他的肩膀上，被他的情绪感染，顿时感觉心里一松，眼泪缓缓收住了。

察觉到她的情绪变化，余昱川微微垂眸，摸着她的脑袋，道："不哭了，我以后只对你一个人好，好不好？"

第10章

禾禾，做我女朋友好不好

桐子刚推开休息室的门，就看到辛禾抱着余昱川哭泣的一幕。他脚步一顿，然后把门掩上，先退出去了。

他从口袋里摸出烟盒，叼了支烟在嘴里，又拿出打火机点燃。

他轻轻地吐出一个烟圈。

桐子抽到第三支烟的时候，休息室的门被人从里面打开了。

余昱川从休息室里走出来，看到倚着走廊墙壁的桐子，愣了一下。

桐子听到动静，转头看向他，将手里的烟头摁灭，问："她呢？"

"睡着了。"余昱川答道，转身将门关上。

桐子点点头，然后说："走吧，找个能说话的地方。"

这个时间点，店里的客人逐渐少了，很多座位都空了出来。桐子带他去到一处人少的餐桌，让人送了两瓶酒上来。

他用开瓶器把其中一瓶酒打开，放在余昱川面前。

"谢谢桐哥。"

桐子掏出烟盒问他："抽烟吗？"

余昱川笑道："我不抽。"

桐子点头，把烟盒放在一旁。

他视线一扫，看到余昱川肩膀处的衣服都湿透了，于是将桌面上的纸巾推过去，指了一下余昱川的衣服，示意道："擦一下吧。"

余昱川反应过来，低头看自己的衣服，看见肩膀那里湿了一块。

他拿纸巾擦衣服的时候，就听到桐子说："把刚才发生的事情跟我说一下吧。"

闻言，余昱川沉默了几秒。他斟酌了一下措辞，然后才将事情的经过跟桐子说了。

今天中午辛禾跑了后，他整个下午心里都乱糟糟的，再联想到她这段时间的怪异表现，他就更放心不下了，所以就决定晚上过来餐厅这边看看，没想到就看到辛禾被人欺负的那一幕。

桐子听他说完事情的经过后，沉默了很久，想到了辛禾高中时期的事情。

那段时间因为家里的事情，她被班里的同学讨厌。

辛禾也是在那段时间里变得越来越内向孤僻，也越来越害怕跟陌生人接触。

辛禾这人喜欢将事情都藏在心底，不管好的还是不好的都不愿意跟人倾诉。如果不是余昱川今天发现了这件事情，她之后还不知道打算独自面对这样的事情多久。

想到这儿，桐子拿起酒瓶闷了一口酒，低叹了一声："是我这个做舅舅的太失职了，竟然没有察觉到这样的事情。"

明明知道她这段时间状态不对，他也没有想方设法深究下去。

"不关您的事，桐哥，之前答应您要在学校照看好她，我没做到，是我的问题。"余昱川语气诚恳。

听他将责任揽到自己身上，桐子拍了拍他的肩膀，沉默了一会儿，说："你是个好人，禾禾遇到你是她的福气。"

余昱川神情微顿，随即浅浅一笑，说："桐哥这说的哪里的话。"

桐子跟他碰了一下酒瓶，谢道："今天多谢你，别的客套话我就不说了，大家心照不宣了。"

说完，见余昱川神色犹豫，桐子问："怎么？你有什么想说的？"

余昱川想到刚才在后巷的时候卢峰说的那些话，安静了一会儿才开口："辛禾的爸爸……"

桐子喝酒的动作停了一下，看了余昱川一眼，反问："你想知道什么？"

余昱川没继续问，过了一会儿，他摇了摇头，勾唇一笑道："算了，没什么。"

桐子打量了他一会儿，兀自拿起酒瓶喝了一口酒，说："禾禾家里的事情，你想知道的话我可以告诉你。”

余昱川抬起头来。

桐子继续道：“但是你得答应我，不能将她家里的事情告诉第三个人。”

余昱川顿了顿，神情认真起来，应了一声：“好。”

桐子盯着面前的酒瓶，似乎陷入了回忆，过了片刻才缓缓开口道：“禾禾的爸爸，也就是我姐夫，在禾禾还小的时候自己创办了一家工作室，头几年做得风生水起，后来慢慢发展成一家小公司。

“刚开始的时候一切顺利，公司也发展得挺好的。但是后来我姐夫经营的公司被同行陷害导致破产，资金没办法回笼，所有的债务一下子找上门来。我姐夫承受不了这样的压力和重担，人一下子垮了，得了抑郁症。后来他的精神慢慢不太稳定，最后被送去住院的时候连人都认不得了。

“那一年，禾禾正在读高二。”

余昱川沉默地听着。

桐子怅惘道：“一开始治疗是有起色的，我们都以为我姐夫的病情好转了，可是——”

桐子他喝了一口酒，过了很久才继续道：“到第二年春天的时候，他就自杀了。”

余昱川猛地一怔，瞳孔骤缩。

“我姐夫住院需要高昂的医疗费，禾禾就把她爸这几年存给她读音乐的钱拿了出来，一分不剩，全拿去治病了。但是只要他的病一天不好起来，就每天都需要花钱。”桐子说，“我姐夫走了后我们才知道，他原来是清醒过一段时间的。他知道禾禾每天都在被他的那群债主骚扰逼迫，也知道她为了自己的医疗费花光了家里所有的积蓄，包括他这些年存起来供她读音乐学院的费用。他觉得自己这个病好不了了，所以他为了不连累禾禾，就选择了结束自己的生命。”

桐子喝光了所有的酒，将酒瓶放下，拿起一旁的烟盒，抽了支烟出来。

余昱川沉默了很久，问：“那她的妈妈……”

桐子将烟盒丢在桌上，抽着烟，烟雾袅袅升起。他被烟熏得微微眯起眼睛，说：“很早就过世了，在禾禾很小的时候，生病走了。”

说完，桐子转头看向身旁神色沉寂的男孩，吐出一口烟雾。

“我把这些告诉你，是想让你知道，禾禾的家庭和个人情况比较特殊。如果你喜欢她，想跟她在一起，那你可要想清楚。”

桐子想告诉他，辛禾需要的不是别人对她一时的新鲜感或者喜欢，她需要的是一份长久的责任和爱护。

桐子相信这个年轻人能听懂这些话，所以点到为止，让他自己去想清楚。

余昱川回到休息室的时候，里面的人还躺在床上熟睡着。他放轻了脚步，搬了张椅子在床边坐下，静静地看了一会儿床上的人。

刚才听桐子说了那么多，他也终于捋清她这段时间为什么会躲着自己了。她是害怕自己知道她家里的事情后，会不知道怎么对待她。

她心绪敏感又自卑，难怪见着他跟见了洪水猛兽似的想绕道走了。

余昱川看着她苍白疲惫的面容，眼神渐渐柔和下来。

他伸手帮她把毯子掖好，然后帮她把脸上的头发拨开。

盯着她看了好一会儿，他忽而轻轻勾唇笑了。

他无声地张了张嘴：“小傻瓜。”

辛禾这一觉睡得很沉，醒来的时候整个人还有些茫然。她盯着天花板看了几秒，才意识到自己不是在学校宿舍里。

转头看了一眼周围的装潢，她愣住了。

她这是在……舅舅的房间里？

辛禾清醒过来后，想起自己昏睡前是在餐厅的休息室里，她记得自己哭了很久……脑海里闪过当时的画面，她顿了片刻，脸颊有些发烫。

她抿了抿唇，掀开被子从床上起来。

床头柜上有闹钟，辛禾看了一眼，忽地怔住了。

现在已经是早上七点了。

辛禾匆匆忙忙下床穿鞋，打开房门后，看到门外站着一个人。

余昱川站在门口，手抬起来，是准备敲门的姿势。

两个人对视了一眼，都愣了一下。

还是余昱川先反应过来，他放下手，弯起眼睛笑起来，语气轻快：“醒啦。”

辛禾呆愣了一会儿，抿唇踌躇了几秒，轻声问道：“你……你怎么……”

她的话还没说完，余昱川就皱了皱眉，抬手制止了她：“等等，你有没有闻到什么味道？”

嗯？

辛禾刚闻到空气里飘来的味道，余昱川已经想起来了。他脸色骤然一变，惊呼一声：“我的蛋！”

话落，他像一阵风似的迅速跑到厨房。

辛禾杵在原地，呆呆地站了一会儿才跟过去。

厨房里传来一阵浓郁的焦味，辛禾站在门口，看着里面的人手忙脚乱地把煎煳的鸡蛋捞出来放在一旁。

余昱川转头看见她跟了过来，脸上微微露出一丝尴尬的神色。他轻咳一声：“咯，你怎么过来了，那什么……你先去刷牙洗脸吧，等你出来就可以吃早餐了。”

辛禾捏了捏手，轻声询问道：“你……你在做早餐？”

余昱川点点头，抬了抬下巴，骄傲地说：“我打算给你施展一下我的厨艺。”

看着他脸上显露出的自信傲然的神情，辛禾呆滞了几秒，然后微微垂下眼帘，心里忽然感觉一松。

“你等着看啊。”余昱川打算给她展露一下自己煎蛋的手艺，转身拿了个鸡蛋，有模有样地在锅沿敲了一下。

“舅……舅舅呢？”

“哦，你说桐哥啊，我也不知道，早上起来就没见到他了。”

辛禾轻轻应了一声。

看着他的动作，她总感觉有哪里不对劲。她很快就想了起来，赶忙上前拦住他，提醒道：“你……你还没放油。”

闻言，余昱川停下手中的动作。

他愣了几秒，强行撑住场面：“哦，对，忘了，没放油。”

说完，他低头开始找油，嘀咕了一句：“油呢？刚刚还在这儿的。”

看着他故作镇定的模样，辛禾不由自主地微微笑了。她从旁边的柜子里拿了一瓶油出来，温声道：“我来吧。”

“你会做饭？”余昱川问。

“会一点……”辛禾说。

余昱川也不逞强了，把位置让给她。

他倚在料理台边，看着她熟练地放油、打蛋，看着看着，目光就慢慢地移到了她的脸上。

“你刚刚是不是笑我了？”

辛禾神情一滞，有些慌张：“没……没有。”

“我刚刚看见了。”余昱川上前揽住她的肩膀，手臂屈起来，玩笑似的勾住她的脖子，语气中带着威胁，“给你一个机会说实话，刚刚有什么好笑的？”

脖子被他的手臂弄得痒痒的，辛禾不由得缩了缩脖子。因为他这个亲昵的动作，她一下子就脸红了，慌慌张张道：“我没……没有。”

“还敢狡辩？”余昱川扬了扬眉。

“蛋……蛋要煳了。”辛禾连忙道。

“转移话题没用。”余昱川不肯松手，反而收紧手臂。

因为太痒了，辛禾清秀的小脸上不由自主地显露出笑容，像清晨被春光照拂的明媚花儿，让余昱川看得愣住。

他的手还箍在她的脖子上，原本玩闹性质的动作忽地变得暧昧亲昵起来，他顿时感觉指尖一烫。

就在这时，身后传来一声轻咳。

余昱川立马醒神，触电似的飞快收回自己的手。

他端正了站姿，转身就看见桐子站在门口。

“桐哥。”

辛禾红着脸低头道：“舅舅。”

桐子的视线在他们俩身上打转，调侃道：“这大清早的，精神不错呀。”

听到这话，余昱川有些不自在地摸了摸鼻子。辛禾则是压低了脑袋，脸颊更红了。

桐子没再逗他们，转身往餐厅走去，说：“我买了早餐，过来吃吧。”

吃完早餐，桐子开车送他们俩回了学校。

走在校园里，辛禾看着身旁神情惬意的人，犹豫了一会儿，问了早上那个问题：“我们……我们怎么会在舅舅家里？”

余昱川双手放进口袋里，听到她的话，轻轻“哦”了一声，道：“昨晚见你睡得太沉，就没忍心喊醒你。桐哥说在休息室睡觉容易着凉，就提议把你带到家里。”

他说着，转头看她一眼，笑了：“把你送到桐哥家后，你拽着我的手死活不肯让我走，我没办法，只能留下来了。”

辛禾完全没有这段记忆，所以听他这么说就信以为真了，局促地红了脸。

“真信了？”余昱川看着她，眼中露出狡黠的笑意。

他伸手拨弄了一下她头顶的帽子，说：“骗你的，小呆子。”

辛禾愣住了。

“不过你舅舅家的沙发太小了倒是真的，睡得我腰酸背痛的。”余昱川说着，兀自伸了个懒腰。

“川少、小师妹！”

他们往前走了一段，听见有人在喊他们。

余昱川回头，就看见宋阳和顾思明他们几个人往这边过来了。

宋阳跑上来搂住余昱川的脖子，笑嘻嘻道：“川少，你一夜未归，去哪儿了？”

“关你屁事。”余昱川打开他的手，“放开我。”

“哎呀，你昨晚一夜没回来，你是不知道，我和顾思明担心得都睡不着觉。”

余昱川斜了他一眼，对此冷笑了一声：“呵，我看我不在你们都在偷着乐吧。”

“那哪能啊。”宋阳说，“不信你问顾思明。”

顾思明才不蹚这趟浑水：“哎，别拉我下水啊。”

宋阳撇了撇嘴，看向一旁的辛禾，转了转眼珠子，不嫌事大地问：“咦，你昨晚没回来，今天早上又跟小师妹走在一起，你们该不会是……”

他们身后的几个男生都心照不宣地笑了。

辛禾红着脸，神情拘谨又无措，忙伸手压了压帽檐。

余昱川见她这样，转头踢了宋阳一脚，怒骂道：“滚滚滚，再胡说八道我就把你的嘴堵上！”

宋阳不予理会，笑道：“哎呀，川少这是恼羞成怒了。”

余昱川活动了一下手关节，冷笑道：“我看你是皮痒了！”

见他来真的，宋阳神色一变，转头就跑，边跑边喊：“川少打人啦！”

“闭嘴！”余昱川神色冷漠，“不让你长点记性你都敢爬到我头上来了！”

有人笑道："宋阳，你怎么那么弱，一下子就被川少逮住了……"

"哈哈哈——川少，打得好！"

"……"

辛禾看着他们打闹，这几天郁结在心底的情绪好像一下子随着清晨的这阵风消散了。

她垂下眉眼，眼底浮上一丝温和浅淡的笑意。

辛禾早上没课，他们一路笑闹着送她到宿舍楼下。分别前，几个男生你推我搡，非常识相地走开了，把空间留给余昱川和辛禾。

看着面前眉目俊秀的男生，辛禾抿了一下唇，由衷道："谢谢你。"

余昱川知道她在谢什么，笑着拍了拍她的脑袋，说："以后别再躲着我了。"

"以后见到我要热情点，最好能给我来个拥抱，知道吗？"他一本正经道。

辛禾愣了一下，眼睛微微睁圆，过了一会儿才磕磕巴巴道："我……我……"

她好半天才憋出几个字："我尽量……"

余昱川被她这可爱的模样逗笑，见四下无人，没忍住上前轻轻拥抱了她一下。

他拍着她的后脑勺，眼睛里的笑意明朗如晨光。他笑着说："小傻瓜，逗你玩的。"

自从那天被余昱川警告后，卢峰就再也没有出现在辛禾面前了。之前因为十大歌手引起的广泛关注也渐渐消散，辛禾的生活渐渐恢复了以往平静的模样。

日子恢复如常后，她前段时间经常做的噩梦也随之不见了，她的精神状态一天比一天好起来。

这几天余昱川和宋阳他们都会约她出来吃饭，在席上逗她开心，她的生活不知不觉间充满了各种欢声笑语。慢慢地，她就没再想起以前那些事了。

辛禾能感觉到所有的一切都在朝着好的方向发展。

周五晚上，辛禾收到了余昱川的消息，他让她明天早上九点在宿舍楼下等他。

辛禾不明所以，问他要做什么。

余昱川很神秘地表示到时候她就知道了。

他最后还说了一句："记得明天穿漂亮点。"

这句话弄得辛禾有些丈二和尚摸不着头脑。

第二天早上，她看着自己衣柜里的衣服，想到余昱川昨晚说的那句话，踌躇了很久，最后拿了件白色卫衣换上。

这件衣服是桐子去年给她买的，辛禾一次都没穿过。

她换好衣服后站在镜子前，感觉有些别扭。

辛禾下楼的时候余昱川已经等在宿舍门口了，他今天也穿了一身非常帅气的衣服，上身黑色的工装外套搭白色印图案的长袖，下身是黑色卷边的休闲长裤，脚上是一双红黑相间的篮球鞋。他今天还戴了一顶黑色的帽子，帽檐朝后，反扣在头顶上，年轻时尚的穿扮轻而易举地抓人眼球。

辛禾一出现，余昱川就看到她了，视线顿时停留在她身上。

辛禾看到他，不知怎的有些紧张。她走到他面前，手不自觉地抓住自己的卫衣下摆。

"早……早上好，你……你等很久了？"

余昱川笑着说了声"早"，然后道："没等多久。"

说话间，他的目光一直停留在她身上。

她今天的穿着跟以往很不同，她穿了件兔子图案的白色卫衣，齐肩的黑发自然垂着，遮住了那张巴掌大的小脸。她的脸颊白白净净的，配上这身穿搭，刚才离得远，看过去的时候她整个人毛茸茸的，像一只毛发雪白的兔子。

他没忍住笑了。

他一笑，辛禾就慌了："很……很奇怪吗？"

余昱川笑着摇头，说："不奇怪。"

他看着她，认真地说："很可爱。"

看着他乌黑明亮的眼睛，辛禾的脸顿时红了。她压低了脑袋，小声问："我……我们去哪里？"

"走，我先带你去吃早餐。"

余昱川带她来到校外的早餐店，一进门就跟老板说："来两份小笼包和豆浆。"

这个点来吃早餐的人少，余昱川拉开椅子，带着辛禾坐下。

两屉热腾腾的小笼包很快上桌了，余昱川拿了两个小碟子，一碟放花生酱，另一碟放辣椒酱。他先把花生酱那碟放在辛禾面前，又把辣椒酱那碟挪到自己跟前。

“吃吧。”他取了一双筷子递给辛禾。

余昱川夹了个小笼包，蘸上辣椒酱，吃下去之后，他满足地眯了眯眼，赞叹道：“爽，人间美味。”

看着他脸上愉悦的表情，辛禾笑了，忽然觉得面前平平无奇的小笼包也变得诱人和美味起来。

余昱川吃了几个小笼包下肚，就见辛禾正犹犹豫豫地看着他。他扬眉，问道：“看我干什么？”

辛禾轻声道：“嘴……嘴巴。”

余昱川伸手刮过嘴角，原来刚刚没注意，唇边沾了点酱料。

他拿纸巾擦掉，然后看着身旁垂着头似乎在笑的人，好笑道：“还笑，自己不也一样。”

他重新拿了一张纸巾，顺手帮她把唇边的酱汁擦掉。

辛禾愣住了。

余昱川十分自然地帮她擦干净，然后收回手，没看到辛禾的耳根悄悄红了。

吃完早餐，余昱川打了辆车带她去了另一个地方。

车上，辛禾看着窗外掠过的景色，转头看向身旁看手机的人，问：“我们，要去哪里？”

余昱川收起手机，转过头来，脸上扬起一丝神秘的笑：“带你去个好地方呀。”

他说的好地方很快就到了。

辛禾仰头看着面前巨大的门头上写着的“反斗乐园城”这几个大字，愣了一下，余昱川已经拉着她进去了。

进到里面，各种机动游戏的声音立马响在耳畔。

余昱川在前台那里换了一袋游戏币，转身就见辛禾傻站在原地。

他走过去，她看着他，一副欲言又止的模样。

余昱川猜到她要说什么，替她把话说出来：“想问我为什么带你来这里？”

辛禾微顿，点了点头。

余昱川只是一笑，没回答这个问题："之前来过没有？"

辛禾愣愣地摇了摇脑袋。

余昱川来之前就猜到了，所以见她摇头也不意外。他勾唇一笑，脸上的笑容明朗洒脱。

他揽住她的肩膀，带着她就往里走，说："走吧，今天带你领略一下新世界。"

今天是周六，人很多，大人小孩都有，每个游戏区都站着人。

余昱川先带辛禾去参观了奖品兑换中心，他颠了颠手中的游戏币，指着最上头挂着的足足有一人高的熊玩偶对辛禾说："我今天用这袋游戏币把这只熊赢到手，然后送给你好不好？"

看了一眼兑换这只熊所需要的积分，辛禾诧异地看着他。

余昱川敲了一下她的脑袋，笑了："干吗用这种怀疑的眼神看着我？不相信？"

不等她说话，余昱川傲慢地扬起下巴，语气志在必得："走，我赢给你看。"

余昱川带着她来到一处人少的游戏区，拿起放在台面上的玩具步枪，转头看着辛禾，问："你要不要先玩一局？"

辛禾连忙摇头："我……我不会。"

"我教你，很简单的。"余昱川让她拿着枪，然后投了几个游戏币进去，"你只要扣动扳机，打中屏幕上的靶子就可以了。"

辛禾有些踌躇。

看出她的犹豫，余昱川摸了摸她的脑袋，笑着说："今天你什么都不用想，唯一要做的事情就是尽情地放开胆子玩，不要有任何负担和顾虑，凡事有我呢。"

听他这么说，辛禾心里一动。她抿了抿唇，挪动步子站到屏幕前，试探着举起枪。

"对了，就是这样。"余昱川欣慰地点了点头。

游戏开始后，辛禾看着屏幕上的靶子扣动了扳机。

开局的战况还不错，她一下打中了两三个，但到后面就不行了。

除了开头那两三个，她一个都没打中。直到游戏结束，分数都维持不变。

辛禾看着屏幕上的分数，放下枪，有些茫然地看着身旁的人。

余昱川早就笑倒在一旁的架子上了，他捂着肚子笑得直岔气，过了几秒才直起身。

他伸手搭在她的脑门上，低头看着她无辜的神情，挑眉笑道："厉害呀，告诉我你是怎么把分数维持在这个水平的？"

辛禾被他笑得脸都红了，闻言垂下头，更加不好意思了。

余昱川收起笑意，拍了拍她的脑袋，说："等着，我帮你赢回来。"

辛禾站到一旁，看着他将手臂抬平，动作熟练地举起枪。他微微歪头，脸上的神情是漫不经心的，眼里的神色却是沉着内敛的。

他的一举一动都带着随性自如的魅力，辛禾看着，不由自主地抿紧了唇，心怦怦跳快。

余昱川经常玩这种游戏，一轮结束后，他轻而易举就获得了最高分数。

他放下枪，弯腰把机器里吐出来的小票取下来，递给辛禾，说："这个给你。"

辛禾知道这是最后兑换奖品用的，她刚才看到好多人手上都拿着这个，但她没见过有这么多的。

见她的眼睛里流露一丝诧异的神色，余昱川得意扬扬道："我厉害吗？"

辛禾用力地点了点头："嗯！"

见她眼睛亮亮的，余昱川笑了，伸手捏了捏她白嫩的脸。

"小呆子。"

辛禾一阵脸热。

余昱川只捏了一下就松了手，转身往前走。

"走，带你玩下一个游戏。"

他们走到投篮区，余昱川拿起篮球，扬眉问她："投篮，要不要试一下？"

辛禾犹豫了一会儿。

余昱川给她演示了一下，将手中的篮球投进篮球框中，说："看，像这样轻轻一抛，就可以投中了。"

他把球递过来，辛禾顿了一下，才走上前，从他手中接过篮球。

"我……试一下。"

她拿着球，按他说的往前一抛。但她力气小，篮球还没挨到篮圈的边就掉了下来。

余昱川扑哧一下笑了，辛禾的视线投过来，他立马收住笑意，轻咳一声，上前说："来，我教你。"

他站在她身后，抬起她的手臂，说："手腕别绷太紧，放松。然后像这样，找准角度往前一抛。"

"砰"的一声，球投进篮球框中了。

这球好像也跟着投进了辛禾的心里。

她僵着身子，余昱川就站在她身后，这样的姿势就好像她被他圈在了怀里，她能清楚地感受到对方身体的温度。

她羞窘地低下头，感觉浑身的血液好像都变得灼热起来。

"辛禾？"余昱川喊了她几声。

辛禾回过神，神色懵懂地抬起头来。

余昱川见状笑道："发什么呆呢？"

"没……没有。"辛禾心里乱乱的，慌慌张张道。

余昱川没想那么多，把身上的外套脱下来递给她。

"让我来给你施展一下身手。"他拿着篮球朝她抬了抬下巴，"猜一下我一分钟能投进多少个？"

辛禾抱着他的衣服，看了看两旁正在投篮的人，思量了一下，说："一百个？"

余昱川愣了一下，随即笑出声："你是不是太高估我了？"

"傻丫头，人家最高世界纪录一分钟才投七十个，你觉得我能投进一百个？"余昱川觉得辛禾太可爱了，没忍住敲了敲她的小脑瓜。

辛禾微微一窘，连忙改口道："五……五十个。"

"晚了，一百个就一百个，我要是投不进这么多，你中午得请我吃饭。"余昱川耸了耸肩，说。

辛禾没听懂这话的前后关系，懵懂地睁大了眼睛，疑惑道："嗯？"

余昱川叹息了一声，理所当然道："你说我能投进一百个，如果我投不进的话，自信心就会受挫，所以你得弥补我被你伤害的心灵啊。"

辛禾听得一愣一愣的，几秒后，她认真地点了点头，信誓旦旦地说："好，我请你吃饭。"

余昱川笑出了声，打趣她："很豪气嘛，辛老板。"

辛禾脸上露出一丝羞赧的笑。

余昱川最后的成绩是五十八个，他又赢了一堆小票给辛禾。

辛禾认真地将小票叠起来，然后珍而重之地放进口袋里。

余昱川见状，乐得直笑："不知道的还以为那一沓是钱呢。"

余昱川带她把这里的游戏都玩了一遍，最后玩的是音乐游戏。玩家需要听一段音乐，然后在对应的音阶踏板上把这段音乐完整地拼凑出来。这里没人过来，估计是觉得游戏太难了。

余昱川也是第一次玩这种游戏，他看向辛禾，眼睛一亮，恍然大悟道："这不是你的强项吗！"

他拉着辛禾坐在椅子上，然后把耳机取下来，说："我帮你戴上。"

辛禾乖巧地坐在椅子上，余昱川帮她把耳机戴上，她很快就听到耳机里传来的提示音。

余昱川："听到声音了吗？"

辛禾点头。

余昱川在她身旁的椅子上坐下，将另一副耳机戴上。

耳机里播放了一段音乐，辛禾闭上眼睛，手指随着轻快的旋律轻轻打着节拍。这段音乐只有短短十几秒，音乐停下后，她缓缓睁开了眼睛。

耳机里的歌可以循环播放，余昱川听了一遍还没听出个所以然来，就见辛禾摘掉了耳机。

辛禾从椅子上站起来，走到游戏机前，在心里默默数着节拍，依次踩下踏板。完成之后，屏幕上也随之显示回答正确。

一轮游戏总共有五首歌，每首歌辛禾都只听了一遍，然后就去踩踏板了，没多久她就通关了。

余昱川从游戏机里取出一沓小票，眉开眼笑道："哎呀我们辛禾真棒，怎么能那么优秀呢？这游戏简直就是为你量身打造的，你太厉害了。"

辛禾被夸得脸颊红红的，内敛一笑："也……也没有很厉害。"

余昱川凑到她跟前，笑眯眯道："嘴上说着没有，你是不是在心里偷着乐呢？"

他的神情带着几分促狭，辛禾红着脸，伸手轻轻推开他。

余昱川挑眉道："哟，可以呀，现在都学会推人了。"

知道他是故意的，辛禾轻声道："我……我没有……"

她的声音软软的，听得余昱川心里一阵柔软缠绵。

他有些晃神，忽然有种冲动，想把这个既可爱又惹人怜惜的女孩藏起来。

余昱川很快回过神，朝她温和一笑，抬手揽住她的肩膀，说："走，我们去兑换你的奖品。"

店员把奖品兑换区的熊取下来。

这只熊比辛禾还高，体型是她的两倍，辛禾抱着它的时候都险些抱不稳。

离开的时候，余昱川转头看见辛禾抱着这只比她高一头的熊，小脸红扑扑的，一双黑白分明的眼睛清澈有神，他不由自主地笑了："开心吗？"

辛禾抱着这只毛茸茸的熊，点头道："嗯！"

她笑了："开心。"

余昱川还是头一回见她露出这么孩子气的神情，心头一软。

刚好看到前面有人在拍照，他灵机一动，开口道："这么开心呀，我给你拍张照好不好？"

拍照？辛禾愣了一下。

余昱川让她站在反斗乐园的入口，他拿出手机找了个角度。

这边人来人往的，辛禾抱着熊有些不好意思，微微垂下脑袋，就听到他说："别害羞，抬头看着镜头。"

辛禾闻言抬起头来。

"笑一个。"

辛禾脸上露出腼腆的笑容。

余昱川拿着手机帮她拍了几张照，说："好了。"

辛禾抱着熊准备走过来，就听余昱川说："抱着你的熊，我们自拍两张。"

辛禾还是第一次跟人自拍，有点局促地看着镜头，余昱川笑着说："来，我喊一二三啊。

"一二三，笑。"

余昱川看着手机里的照片，像是发现了什么新奇的事似的。他挑了挑眉，"咦"了一声，对辛禾说："你觉不觉得这只熊跟你有点像？"

“嗯？”辛禾看着他手机里的照片。

余昱川笑着逗她：“都一样呆呆的……”

辛禾抿了抿唇，小声道：“才……才不像。”

余昱川听着她的反驳，笑容更加张扬：“我想说你跟它一样呆呆的，很可爱。”

辛禾愣了一下，有些害羞地低下脑袋，脸上浮现一层红晕。

这只熊太大了，抱着走不方便，余昱川就找了个地方寄存，等晚点再回来取。

中午吃完饭，余昱川又带她去别的地方玩。

傍晚用完晚餐，就在辛禾以为他会带自己回学校的时候，他又带她去了另一个地方。

余昱川带她来到学校附近的KTV，他们站在楼下，余昱川转头就见辛禾朝他投来疑惑的眼神。

他不着痕迹地转移视线，手握成拳抵在唇边轻咳一声，说：“咯，今天是阳子的生日，我们说好了要在这里给他庆生。他说要叫上你，我就带你过来了。”

辛禾了然，但随即想到什么，抿唇说：“我……我没准备礼物。”

“没事，我准备了一份超级丰厚的礼物，算你一份。”

辛禾还是觉得不好意思，刚好楼下有蛋糕店，她说：“我去买个蛋糕吧。”

余昱川赶忙拦住她，说：“不……不用……我们买了蛋糕。”

他说完，对上辛禾那双乌黑干净的眼睛，莫名有些心虚。他移开目光，说：“那你随便买一个，意思一下就行。”

余昱川跟着她一起进了蛋糕店。他随意扫了一眼，指着那个最小的蛋糕说：“买这个就好了。”

辛禾微微皱眉，说：“太小了。”

“这么小就行，买太大到时候吃不完，多浪费啊。”余昱川极力游说道。

辛禾闻言，这才迟疑着点了点头。

买完蛋糕，余昱川带她坐电梯到五楼的KTV，来到其中一个包间。

里面的人一早就收到了消息，在他们进来前匆匆忙忙列队站好。

余昱川推开门，辛禾就看到站成一排的男生。

“哟，搞得这么隆重，列队欢迎我们呢？”余昱川笑道。

宋阳说：“哎，川少，此言差矣，我们是在列队欢迎我们今天的主角……”

“咯咯——”余昱川咳了两声。

宋阳疑惑道：“川少，你嗓子不舒服？”

余昱川没理他，对辛禾说：“我们先进去吧。”

他们进到包间，顾思明看到辛禾手里提着的蛋糕，疑惑道：“师妹，你怎么自己带了个蛋糕来？”

说起这个，辛禾抿了抿唇，走到宋阳面前，神色腼腆，鼓起勇气开口道：“师兄，生……生日快乐。”

宋阳和在场的众人皆一脸问号。

余昱川默默地捂住了脸。

顾思明见状，顿时了然，拍了拍宋阳的胳膊，说：“阳子，还不赶紧谢谢师妹。”

“哦哦……”宋阳回过神，笑着接过蛋糕，“谢……谢谢小师妹……”

辛禾温和地笑了笑。

大家都回到座位上坐下，心照不宣地把中间的位子空了出来。余昱川带着辛禾在这处空位上坐下。

大家都知道他们俩今天单独出去了，宋阳代表众人好奇地问道：“小师妹，川少今天都带你去了哪里？”

辛禾还没说话，余昱川就拿了颗花生米丢过去，说：“怎么那么八卦。”

“哎呀，好奇八卦是人之常情嘛。再说了我问的是小师妹，又不是问你。”

宋阳说着，看向辛禾，笑道：“小师妹，满足一下你师兄的好奇心，给我说说呗。”

辛禾悄悄看了一眼身旁的余昱川，沉默了几秒，把今天去的地方跟他说了。

大家在旁边竖起耳朵都听见了，有人笑道：“看不出来，川少这么会哄女孩开心啊。”

众人围绕着这个话题说说笑笑，有人趁机追问辛禾还有没有别的有趣的事情。

余昱川朝宋阳使了个眼色，然后就起身走到外面。

“我让你们准备的东西都弄好了吗？”

“准备好了，我办事你放心。”宋阳拍了拍胸脯。

“一会儿按计划行事。”

宋阳比了个“OK”的手势。

“不过川少，刚才怎么回事，小师妹怎么以为今天是我生日？”

余昱川：“我要给她制造惊喜，当然不能说漏嘴，所以借你出来挡挡。”

宋阳“哦”了一声：“不对呀，她不知道今天是自己的生日？”

余昱川沉默了。

他想起桐子跟他说过，辛禾自从父亲出事后就不再过生日了。没了最亲的人，她自己对这个日子也不太上心，过了一次两次就忘了。

“忘了吧。”余昱川瞥他一眼，岔开话题，“谁跟你似的，生日前一个月就变着法地提醒别人要准备礼物。”

宋阳：“……”

“不过话说回来，川少，你等会儿确定要亲自唱歌？”宋阳神色怪异，“就你那歌喉，你确定给小师妹制造的是惊喜，不是惊吓？”

“滚！”

等他们回到包间，里面的人已经起哄让辛禾上台去唱歌了。

看着辛禾害羞地握着麦克风坐在桌前的圆椅上，乖巧得像一只被众人围观的兔子，余昱川笑着走过去。

“要唱什么歌？”

辛禾抬头看到他回来了，开口准备说话，有人已经替她报了歌名。

余昱川微微扬眉，低头看着辛禾说：“这首歌我也会唱，我和你一起唱吧。”

“别，求你了川少，我们只想听师妹单独唱歌。”

余昱川顺手抄了个抱枕丢过去，怒道：“你还有胆子嫌弃我的歌喉。”

那人接住枕头，嘻嘻笑了两声。

余昱川走到离辛禾最近的沙发上坐下，接过别人递来的酒，然后看向坐在前面的辛禾。

辛禾有点紧张，不过这丝毫不影响她干净绝美的歌喉。

她安安静静地唱完这首歌，大家纷纷为她鼓掌，用了各种优美的词句一顿夸她。

辛禾被夸得不好意思，垂下脑袋，有些许不知所措。

她坐在位子上，感觉侧方有道视线一直在盯着自己。她抬起头来，只见余昱川正托腮凝视着她。

见她看过来，他朝她举了举手中的酒瓶，眼里的笑意也像这瓶中潋滟的酒，光芒熠熠。

“川少，给你一个机会展示你美妙的歌喉。”宋阳笑着喊他，“这首歌你唱合适。”

“刚刚你们一个两个那么嫌弃，我忽然不想唱了。”余昱川舒展了一双长腿，傲娇道。

“哎呀别嘛，我们可想听你唱歌了。”宋阳硬着头皮说。

“你们说对不对？”

“对对，川少唱一个呗。”

“小师妹，你想不想听我们川少唱歌？”宋阳转向辛禾，问道。

看着余昱川那故作姿态的模样，辛禾微微一笑，点了点头。

余昱川走过来，弯腰摸了摸辛禾的脑袋，说：“好吧，既然你想听，那我就勉为其难唱一首吧。”

屏幕上正在播放的是一首老歌，歌名叫《依靠》。

余昱川握着麦克风站在台前，清了清嗓子。

前奏响起，他开口唱——

“我让你依靠让你靠，没什么大不了，别再想，想他的好，都忘掉，有些事我们活到现在，仍不明了，明明认认真真地去爱，就是得不到……”

唱到一半的时候，余昱川转身面朝辛禾。他呐喊着，动作浮夸，让人发笑。

“我让你依靠让你靠，来我的怀抱，你想哭就哭吧，没有人会知道，我让你依靠让你靠，没什么大不了……”

辛禾身旁的男生起哄了一声，几个人跑到台前和他一起唱歌，给他伴舞。当余昱川唱到“来我的怀抱”这句歌词时，大家都朝辛禾做出张开双臂的搞怪动作，表情滑稽又搞笑。

看着这群人乱七八糟的舞蹈，还有站在最前面朝她张开双臂的余昱川，辛禾情不自禁地笑了。

这首歌结束后，余昱川忽然安静下来。他拿着麦克风看着辛禾，漾开一丝令人心醉的笑容。

曲风一改，他开口唱道——

“祝你生日快乐，祝你生日快乐……”

他唱着歌，宋阳和顾思明从门外推了一辆蛋糕车进来。

辛禾起初还没反应过来，直到余昱川边唱边走到她面前，笑着拉起她的手走到台前，他唱——

“祝辛禾生日快乐。”

看着他眼中如星河般熠熠生辉的光，辛禾愣住了。

大家使劲鼓掌，有人尖叫了一声，而后众人齐声喊道：“小师妹，生日快乐！”

辛禾呆住了。

余昱川摸着她的脑袋，笑道：“小傻瓜，今天是你的生日，哪有人给自己买生日蛋糕的。”

辛禾愣愣地看着眼前欢呼的众人，视线随即转过来看向跟自己说话的人。

她轻轻地眨了眨眼睛。

见她这副呆呆的模样，余昱川笑了：“还没反应过来呢？”

宋阳朝她一笑，说：“小师妹，今天不是我的生日，是你的生日。”

辛禾都忘了今天是自己的生日。

她看着面前这一张张笑脸，愣怔的同时，心突然悸动起来，心底深处涌上一阵难以言喻的温暖和感动，眼眶忽地湿润了。

余昱川给蛋糕插上蜡烛，然后捧着蛋糕面朝她说：“辛禾，许个愿吧。”

辛禾看着他，久久没有动静。

余昱川笑了：“还发呆呢，我手都要举酸了。”

辛禾闻言，这才回过神来。

在众人的催促下，她压下眼底的潮意，双手合十，许了愿后把蜡烛吹灭。

众人欢呼了一声。

余昱川让辛禾切了第一刀，然后就给大家分蛋糕。

一群男生都不是很喜欢吃甜食，不知是谁起的头，有人将蛋糕抹在别人脸上。

宋阳最惨，被众人围攻，脸颊和头发上都沾满了奶油。

辛禾站在一旁，看他们玩闹，脸上扬起笑容。

整个包间里就她的脸上最干净。

余昱川的脸上也被人抹了奶油，他走到辛禾面前，问："那么高兴呀？"

辛禾看着他手里的奶油，有些害怕地往后挪了挪步子。

余昱川抬起手，笑容邪恶："乖，让我抹一点。"

辛禾伸手挡住自己的脸，抗拒道："不……不行……"

"抹一点就好。"

辛禾抗拒着，最后还是难以幸免，脸颊两侧被抹了两撇奶油，让她看起来像只小花猫。

余昱川差点笑弯了腰。

玩闹过后，大家都去洗手间洗脸。

辛禾回来的时候，包间里只剩余昱川一个人。

他抱着吉他坐在一把高脚椅上，低着头，手指轻轻拨动琴弦，面前架着一支麦克风。

看到这个场景，辛禾停在门边，眼里露出些许疑惑。

余昱川听到推门的动静，抬起头来。

他眉眼一弯："回来了？"

辛禾点头，问："其他人呢？"

"有事先回学校了。"

辛禾抿了抿唇，犹豫道："那……我们要回去吗？"

"先不急。"余昱川看着她，俊秀的脸上漾开温情的笑容，"我再唱首歌给你听好不好？"

辛禾闻言一愣，不明白他这是要做什么。

余昱川继续说："这首歌我练了很久，你可要认真听好了。"

听他这么说，辛禾也没多想，很快就端正了神色，认真地点了点头。

余昱川垂眸一笑，修长的手指扫过琴弦。

"我想带你到处去飞翔，走遍世界各地去观赏，没有烦恼没有那悲伤，自由自在身心多开朗。

"忘掉痛苦忘掉那地方，我们一起启程去流浪，虽然没有华厦美衣裳，但是心里充满着希望。

"我想带你飞到那遥远地方看一看，这世界并非那么凄凉。我想带你到那遥远地方望一望，这世界还是一片的光亮……”

白皙修长的手指弹着吉他，美妙的音乐从他的指下传来，他的歌声异常温和清亮，每一字每一句都准确无误地合着音。随着他的歌声，仿佛能望见那高远辽阔的天地。

余昱川低眉垂目，神情在灯光的打磨下柔和得不可思议，他整个人都像在发着光，仿佛所有的星辰都围绕着他。

他这副模样太令人心动了，辛禾愣在原地看着他，心随着他的歌声跳得飞快。

“我想带你飞到那遥远地方看一看，这世界并非那么凄凉。我想带你飞到那遥远地方望一望，这世界还是一片的光亮。”

唱到最后，余昱川抬起头来看着辛禾，那双天生微挑的漂亮眼睛带着明艳灿烂的笑意，温暖如春。

辛禾怔怔地看着他，心里涌动着某种陌生的情愫。

他的眼睛温柔如月光，他轻轻启唇，低吟着——

“我想带你飞到那遥远地方望一望，这世界还是一片的光亮。”

我想带你去看看，这世界还是一片的光亮。

辛禾看着眼前这个浅唱低吟的男生，心忽然轻轻地颤抖起来。

余昱川手上的动作渐渐放缓，他放下吉他，站起来，走到她面前。

包间内的灯光不甚明亮，但仔细看就能发现他脸上带着浅浅的潮红。

余昱川在辛禾跟前站定，想到接下来要说的话，忽然紧张起来。

他努力让自己看上去跟平常无异，低头看着她。

“好听吗？”

辛禾对上他的目光，心跳忽地一滞。

她不自觉地蜷起手指，轻轻点了点头。

余昱川微微敛眸，弧形好看的唇一勾。

“刚才那首歌，我想送给我喜欢的人。”

辛禾一怔，抬头看着他。

她的眼神干净又纯粹，像只不谙世事的猫儿，挠得人心里痒痒的。

余昱川的心跳得飞快，眼神温和地看着她，勾唇笑了。

“她现在就站在我面前。”

他眼睛一弯，风流昳丽的眉眼生动起来，像破晓黎明时天边升起的光亮，让人惊艳动容。

“禾禾，做我的女朋友好不好？”

第11章

我的眼里只有你一人

——做我的女朋友好不好？

辛禾彻底呆住了，脑子里一片空白。

余昱川说完这句话后，心都快要跳到嗓子眼了。他感觉有些不自在，但还是舍不得移开视线，生怕一不留神就错过了她的任何一个表情和反应。

房间内一时间安静下来，隐隐传来其他房间的人唱歌的声音，可是这也无法打破他们此时的寂静。

辛禾回过神后，完全不敢抬头看他。她低头看着脚下的地面，抿紧了唇，很久都没有说话。

余昱川的表白对她来说太突然了，她在今天之前完全没想过他会对她说这些。这让她没有丝毫防备，一时半会儿她也不知道该怎么办才好。

她现在脑袋里乱糟糟的，各种情绪交织在一起，有慌张、无措、紧张……还有一丝不知从何而起的悸动和欢愉。

余昱川等了很久，见她垂着脑袋一直不说话，他有些紧张地悄悄握紧了放进口袋里的手。

他故作轻松地笑道："不说话我就当你同意啦。"

闻言，辛禾错愕地抬起头来。

见他眼底闪过一丝促狭的笑意，她心跳快了一拍，支吾道："我……"

她张了张嘴，喉咙一阵干涩。

辛禾捏紧了自己的手，过了一会儿才轻声说："你……你别喜欢我，我……

我不好的。”

话一脱口，心中的情绪莫名其妙地沉了下来。

然后她发现，自己是无法跨出这一步的。

她本身的缺陷太多了，完全配不上这么好的他。

余昱川其实早就料到她会这么说，但亲耳听到的时候，还是感觉到一丝难以言明的苦涩。

他低头看着面前的女孩，缓缓一笑，忽然问：“禾禾，你觉得我是因为什么喜欢你？”

辛禾微愣，茫然地望着他。

余昱川看着她的眼睛，开口道：“跟你相处了那么久，你身上那些所有你认为不好的缺点我都看到了，但我依然还是很喜欢你。你知道是为什么吗？”

他面色如常，声音却格外清晰沉静：“因为我即使看到了你的这些缺点，也仍旧觉得你很好。你好到让我着迷；好到让我想对你死心塌地；好到让我第一次那么费尽心思地去哄一个女孩开心；好到让我只要一空闲下来，满脑子想的都是你。”

辛禾傻傻地听他说着这番话。

余昱川抬手轻轻刮了刮她的脸颊，笑了：“我这样说你还不明白吗？”

他说：“你别把自己想得那么不好，你都不知道你在我眼里有多么光芒万丈。”

辛禾看着这样的他，忽然就说不出任何话来。

在过往的人生中，她从来没有遇到过一个像他这样的人。

一个张扬明媚、温和细心，连情话都说得这般耐心妥帖的人。

这样的他，让她完全无力招架。

见她沉默不语，余昱川想了片刻，还是说：“有件事情我一直没告诉你。”

辛禾看着他。

余昱川：“桐哥把你的事情都告诉我了。”

辛禾一怔。

余昱川垂眸，神色认真起来：“他跟我说的事情，我那天躺在他家的沙发上想了一夜……”

他抬头看着她，说：“最后我发现这些事情并不能影响我对你的心意，包括‘我喜欢你’这件事。”

辛禾心中的情绪拧成一团，手指忽然颤抖起来。

余昱川将双手轻轻搭在她肩膀两侧，低下脑袋靠近她，认真道：“你别看我平时吊儿郎当的，我做的任何决定都是经过深思熟虑的。”

他放轻声音，语气带了一丝引导的意味：“所以禾禾，如果你也喜欢我的话，跟我试试看好不好？”

他们之间的距离太近，辛禾呼吸一滞，忽然就有些无法思考了。

她不知道该怎么去回应他说的这番话。

见她一直没有出声，余昱川摸了摸她的头发，轻轻一笑：“这样好了，我问你一个问题，你老实回答我。”

余昱川盯着她的眼睛，问：“你喜欢我吗？”

听他说完这句话，辛禾微微睁大眼睛，心怦怦地剧烈跳动起来，她抿了一下唇。

余昱川见她这副模样，心中已经有了答案，眼中闪过一丝微不可察的笑意。

半晌，他放下自己的手，点头说：“我知道了。”

他眼中的神色淡下来：“我收回刚才那些话，你就当我什么也没说过吧。”

闻言，辛禾心里蓦地一慌，整颗心忽然变得闷闷的。

见他转身要走，一阵凉意和被人舍弃的恐慌感从她的心底油然而生，她什么都来不及想，就慌慌张张地伸出手来拉住他的衣服。

余昱川停下脚步，背对着她，微勾起唇：“拉我做什么？”

“我……”辛禾神情僵硬，一时语塞。

余昱川等了一会儿，见她还是什么都说不出口，无奈地展眉。

他转过身来，就看到她站在自己身后，脸色微微发白。见状，他心一紧，忽然就于心不忍了。

他伸手将她搂进怀里，静静地抱着她。

见她没有抗拒，他心头一软，弯腰在她耳边温声道：“这回我可以当你是默认了吗？”

辛禾靠在他的怀里，听着他的心跳声，脸颊发烫。

刚才那一瞬间，她心里涌起一阵彻骨的寒意。直到那一刻，她才真真切切地意识到，她有多害怕从今往后跟面前的这个人形同陌路。

就在这个瞬间，所有的胆怯和自卑都沉了下去，她下意识地伸出手，就这样紧紧地抓住了他。

听完他的话，辛禾指尖微颤，重复了一遍："我……我真的……不够好。"

"傻瓜，你就算不相信自己，也应该相信我。我这么优秀的人，挑人的眼光怎么会差呢？"余昱川轻轻抚摸了一下她的脑袋，声音里带了点怡然自得的笑意，"你在我心里，好得不得了。"

辛禾听着他的话，心里又酸又涩，眼眶中的湿润渐渐蔓延开。

"禾禾，我知道你很害怕，也不够自信。实不相瞒，我也是。"余昱川一笑，"这是我第一次喜欢一个女生，我也害怕自己有哪里做得不好。今晚之前我甚至都没有信心，认为你也同样喜欢我。我们的心情是一样的，所以请你相信我，我虽然是第一次经历这些，但我会对你很好。你在我这里不用有任何顾虑，你开心我就陪你一起笑，你难过我就安慰你，你想要什么我都会尽力帮你实现，就算你想要天上的星星我都可以帮你摘下来……所以禾禾，给我这个机会，可以吗？"

没有人能够抵挡住自己喜欢的男生说这样的一番话，辛禾也不例外，她的心已经完全松动了。

她压下眼睛里的潮意，过了很久才轻轻地点了点头："嗯……"

余昱川一怔，内心深处突然涌上一阵狂喜。

他握住她的肩膀，轻轻推开，惊喜万分地看着她，有些不敢相信："真的？你答应了？"

辛禾微微抿唇，脸颊涨红，低着头不敢看他，然后格外羞赧地点了点头。

她喜欢眼前这个人。

他就像一束明媚的光。独自在黑暗里待久了的人，不会去拒绝一道能让自己的世界变得明亮的光。

见她点头，余昱川的眉眼骤然间愉悦地舒展开。他张开双臂将她重新抱进怀里，心里的欣喜一阵接一阵的。

心潮起伏了片刻，他忍不住开玩笑道："哎呀，我就知道没人能抵挡住我的魅力。"

他这话说得太臭美了，辛禾靠在他怀里温和一笑。

"不枉我将这把吉他练了半个多月。"余昱川兀自道，心里高兴极了，脸上的笑容久久不散。

好半晌他才将心里的情绪平复下去，低头看着她说："回去吧。"

"嗯。"

两个人走在校园里，余昱川看着身旁安静走路的人，眼角眉梢都带着无法掩饰的笑意。

他慢慢地将手伸过去，握住她垂在身侧的手。

手被人握住，辛禾一怔，下意识地想将手抽回来，可手下一秒就被人握紧了。

她转头看向身旁的人，余昱川侧身对着她，眉眼都弯起来，神色从容且愉悦。

见她看过来，余昱川也转过头来，轻轻挑眉："怎么了？"

辛禾被他的情绪感染，渐渐放松下来。

她收回视线，摇了摇头，温婉一笑，神情腼腆羞涩。

走到女生宿舍门口，他们停了下来。

余昱川从口袋里摸出一个盒子递给她，说："这个给你。"

辛禾微顿，问："这是什么？"

"生日礼物。"余昱川说，"打开看看。"

辛禾打开一看，里面是一条项链，链坠是一个音符的图案。

她愣住了。

余昱川把项链拿起来，说："我帮你戴上。"

他把项链戴在她的脖子上，微凉的手指不经意间拂过她脖颈间的肌肤。辛禾微微瑟缩了一下，微微低头，脸颊忽地滚烫起来。

"好了。"

辛禾红着脸，伸手摸着吊坠上的图案，眉眼间浮现浅浅的笑意。

她由衷道："谢谢。"

余昱川站在她身前，低头看着她脸上的笑容，心里一动，笑着问："今天开心吗？"

辛禾抬起头看他，点了点头，笑道："嗯。"

余昱川伸手蹭了蹭她白净的脸颊，勾起唇："以后让你每天都这么开心好不好？"

辛禾眼睛一眨不眨地看着他。

见她呆呆愣愣的模样，余昱川一笑，上前一步，抬起一只手揉了揉她的头发，随即弯腰在她耳边轻声道：“生日快乐，禾禾。”

说完，他微侧过脑袋，轻轻吻了一下她的脸颊。

温暖的唇拂过脸颊，辛禾顿时愣住了，反应过来后脸颊迅速泛红。

余昱川直起身，有些不自然地移开视线，手搭在自己的后脖颈上，脸庞也悄然爬上一丝羞红。

气氛一下子安静下来，余昱川轻咳一声，正准备说话，辛禾说：“我……我回去了。”

大概是太过紧张和羞涩了，她结结巴巴地说完，低了低头，转身就跑了。

见她落荒而逃，余昱川愣了一下，几秒后捂住自己的眼，好笑地咧开唇，轻轻笑出声。

对于余昱川和辛禾确定关系这件事，感受最明显的就是宋阳和顾思明。他们俩每天早上都看着余昱川东挑西拣地换着衣服，把自己打扮得格外骚气——哦不——是帅气，然后精神饱满地出门。

有一次宋阳忍不住调侃他：“川少，你有没有觉得你这身上少了点什么？”

余昱川刚穿戴整齐，问：“少什么？”

“少点男人香啊。”宋阳笑嘻嘻道，“你穿得这么帅，应该喷点香水再出门，这样保证能把小师妹迷得神魂颠倒的。”

余昱川：“滚。”

自从和辛禾确定关系后，余昱川每天都会去接她上课。

刚开始的时候，他每天都在宿舍楼下等她，但辛禾觉得他一个男生站在女生宿舍门口太张扬惹眼了，就委婉地跟他提了一下。他只好退而求其次，在宿舍楼外的车站等她。

今天他在车站等了一会儿，就见辛禾往这边来了，他脸上顿时扬起笑容。

天气很冷，余昱川见她穿得不多，等她走到跟前，便道：“怎么穿这么少？”

辛禾正想说话，就见他将自己的围巾取下来，然后环在她的脖子上。

辛禾慌忙道：“我……里面穿了保暖衣。”

辛禾想将围巾解下来还给他，可下一秒手就被他拦住。

余昱川对她笑道："我不冷，不信你摸。"

说着，他顺势握住她的手，低头看她时眼睛里闪过一丝促狭的笑意。

他说："没骗你吧，我的手是不是很暖？"

他的掌心干燥温暖，辛禾脸颊一热，心里也跟着燃起一阵暖意。

"你，等很久了？"辛禾被他牵着手往前走，看着他问。

"我刚到一会儿，没等多久。"

最近气温下降，早上很冷，辛禾怕他等太久，所以每天都会提前出门。可每次走到车站的时候，她都能看到他已经等在那儿了。

辛禾想，明天还要再早点出门。

"想什么呢？"余昱川摸了一下她的小脑袋。

辛禾抬起头来，看着他说："我……我明天再早点出门。"

余昱川见她一脸认真的模样，勾唇笑了："没事，我到得也不是很早。再说了，男朋友等女朋友难道不是天经地义的事吗？"

听他说这话，辛禾有些羞赧地垂下眼帘。

余昱川捏了捏她的手，轻声笑道："你这小脑瓜整天有工夫想这些，不如想想这周六我们要去哪里约会。"

辛禾脸颊一红，小声说："都……听你的。"

"这么乖呀。"余昱川勾起嘴角，看着她，"都听我的，就不怕我把你拐走？"

辛禾微微抿起唇，一板一眼地回答道："你不会的。"

"这么信任我？"

日光明朗，照耀在他的脸上，他的笑容也仿佛带了光。辛禾看着他，心跳忽然加快。

她转回视线看向前方，没过多久就听见他端正了语气喊她："禾禾。"

"嗯？"辛禾听他这语气，以为他要说什么正事，神色认真起来。

然后她就听见他说："你是不是偷偷喜欢我很久了？"

心里咯噔一下，辛禾微微睁大了眼睛。

她还没说话，余昱川就整个人靠过来，揽住她的肩膀，在她耳边悄声道："说，你是不是从很早以前就开始觊觎我的美貌了？"

说话间，他温热的气息全扑洒在她脸上。她的脸颊一下子就红了，心跳得飞快。

她结结巴巴道："没……没有……"

余昱川跟她闹着玩的。他伸手捏了捏她红扑扑的脸颊，笑容愉悦："小骗子，脸都红了。"

意识到他在逗自己，辛禾伸手轻轻推了他一把。

再继续逗弄下去怕她会羞得找条地缝钻进去，余昱川见好就收，摸了摸她的脑袋，心情很好地说："不闹你了，好好走路。"

明明就是他不好好走路……

辛禾被他牵着手往前走，几秒后，她垂下脑袋，眼角眉梢情不自禁地浮现一抹柔和的笑意。

再过一周就是元旦节了，辛禾今天傍晚到Dream's餐厅的时候，大家都在忙着给店里营造节日氛围。

她到后台时看见小梦正指挥着两个男店员扛着一箱东西进休息室。

小梦转头见到她，跟她打了声招呼。

"这是？"辛禾见他们扛着的那箱东西好像很重的样子。

"哦，这是下周过节给店里伙伴的礼物。"小梦说，"禾禾，到时候也有你的一份哦。"

"礼物？"

小梦点头："对，不过是什么我还要保密，暂时不能透露给你。"

小梦去前台忙了，辛禾在台下准备演唱歌曲的时候忽然想到，自己是不是也应该给余昱川他们准备礼物？

从认识到现在，他们帮了她很多忙，除了上次十大歌手决赛后请的那顿饭，她还没有表示过什么实质性的感谢。

辛禾演唱结束，拿着吉他下台的时候就见余昱川坐在吧台前和桐子聊得正欢。

最近这几天，余昱川每天晚上都会来餐厅接她回学校。

桐子在她生日的第二天就知道他们俩确定关系了。

这件事是余昱川主动告诉桐子的，跟他说之前，余昱川提前跟辛禾打了声招呼。

他说出于礼貌和尊重，他们的事情有必要让作为长辈的桐子知道。

桐子知道后并没有反对，反而替他们感到开心。

他私底下跟辛禾说，她愿意顺从自己的心意去迈出这一步，他很替她高兴。

辛禾见舅舅也表态了，藏在心底的那丝顾虑才彻底消失。

她走到吧台前，余昱川见到她，眉眼一弯，笑了："时间到了？"

他说完，顺手将她的吉他接了过去。

辛禾点头。

桐子倒了一杯热水推到她面前，说："先喝点水吧。"

"谢谢舅舅。"

"最近过得怎么样，这小子对你好不好？"桐子一边帮客人做饮品，一边抬头打量了他们两眼。

辛禾一顿，下意识地抬起头来，就见余昱川眉眼含笑地看着她。他唇红齿白的俊朗模样看得她心跳快了一拍。

他们虽然在一起了，彼此之间也多了许多亲密的举动，但每次看到他这副模样，她总是忍不住脸红心跳。

她手指一紧，看着桐子，点了点头。

"那就好。"桐子开口打趣道，"要是他敢欺负你，你就告诉我，舅舅帮你揍他。"

余昱川笑道："还是不劳桐哥您动手了，要是我对禾禾不好，我自己揍自己。"

桐子笑了，调侃道："你这小子是个人精啊，难怪能把我们禾禾哄到手。"

余昱川对长辈不敢造次，只说："桐哥您说笑了。"

"好了，时间不早了，你们回去吧，路上注意安全。"

晚上风大，余昱川走在路上，转头看向身旁的女孩，问："冷不冷？"

辛禾抬头看他，轻声道："还好。"

余昱川帮她把堆在脖子处的围巾整理好，然后握着她的手放进自己的外套口袋里，与她十指相扣。

辛禾将脸颊埋进围巾里，遮挡住脸上的羞意。

余昱川握着她细长的手指，轻轻捏了一下。

她的指腹有一层茧子，薄薄的，并不光滑。

他轻轻缓缓地摩挲着这层茧子，下一秒就感觉她的手微微瑟缩了一下，在他的口袋里蜷了起来。

余昱川无声地笑了一下，握住她的手。

她的手很小，他一只手就能握住。

静静地握了一会儿，他不禁想，怎么会有人的手这么小，让人只想握在掌心里，小心翼翼地呵护着，一辈子不松开才好。

余昱川回神后问她："怎么会去学吉他？"

他的手动来动去，太不安分了，辛禾脸上一阵羞窘。闻言，她静了几秒才答："舅舅……当时的餐厅里缺一个吉他手。"

桐子担心她初次上台会不适应，所以安排她给别人伴奏，等她适应了一段时间后才让她独自上台。

听她这么说，余昱川接着道："你当时学了多久的吉他？"

辛禾想了想，说："半个月。"

余昱川惊呆了："学了半个月你就能帮人伴奏了？"

辛禾见他这副模样，踌躇着点了点头。

余昱川反应过来，看着她，勾唇笑了："厉害呀，没想到我们禾禾原来是个音乐天才。"

这顶高帽辛禾可受不起，她神情一滞，连忙摇了摇头。

余昱川随口问："你有没有想过以后往音乐这条路上发展？"

辛禾微顿，轻轻抿唇。片刻后，她低下头摇了摇。

余昱川从桐子那里得知，她高三那年因为父亲的事情错过了音乐学院的考试，之后只能按部就班地参加高考。

桐子他们当时劝她去复读一年再考，但她拒绝了。后来她勉强上了川都大学，但专业只能服从调剂。

余昱川问："为什么？"

辛禾静了几秒才说："学音乐要花很多钱。"

余昱川愣了一下，没想到会是这个原因。

之前桐子跟他说的时候，他还在猜测是不是因为她父亲的事，她才放弃学音乐。

余昱川掩唇一笑，伸手摸了摸她的头顶，说："傻瓜，钱的问题好解决。你这么有天赋，就因为这种原因不去学音乐，也太可惜了。"

辛禾愣愣地看着他。

"我……"

"什么？"

辛禾张了张嘴，却发现自己什么也说不出来，她垂眸沉默了。

余昱川看出她还有自己的顾虑，担心再说下去会增加她的压力，索性跳过这个话题，轻笑道："回头我们再讨论这件事情，现在先回去吧。"

余昱川送她回宿舍，正好路过后楼梯。见这里没人，他们就在这里停下了。

辛禾抬头看了一眼面前的人，轻声道："我……回去了。"

说完，她伸手想将他身后的吉他接过来，余昱川却握住了她的手。

辛禾疑惑地抬头看他。

余昱川低头，想到上次跟她在这里遇到的事情，心思一动，一双乌黑漂亮的眼睛盯着她。

他忽然道："这里没人。"

辛禾茫然地望着他。

余昱川垂眸，眼中的笑意温柔又明显，他说："让我亲一下好不好？"

辛禾一怔，微微睁大眼睛，心突然慌乱起来。

见她圆睁着眼讶异地看着自己，余昱川心一痒，微微低下脑袋，跟她拉近距离。

他放轻了声音，哄道："就亲一下，好不好？"

这里光线昏暗，只有一盏路灯静悄悄地将灯光照进来。这光仿佛全部照进了他的眼底，令他的眼睛看起来格外亮。

辛禾对上他这双亮晶晶的眼睛，心神骤然间乱了，连呼吸也跟着停滞了几秒。

见她不说话，余昱川轻轻勾起嘴角，伸手揽住她的腰，将她往身前带了一步。

辛禾慌乱地看着他。

余昱川对她一笑，笑容明艳，像能蛊惑人心，把她看得一愣。

就在她愣神之际，余昱川低头靠过来，渐渐拉近了跟她之间的距离。然后，他轻轻地吻住了她的唇。

唇上一暖，辛禾的心猛地颤抖了一下。

贴上她的唇，他感觉心脏在剧烈地跳动着。

他刚才虽然一副镇定沉稳的模样，但其实对这种事也是非常生涩的。

他试探性地含住她的唇，浅浅地啄了一下，然后就感觉怀里的人颤抖了一下。他眼里不由得露出笑意，心里升起一股前所未有的畅快和愉悦。

辛禾是第一次跟人这么亲密接触。在余昱川吻上来的时候她就闭上了眼睛，紧张得手脚都不知道往哪儿放比较好，脸颊滚烫，红得像只刚煮熟的虾。

余昱川垂眸看着她红透的小脸，眼中的笑意更深了。他含着她的唇轻轻辗转着，见她乖顺地任由自己亲吻着，心里的欢愉渐渐攀升。同时，一股说不清道不明的爱怜也蔓延开来。

他突然发现自己其实比想象中更喜欢她。

余昱川过了一会儿才放开她，然后就这么安静地抱着她。

他微微闭上眼睛，平复着自己跳得飞快的心脏，嘴角抑制不住地扬起，笑容明朗灿烂得一如他此刻的心情。

辛禾红着脸埋首在他怀里，手轻轻地抓着他的衣服。

看到她这般羞涩的模样，余昱川心一动，在她耳边用商量的口吻说："能不能再亲一下？"

他发现这种事会让人上瘾。

闻言，辛禾一怔。

她还没说话，就听他兀自道："这次一定比上一次亲得好。"

辛禾慌忙从他怀里退出来，惊慌道："我……我要回去了。"

她想将他背后的吉他取下来，余昱川却侧开身子，不让她拿。

他轻轻捏了一下她通红的脸颊，眼里闪过一丝促狭的笑，逗她道："满足一下男朋友的心愿就让你回去。"

辛禾局促地站在原地，脸和脖子都红透了。

余昱川转了转眼珠子，改口道："不然你亲我一下也行。"

他点了点自己的脸，有些无赖的模样。

辛禾哪里是他的对手，她害羞极了，见他将脸凑到自己面前，顿时紧张又无措。

两个人僵持在原地。过了几秒，她悄悄转头看了一眼，发现四下无人，也不知打哪儿来的勇气，她捏紧了手指，踮起脚凑了上去。

柔软的唇在脸上一触即离，余昱川愣了一下，心猛地跳快了一拍。

他刚才纯粹是想逗弄她而已……

辛禾垂下脑袋，感觉浑身都要被火烧着了。

余昱川的脸庞浮现一丝潮红，他掩饰性地咳了一声，才将吉他还给她。

辛禾完全不敢看他，接过吉他，低头小声说："我……我走了，再见。"

"哦，好。"

余昱川看着她清瘦纤细的背影，愣愣地抬起手来摸了一下刚才被她亲过的地方。

他心想，刚才那一下是真的要命。

辛禾那天受了小梦的启发，开始着手给余昱川他们准备礼物。她花了几天时间，终于把礼物准备好了。

当她在想要怎么将礼物送出去的时候，余昱川告诉她，放假前一天宋阳他们组了个饭局，让她也一起来。

这天，辛禾下午的课是满的。她上完课回到宿舍，就接到了宋阳的电话。

他说："小师妹，川少今天有个课题要赶，学院的教授不肯放人，他让我跟你说一声，等会儿不能过去接你了。你看看要不要我和顾思明过去接你？"

"没关系，我自己去就好。"辛禾说。

"也行，那我一会儿把餐厅地址发你手机上。"

辛禾收到宋阳发来的地址，然后她算好时间，提着自己的一袋礼物出了门。

她到餐厅包厢的时候，包括宋阳和顾思明在内的一群男生都已经到场了。

辛禾站在门外，有些踌躇地敲了敲门。

包厢内的男生们听到敲门声，都转头看过来。见到辛禾后，众人高兴道："小师妹来啦！"

辛禾虽然已经跟他们认识一段时间了，但独自面对这群男生时，她心里还是有说不上来的拘谨。

她点了点头，脸上露出浅浅的笑容："师……师兄们好。"

众人笑嘻嘻地跟她打招呼，然后宋阳朝她招了招手，招呼道："小师妹，快过来坐。”

“咦，师妹，你提着的这袋是什么？”有人问。

闻言，辛禾提着礼物走过来，神色腼腆道：“我给大家准备了一点……小礼物。”

她将袋子放下，然后从里面依次拿出礼物分别递给在场的人。

这些礼物是她根据这段时间对他们的了解，按照他们各自的喜好准备的，每个人的都不一样。

一众男生接到礼物的时候都有些受宠若惊。

宋阳拿到自己的那份礼物，挠了挠头，笑着说：“哎呀，小师妹，这怎么好意思，你这礼物也太大份了。”

顾思明也拿到了自己那份，说：“是呀，怎么好端端送我们礼物了？”

辛禾捏了捏手，内敛道：“这段时间谢谢大家的照顾，明天过节，我就准备了一点小心意，希望……你们能喜欢。”

“喜欢呀，师妹你太客气了，照顾你是应该的。”有人说。

“就是，你太客气了。”有人附和道。

宋阳笑着说：“谢谢小师妹，你这礼物挑得太符合我的心意了！”

大家纷纷跟她表示感谢，让她有些不好意思。

有人说：“既然小师妹送了我们礼物，那我们敬她一杯好不好？”

“好！好！”

“我们干了，师妹你随意。”

大家干完这杯酒就各自在位子上坐下，辛禾的旁边留了个空位，是给余昱川留的，宋阳说他一会儿就会过来。

吃饭的时候，辛禾时不时留意着门边的动静。每次门开她都会转头看过去，但每次从门外进来的人都不是他。

见状，有人开口打趣道：“小师妹，我知道你想着川少，但好歹也吃一点吧，饭菜都快凉了。”

辛禾脸有些红，等下次有人进来时她也就没回头看了。

然后下一刻，有人拉开椅子坐在了她身边。

“哎呀，川少来啦。”宋阳第一个开口。

“给我来杯水，累死我了。”余昱川一路赶过来，气都没来得及喘上一口。

辛禾动作一滞，然后转头看向坐在身旁的人。

一直提着的心顿时安定下来，眼中浮现几许温和的神色，她忍不住出声道："你来了。"

她的声音温温软软的，听得人心湖一荡。

余昱川揉了揉她的头发，看着她笑了："想我了吗？"

坐在他们身旁的宋阳搓了搓两条胳膊，嫌弃道："咦，好肉麻……"

辛禾脸一热。

余昱川斜了他一眼，轻嗤道："我说给你听了？嫌肉麻就把耳朵堵上。"

"川少，小师妹想你想得厉害，刚才你没来，她一直往门口望，心神不宁、茶饭不思的。"有人嬉笑着替辛禾回答了。

余昱川闻言，眼睛一亮，转头看着辛禾，笑着问："真的？"

辛禾不好意思地垂下脑袋。

余昱川见她这副害羞的神态，心满意足地笑了。

顾思明问："川少，你是怎么出来的？老林肯放人了？"

余昱川拿起杯子喝了一口水，说："没，我偷溜出来的。"

"偷溜出来的？"宋阳佩服道，"川少，你胆子很大嘛，你就不怕老林大发雷霆？"

余昱川哼笑一声："我如果怕的话现在就不会坐在这里了。"

宋阳笑着说："哎呀，看来小师妹的魅力真的是大过天啊，难怪总说美色误人，古人诚不我欺。"

"滚。"

辛禾大致听懂了他们的话，有些担忧地看向余昱川，犹豫道："没事吧？"

"没事，别听他们胡说。"余昱川悄悄伸出手，在桌下握住她放在腿上的手，眼底的笑意灼人。

看了她好一会儿，他低声道："我想你了。"

辛禾立马脸红了。

这里人多，她怕众人看出异常，连忙收回自己的手。

余昱川不依不饶地靠过来，在她耳边轻笑一声："别害羞呀，大家都是自己人。"

辛禾推了他一把，说："吃……吃饭。"

余昱川笑了笑。

吃完饭，辛禾放下手中的筷子，从身后的袋子里取出一个小礼物盒，轻轻地放到余昱川面前。

余昱川扬起眉，问："这是什么？"

辛禾轻声道："礼物。"

"送给我的？"余昱川有点出乎意料，眼里很快浮现一丝惊喜。

辛禾点了点头。

余昱川笑了，欢喜涌上心头，眼角眉梢都带着愉悦的笑意。

他刻意掩饰住喜悦的神情，故作镇定道："这里面是什么？"

"你回去看看……就知道了。"辛禾羞赧道。

"这么神秘呀？"余昱川挑眉笑了。

"川少，小师妹送你什么礼物？"宋阳就坐在旁边，见状好奇道。

余昱川将桌面上的礼物盒收起来，一副不欲让人窥窃半分的模样，语气里带了几分怡然自得，姿态有些得意。

他扬起下巴，道："关你什么事。"

见他那模样，像是得了什么稀世珍宝似的，宋阳忍不住就想打压一下他的嚣张气焰。

于是他对辛禾说："哎呀，小师妹，你送我的礼物太大了，能不能借你的袋子装一下？"

辛禾不以为意，应了一声，把自己的袋子递过去。

宋阳边说边偷偷打量余昱川的神色，见他脸色一变，心里不禁有那么几分暗爽。

顾思明也在旁边搭腔："把我的礼物也装进去。"

余昱川的脸色又是一变。

有人道："师妹，谢谢你的礼物，回头我们请你喝饮料。"

余昱川的脸色彻底沉了下来。

见目的达成，宋阳对辛禾笑道："小师妹，我们就不当你和川少的电灯泡了，先回去了啊。"

说完，他和一群男生一起溜走了。

辛禾回头见余昱川还坐着不动，便问："我们回去吗？"

她还没发现他的异样。

余昱川抬起头，眼神中带了些幽怨："你给他们每个人都送了礼物。"

辛禾见他的神情似乎不太对劲，不明白他这是怎么了。闻言，她迟疑着点了点头，说："嗯……"

"他们每个人的礼物都比我的大。"余昱川一脸的伤心失落，说完起身就走。

辛禾愣了一下，后知后觉地反应过来。她连忙跟上去，解释道："你……你的比较特别！"

余昱川一脸"我不听，你哄不好我"的表情。

见他继续往前走，辛禾急了，伸手轻轻拉住他的衣袖，急忙道："真的……比较特别！"

余昱川闻言，放缓了脚步，轻飘飘地把视线移过来，问："特别在哪里？"

辛禾："他……他们的礼物……都是我买的，只有你的，是我亲手做的。"

余昱川问："真的？"

"嗯！"辛禾真诚地点了点头。

"好吧，这次就先原谅你了。"余昱川十分大度地说，又轻轻拍了拍她的脑袋，耐心教导道，"下次再遇上什么节日，只准送我一个人礼物，知道了吗？"

辛禾看着他，犹豫了几秒，问："你……是不是吃醋了？"

余昱川手上的动作一顿，抬起下巴，傲娇道："开什么玩笑，他们那几个玩意儿才不值得我吃醋呢。"

辛禾看着他这副模样，微微笑了，感觉他刚才就像一个吃不到糖的孩子。

余昱川看到她的笑容，顿时没了脾气。他伸手捏了捏她的脸颊，也跟着笑了："小傻瓜。"

辛禾推了推他的手，说："我不是傻瓜。"

"哦。"余昱川揽住她的肩膀，勾唇一笑，故意逗她，"小呆子。"

辛禾："我也不呆。"

余昱川笑了："这是爱称你懂吗？知不知道什么是爱称？"

辛禾被他搂在怀里，听着他胡说八道，不由自主地笑了。

她笑起来的时候眉目变得生动娇俏起来，像一朵向阳生长的花，惹人怜爱极了。

余昱川心思浮动，到底没忍住，低头亲了一下她白嫩柔软的脸颊。

辛禾的心跳霎时漏了一拍，被他亲过的地方顿时红了。

她难为情道："有人……"

这还是在大街上呢。

"哪里有人？"余昱川四处张望了一下，转头看回来，对上她羞涩的眼睛，轻轻一笑，眉眼风流如画，"我的眼里只看得到你一个人。"

辛禾愣住了，脸彻底红了，没过几秒，她忍不住露出笑意。

宋阳说得没错，他真的好肉麻。

他们往前走着，差不多快到学校的时候，余昱川的手机响了。

他拿出手机看了一眼来电显示，停了下来。

辛禾也跟着停下来，抬起头来看着他。

"我们学院老林的电话。"

估计对方是来兴师问罪了，余昱川犹豫着接还是不接。

他看着望着自己的辛禾，忽然灵机一动，把手机塞到她手里，说："禾禾，你帮我接吧。"

辛禾怔了一下，有点疑惑："我？"

余昱川朝她眨了眨眼，说："老林对女孩最温柔了。"

再响几声电话就要自动挂断了，余昱川按了接听键，并开了扩音。

"你这浑小子死哪里去了？"电话一接通，一道中气十足的怒吼声顿时传来。

辛禾吓了一跳，抬头就见余昱川在朝自己挤眉弄眼。

"怎么不说话？"林教授喊道。

辛禾拿着手机的手微微颤抖，她连忙道："您……您好……"

一听是个女孩的声音，林教授一时半会儿没出声，过了半晌才自言自语道："我打错电话了？"

余昱川差点笑出声来。

知道对方是个女生，林教授的语气都放轻了："这是余昱川的手机吧？让他听一下电话，我是他的专业老师。"

闻言，辛禾抬头看向面前的男生。

余昱川朝她摆了摆手，示意让她说自己不在。

“他……他不在……”辛禾撒谎的时候脸都红了。

林教授沉默了几秒，疑惑地问：“你是？”

辛禾又看了一眼余昱川，余昱川轻轻挑眉，笑着看她，两人四目相对。

辛禾的脸更红了，她磕磕巴巴道：“我……我是……”

“他女朋友”这几个字她终究说不出口。

林教授说：“你让他等会儿给我回个电话，就说我有事找他。”

余昱川一听，急忙捂着肚子做了个痛苦的神情。

“他……他肚子不舒服。”辛禾趁对方挂断前赶忙道，“可能不太方便。”

听她说完，余昱川直起身，朝她竖起了大拇指，一脸赞赏的表情。

安静了片刻，林教授才说：“那行吧，我明天再找那浑小子算账！”

结束通话后，辛禾把手机还给他，同时担忧道：“明天可怎么办？”

余昱川把手机收起来，无所谓地耸了耸肩，说：“没事，明天我有别的法子，实在不行也就挨一顿骂而已。”

说着，他拍了拍她的脑袋，朝她一笑：“刚才表现不错，孺子可教也。”

“以后可以跟着我行走江湖坑蒙拐骗了。”他笑道。

辛禾也笑了：“才不要跟着你。”

余昱川微微挑眉，语气中含着危险：“难不成你还想跟着别人？”

辛禾还没说话，余昱川就搂住了她的脖子，威胁道：“谁都不许跟，只能跟着我知道吗？”

辛禾的脖子被他弄得痒痒的，她笑了：“你放开。”

余昱川充耳不闻，漫不经心地笑道：“你先回答我。”

辛禾没说话。

余昱川收紧了手，辛禾痒得不行，求饶道：“我知道了。”

“知道什么？”他不依不饶道。

辛禾害羞地蜷起手指，不好意思地说：“只跟着你一个人……”

闻言，余昱川心尖一颤，丝丝甜意从心底渗出来，蔓延到五脏六腑。

他情不自禁地低头亲了一下她的脸颊，眉开眼笑道：“乖。”

余昱川哼着轻快的小曲回到自己的宿舍，宋阳和顾思明对他这模样已经见怪不怪了，只是奇怪刚才走之前他的脸黑得跟什么一样，怎么这么快就雨过天晴了。

“川少，刚刚在餐厅里你不是还恨不能把我们的礼物抢过去据为己有吗？”宋阳跟顾思明对视一眼，调侃道。

余昱川扬了扬下巴，骄傲道：“我不稀罕了，禾禾送我的这份才是独一无二的。”

“哟哟哟，瞧这一脸嘚瑟的表情。”

余昱川心情好，懒得跟他们计较。

他走回自己的位子上，拿出辛禾送的礼物。

他刚才在回来的路上就没忍住拆开了，里面是一个小型的蓝牙播放器。

他从柜子里翻出耳机戴上。

铿锵有力的音乐声传来，余昱川只听了前奏就怔住了，这是……他最喜欢的 Linkin Park 的歌。

琴声铮铮，明朗洪亮的吉他声冲击着他的耳膜，让他的心也忍不住跟着节奏跳快了几拍。

他翻了一下歌曲目录，有五六首，都是辛禾用吉他演绎的 Linkin Park 的经典歌曲。

余昱川翻到最后，看到了一首没有命名的歌曲，他顿了一下，然后好奇地点开。

悠扬清澈的琴声响起，像月光照耀下泛着粼粼微光的澄净湖面，引着他往那清澈的湖底看去。

温柔轻缓的前奏过后，随之而来的是她带着一丝沙哑的温柔歌声。

歌曲过半时，余昱川轻轻闭上眼睛。她温和缱绻的歌声像是一场净化心灵的洗礼，令他的眉眼柔和下来。

他的嘴角勾起柔情万千的笑。

小傻瓜。

第12章

一起去变成更好的人吧

元旦一过，很快就到期末了。

所有的专业考试过后，辛禾参与的创新大赛小组开了一次会。

这场比赛的初赛是在三月份，等于他们放假回来马上就要提交参赛资料，时间很赶。周维就想趁大家放假回家前赶紧把项目再过一遍。

余昱川最近很忙，听宋阳说是在忙林教授布置给他的课题，辛禾已经有两三天没见到他了，连这次的会议他也没来参加。

散会之后，徐小勇把资料递给辛禾。

“辛禾，你找个时间把刚才整理的资料给余师兄吧。你让他看一下，如果没问题的话就答复我们一声。”

“好。”辛禾应道。

晚上她跟余昱川通电话的时候说起了这件事，余昱川跟她说明天下午应该能抽出一点时间，让她下午来一趟机电实验楼。

辛禾应下来，隔天下午就拿着资料去了实验楼。

这段时间期末考试结束，很多人都回去了，校园里的学生明显减少，辛禾坐的车都空荡荡的。

她到了实验楼，在门口给余昱川发了微信消息，告诉他自己已经到了。

“好，在门口等我一下。”他很快回复。

辛禾在门口等了几分钟，就听见身后有脚步声传来。她刚转过身来，就被人一把抱进了怀里。

余昱川一抱住她，感觉所有的疲惫都卸下了。

他低头在她耳边轻轻蹭了蹭，笑道：“想我了吗？”

辛禾猝不及防被他抱住，心跳加快，下意识地转头看向四周。

看到附近有几个学生路过，她脸颊红红的，害羞道：“有……有人，你先放开。”

余昱川抱紧她，头靠在她的肩膀上，像个无赖的小孩：“不放，你先说想没想我？”

辛禾见那几个学生往这边望过来，有些羞窘地转过头，说：“想……想了。”

余昱川心满意足地笑了，这才放开她。

他一松手，辛禾就看到他有些苍白疲倦的面容。她心一揪，问：“你是不是很忙？”

余昱川伸手抓了把头发，打了个哈欠，然后才道：“嗯，还行。”

辛禾看他似乎很累的模样，担心自己的到来会打扰他的进度，想把资料交给他然后就离开。

她正准备开口，余昱川扫了一眼她手里拿着的文件，问：“这是给我的？”

辛禾点头，说：“这是比赛的项目资料。”

余昱川把文件接过来，同时伸手搂住她的肩膀，说：“走吧，我们找个地方坐一下。”

“我……”辛禾的话还没出口，就被他带着走了。

余昱川带她去了一楼的展览大厅，找了张长椅坐下，然后就开始翻阅起手里的资料。

辛禾坐在一旁，看着他手里的资料，没过一会儿，就见他眉毛轻轻一挑。

“哪里有问题吗？”辛禾小声问。

他们的项目议题拿去给学院的指导老师看了，最终确定了“重金属净化系统”这个项目。

他现在看的这部分资料大多数是她开会时整理的，包含了一些制作这款净化仪器的内容。

余昱川指着净化仪这部分的内容，转头看向她，眉眼间带了点笑意：“这部分是你写的？”

辛禾：“我……随便写的。”

余昱川看着她，笑着调侃道："你是准备抢我的饭碗吗？"

辛禾忙道："没……没有……"

"逗你的，小傻瓜。"见她心虚慌张的模样，余昱川眼中的笑意更甚，他轻轻捏了一下她的脸颊，"铅笔有吗？"

"嗯。"辛禾从自己的包里翻出一支笔给他。

余昱川接过笔，在纸上的空白处画了个简易版的模型，写下对应的数据。

"你的构思挺好的，但以目前的技术可能比较难实现。如果这样改动一下……"他边写数据，边跟她讲解这款仪器的构造。

辛禾看着他写数据，视线停留在他正在写字的手上。

她从很早以前就发现了，他的手生得也很漂亮，每一根手指都瘦削修长，骨节清晰分明，像上乘的玉石。

正走着神，忽然听见一声笑，辛禾抬起头来。

余昱川正看着她，乌黑细长的眼睛里笑意分明。他好奇道："你盯着我的手发什么呆？"

辛禾闻言，很快收回自己的视线，低着头，脸颊红红的。

余昱川看了一眼自己的手，了然地挑起眉。

他靠过去，伸手戳了戳她的脸颊，笑容贼兮兮的："禾禾，没想到你还有这种癖好呢。"

"我……没有。"辛禾连忙解释。

余昱川忍住笑意，故意凑到她耳边，压低了声音说："别害羞呀，你想看就看，反正我整个人都是你的。"

辛禾哪里听得了这种话，浑身一颤，脸涨得通红，忙伸手推开他。

余昱川憋不住了，捂着肚子笑出了声。

辛禾别开视线，不想理他了。

再闹下去就过火了，余昱川收起笑意，轻咳了一声，正色道："好了，不闹了，跟我说说你们昨天开会都讲了些什么内容吧。"

辛禾跟他复述开会的内容，才讲到一半，他整个人就靠了过来。辛禾声音一停，转头看向他。

余昱川闭着眼睛，没了刚才的张扬和活力，面上显出几分疲惫和困倦。

发觉声音没了，余昱川睁开眼睛，微笑着说："抱歉，我有点困……"

他靠在她的身上，微微侧过头，笑着问：“能不能借我躺一下？”

辛禾微愣了几秒，见他真的累极了，心一软，忙点头应了一声：“好。”

余昱川枕在她的腿上，闭上眼睛很快就睡着了。

辛禾低头看着他。

他的皮肤白白净净的，那双张扬夺目的眼睛闭上后，整张脸变得秀气柔软起来，让他看起来像个充满稚气的孩童。

辛禾的眉眼柔和下来，感觉到一阵宁静和安心。

因为还有课题要赶，余昱川睡醒之后就送辛禾回去了。

送她去车站的路上，余昱川问她：“放假要去你舅舅那儿还是留在学校？”

辛禾说：“我申请了留校。”

余昱川点头说：“我也申请了留校。”

他笑了：“这样的话，放假我也能见到你了。”

“你不回家吗？”辛禾看向他。

余昱川伸了个懒腰，说：“不回了，老林给我安排的课题还没做完，寒假要留下来加班加点。”

他笑道：“不过这样也好，我还能抽空约你出来吃个饭。要是我回家了，你就见不到我了。”

“万一见不到我，你思念过度偷偷躲起来哭可怎么办。”余昱川手摸着下巴，兀自臆测道。

辛禾笑了，温声道：“才不会。”

余昱川也笑了。

抬头见车来了，他抬手揉了揉她的头发，说：“好了，我只能送你到这儿了，要不然我回去又得挨批。”

辛禾有些不放心他，临上车前叮嘱道：“你……别太累了，再忙也要抽空休息一下。”

“好。”余昱川咧开嘴笑了，语气里带了几分不正经的促狭，“我累的话就去找你，你只要亲我一下，我保证立马精神百倍。”

说完，他把脸侧过来，说：“你现在要不要试验一下？”

就知道从他口中说不出什么正经的话，辛禾笑着推他一把，羞赧道：“我走了。”

余昱川不戏弄她了，摸着她的脑袋道：“乖，回去给我发信息。”

放假的这段时间，宿舍里就只剩下辛禾一个人。

余昱川偶尔空闲的时候就会从实验室里偷溜出来找她，两个人一起去校外吃个饭，聊些日常的事情。

他没空的时候辛禾就自己一个人待着，在宿舍看书、练吉他，不敢贸然跑去打扰他。

日子就这样一天天过去了，今年的春节来得特别早，辛禾放假的第三周，就迎来了小年。

小年夜这天，桐子跟她说了餐厅放假的事情，同时还说年三十晚上会聚集所有留在川城过年的员工一起吃顿年夜饭。桐子知道余昱川今年没回家过年，所以让辛禾回头邀请他一起来吃饭。

辛禾回学校后就把这件事跟余昱川说了，余昱川满口答应下来。

他的课题还差最后一点就能收尾了，这几天他紧赶慢赶，终于在年三十之前交差了。

年三十这天，辛禾收到他的消息后来实验楼找他，刚到门口就看到余昱川和一个戴眼镜的中年男人站在一起。

她走近后听到男人说：“你小子速度可以呀，我还以为你不想回去过年了。”

余昱川笑了笑：“我答应了女朋友除夕夜一起吃饭，自然不能食言。”

他说完，转头就看见辛禾来了，眉眼间飞快地掠过一抹愉悦。

林教授察觉到了，回头看了一眼，就见一个模样清秀的女孩走了过来。

“这位是？”林教授问。

余昱川笑了，握住辛禾的手，对林教授说：“我女朋友，辛禾。”

说着，他转头对辛禾说：“禾禾，这位就是我们学院的林教授。”

辛禾朝男人点了点头，乖巧道：“林教授好。”

“你好。”林教授回应道。

他看向余昱川，笑着说：“原来你这小子真有女朋友啊。”

林教授看向辛禾，和善地笑道：“上次接我电话的人是你吧？”

听他提起这件事，辛禾心里一慌，下意识地抬头看了一眼余昱川。

余昱川递给她一个安心的眼神，然后替她回答："老林，上次的事情是我让她帮我的，您要骂就骂我好了。"

林教授看了他一眼，说："谁说我要骂她了。"

他看向辛禾，说："挺好一小姑娘，可别被他带偏了。"

余昱川："哎，老林，不带你这么挑拨离间的啊。"

林教授笑着朝他挥了挥手，说："快走吧，少在我面前碍眼。"

余昱川带着辛禾往校外的方向走去。

看现在时间还早，辛禾问他："我们去哪里？"

"买身新衣服。"余昱川说。

辛禾不明所以地看着他。

余昱川笑了，敲了敲她的小脑门。

"过年了，我得换身新衣服，晚上才能去见你娘家人呀。"

辛禾摸着自己的脑袋，稀里糊涂地跟着他走了。

走了几步路，后知后觉地反应过来他刚才说了些什么，她脸颊倏地一热，有些羞赧地悄悄压低了脑袋。

余昱川轻车熟路地带她来到上次来过的那个商城，先带她去了卖女装的楼层。

辛禾被他拉进了一家女装店，有些诧异："不是你买衣服？"

余昱川点了点头，轻轻"嗯"了一声，环视着店内的衣服，随口道："顺便给你也买一身。"

辛禾连忙道："我不用的。"

余昱川将视线移过来，笑着说："过年换身新衣服能有个好兆头。"

话落，他自然而然地揽住她的肩膀，带她走到店面的橱窗前，指着模特身上的衣服，看着她说："我觉得这一套挺好看的，你去试试好不好？"

他眼神热切，带着期盼，让辛禾拒绝的话顿时卡在喉咙里："我……"

见她没拒绝，余昱川笑了，让导购员把模特身上那套衣服拿给她试试。

辛禾还在踌躇着，下一刻就被余昱川推进了试衣间。

他带着笑意的声音传入她耳中："去吧，我在外面等你。"

辛禾试好衣服就出来了，导购员在门口等着帮她把头顶的帽子和衣服给整理好。

她挪动步子走到外面，颇有些不自在地扯住衣服的下摆。

她一出现，余昱川霎时眼睛一亮。

她穿上这身衣服很漂亮，上身的红色毛衣加白色高领内衫衬得她肤色白皙如雪，下身是一条红黑相间的格纹百褶裙，头顶还配着一顶小巧的黑色贝雷帽。她穿着这一身站在他面前，亭亭玉立，像个气质优雅的淑女。

见他一直盯着自己，辛禾握紧双手，羞涩地垂下脑袋。

余昱川走到她面前，伸手轻轻揽住她的后腰，低下脑袋看着她，笑道："哎呀，这是哪里来的漂亮小姐姐，方便加个微信吗？"

他眼中的笑意灼灼，看得辛禾心头一烫，脸颊更红了。

余昱川最后给她买了这身衣服，辛禾都不用换回原先的衣服，直接就被他拉着走了。

余昱川又去了男装区，特地挑了跟辛禾这一身差不多款式的衣服，埋完单也就穿着走了。

离开商城后，余昱川去酒行买了两瓶酒，又去附近的水果店买了点水果，然后才打车前往餐厅。

路上没什么车，他们很快就到了 Dream's 餐厅。

桐子的餐厅从前天开始就停止营业了，今天来的全都是餐厅里的员工。余昱川和辛禾抵达的时候，已经有不少人到了。

"哇，你们今天也太好看了吧。"小梦见到他们，惊叹了一声。

辛禾有些害羞，脸上露出腼腆的笑容，和小梦打招呼："小梦姐。"

余昱川前几天就跟辛禾打听过餐厅里每个人的情况和喜好，他将小梦的那份礼物递上去，笑着说："小梦姐，新年好。"

"新年好。"小梦受宠若惊，"这是给我的？"

不止她，餐厅里的每个人都有份。

余昱川之前来餐厅的时候基本上跟每个人都打过照面，大家互相都认识。

他依次将礼物送上，又把刚才在路上买的两瓶酒和水果递给桐子。

桐子笑着拍了拍他的肩膀，说："来就好了嘛，这么客气做什么。"

余昱川笑道："应该的。"

在后厨帮忙的几个员工走到辛禾面前对她说："禾禾，你找的这个男朋友真的太会做人了。小伙子长得帅，人又亲和，对长辈很有礼貌，非常棒！"

说完，员工还朝她竖起了大拇指。

辛禾看着正在跟桐子说话的男生，听到这番话，脸上扬起羞赧的笑容。

后厨的几个人说完就继续去忙了，余昱川跟桐子打了声招呼后走过来，就见辛禾一个人站在这里低眉浅笑。

他跟着笑了，帮她整理了一下头顶的帽子，问："一个人站这儿傻乐什么呢？"

辛禾摇了摇头，说："没什么。"

余昱川挑了挑眉，抬手捏了捏她的脸蛋，笑道："小傻瓜。"

辛禾："才……才不傻。"

后厨的菜准备得差不多时，有人将菜陆续端上桌。

桐子招呼着大家入座。

余昱川和辛禾作为现场唯一一对年轻小情侣，自然而然成了众人关注和谈论的对象，尤其是余昱川。

大家都是餐厅里的老员工了，辛禾也是他们看着一路过来的，换言之就跟亲闺女、亲妹妹似的。所以对于余昱川这个新晋男友，大家都想考验一番。

"那个，小川呀，能喝酒吧。"厨师长拿着酒瓶，看着对面的俊俏小伙。

余昱川笑道："能喝。"

厨师长说："是这样，我们有个老规矩，每次有新人加入，那个人都要先喝三杯入门酒。你虽然不是新人，但作为禾禾的男朋友，开局前先喝三杯表示一下，怎么样？"

余昱川眉毛一挑，从容大方地表示："没问题。"

厨师长让人拿了个空酒杯上来，他打开瓶塞，往杯子里倒了满满一杯酒。

辛禾看着这么满的一杯酒，心里有些担忧和着急，在桌子底下悄悄拉了一下余昱川的袖子。

余昱川安抚地拍了拍她的手，朝她眨了眨眼，笑容满面道："没事，三杯对我来说是小意思。"

见他自信满满的模样，辛禾还是掩饰不住担忧，又转头看向桐子。

桐子兀自喝酒吃肉，脸上笑呵呵的，一副看好戏的神情。

见辛禾看过来，他耸了耸肩，爱莫能助道：“别看我，这个规矩可不是我定的啊。”

余昱川端起这杯酒，朝众人示意了一下，然后仰起头，没有丝毫犹豫地喝光。

见他这般豪爽，众人都给他鼓起掌来。

“好！”

第二杯继续。

到了第三杯，他也同样面不改色地把酒灌入口中。喝完后，他将杯子放在桌上，神色平稳。

“好！”厨师长给他鼓掌，“小伙子好样的！是条汉子。”

余昱川的笑容从容而坦荡：“谢了，这么好的酒让我连喝了三杯。”

辛禾知道，他为了赶课题一整天都没怎么吃东西。空腹喝酒伤身，她倒了杯温水摆在他面前，轻声说：“喝点水。”

她的语气里满是掩饰不住的担心，余昱川伸手扣住水杯边缘，转头看着她，轻缓一笑，低声道：“没事，几杯酒而已，醉不了。”

他勾起唇：“更何况，为了你，就算是上刀山下火海也得去。”

辛禾看着他这双亮得晃人的眼睛，心跳渐渐加快。

余昱川这个人身上有种难以言明的魅力，他的一举一动、一颦一笑都能轻而易举地撩拨她的心，让她心甘情愿地沦陷在他这双风流昳丽的眼睛里。

余昱川开局的三杯酒获得了大家的一致好感，接下来也没人再为难他。

但吃饭的时候总有人拉着他碰杯，余昱川也是来者不拒。饭局过半时，他都不知道喝了几杯酒了。

辛禾在旁边看得胆战心惊的，拦都拦不住。

众人吃到兴起的时候，有人说：“禾禾，能不能给我们来点音乐？”

那人说着，看了一眼桐子。

见桐子没有反对，他又招呼身旁的人起哄了两声，到最后大家都喊了起来：“禾禾，音乐！禾禾，音乐！”

辛禾被他们喊得脸颊红红的。

余昱川也笑着看她。

看众人这么高兴，辛禾也不想扫了大家的兴致，便开口问："你们……想听什么？"

有人说："听点能让我们来年发大财的。"

小梦笑他："你这是想发财想疯了吧。"

辛禾笑了笑，从位子上站起来走向舞台。

大家纷纷鼓掌起哄。

今天没有带吉他过来，辛禾径直走到摆放在舞台角落里的电子琴前。她把音响设备都打开，然后在椅子上坐下。

纤细的十指放在琴键上，试了一下音，然后就弹奏起轻快明亮的音乐来。

她弹的曲子非常应景，是大家耳熟能详的《财源滚滚来》。每逢新年，外面的商铺都会放这首歌。

有人捧场地尖叫了一声，还有人喝多了，跟着旋律一起哼唱起来。

余昱川手托着下巴，看着在舞台上发光发亮的人，眉眼间的笑意温暖如春。

半晌，有人拿了一瓶酒放在他面前。

余昱川抬起头来，见桐子拉开了他旁边的空位。

他微顿，叫道："桐哥……"

"还能喝吗？"桐子拿了个开瓶器把酒瓶盖打开了。

余昱川扬眉一笑："当然。"

桐子帮他开了一瓶酒，也给自己开了一瓶，然后拿酒瓶碰了碰他的，豪迈道："干了。"

余昱川跟他碰了一下酒瓶，仰头喝酒。

桐子灌了大半瓶酒后，把酒瓶搁在桌上，从口袋里摸出一支烟叼进嘴里。把烟点燃后，他轻轻吐了一口烟圈。

他看着正前方的舞台，片刻后，拿烟点了点正在弹琴的女孩，笑着说："我第一次看见禾禾这么开心。"

闻言，余昱川轻缓一笑，没说什么。

"这段时间我能感觉到她开朗了许多。"桐子看了一眼身旁的男生，挑眉道，"这应该是你的功劳吧。"

"我其实没做什么。"余昱川浅浅一笑。

桐子拍了拍他的肩膀，拿起酒瓶跟他的碰了一下，一切都尽在不言中。

桐子今天高兴，拉着余昱川喝了一瓶又一瓶。到后来，他站起身来给大家发红包。

辛禾从台上下来的时候，就看到余昱川面前摆了好几个空酒瓶。他静静地坐在原位上，微垂着头，俊秀的脸上蕴着两抹红润。

察觉到有人靠近，余昱川抬起头来。看到来人是她后，他笑道："回来了？"

他喝完酒后眼睛异常明亮，像藏了天边最亮的星。

辛禾微抿起唇，问："怎么……喝这么多？"

余昱川闻言笑了笑："桐哥拉着我喝，不喝不行。"

他们正说着话，桐子将红包递了过来，给了他们一人一个红包。

余昱川收到红包有些意外，反应了一会儿才道："谢谢桐哥。"

桐子有些喝多了，站都站不稳。

"还是……还是那句话，好好对禾禾，不然揍你……"说完，他整个人就跌坐在身后的椅子上，吓得辛禾赶紧上前扶他。

这顿年夜饭大家吃喝笑闹，到散席时，所有清醒的能自己走的人都回去了，喝醉了的干脆趴在桌子上呼呼大睡起来。

桐子是之前就被人送回去了，辛禾跟小梦负责将其他人送走。小梦走之前对辛禾说："禾禾，他们你就别管了，等明天早上醒了他们自己会走的。"

辛禾点头，叮嘱她回去的路上小心。

送走小梦后，辛禾走回来，见余昱川坐在位子上，眼睛盯着墙壁上的电视机。

电视里正在播放春晚小品，他看得专心致志，一点都看不出喝醉酒的模样。

"你怎么样？"辛禾刚刚倒了一杯蜂蜜水给他解酒。

余昱川看过来，勾唇一笑："没事，醉不了。"

他的神色看上去跟平时无异，但辛禾知道他已经有些醉了。

辛禾看了看外面昏暗的天色，问："我们回去吗？"

余昱川伸手握住她垂在身前的手，眉眼柔和，声音也温柔："不回，我留下来陪你守岁。"

辛禾刚想说些什么，就听到外面"砰"的一声，随后绚丽多彩的烟花在天边绽开。

余昱川眼睛骤然一亮，兴奋道："有人在放烟花，我们去看看。"

他说着，站起身来，拉着辛禾往餐厅的露台走去。

辛禾被他拉着走到露台，门一推开，冷风阵阵袭来，她微微瑟缩了一下。

她转过头就看到身旁的人眉开眼笑，高兴得像个孩子一样。被他的情绪感染，他的脸上也露出了温和的笑容。

余昱川拉着她坐在一张长板凳上，把外套脱下来披在她身上。

辛禾忙道："我不冷。"

余昱川握住她的手，说："穿着吧，我刚喝了酒，现在浑身很热。"

感受到他的手的确暖得像火炉一样，辛禾这才没坚持把外套脱下来。

在他们说话的间隙，有人在远处放了几个烟花。明亮的光彩一下子将深邃的夜空点亮，漂亮极了。

"放过烟花吗？"余昱川转头看她。

辛禾摇头。

余昱川笑着回忆道："我小时候放过，也是过年的时候。我那时候跟几个发小一起，在一片海滩上，一人一个烟花筒。我点完火往回跑的时候，不小心磕到石头，摔了一跤。"

"我还记得很清楚，摔倒之后所有人都在旁边喊我。我当时心想，完了，自己要没命了。"余昱川勾起唇，"还好只是擦伤了膝盖，小命保住了。"

辛禾浅浅一笑。

余昱川絮絮叨叨地跟她分享着以前发生过的趣事，辛禾脸上带着笑容，安静地听着。

她发现他喝了酒后话会变得比平时多两倍。

"禾禾，唱首歌给我听吧。"余昱川歪头看着她，忽然道。

天边的烟花一束接一束绽放，他的眼睛比这火光还亮。

辛禾心里一动，问："你想听什么？"

余昱川垂眸认真地想了想，看着她笑道："就唱你送给我的那首歌。"

他说的是她送给他的蓝牙播放器里的歌。

辛禾想到那首歌，有些羞赧地捏住自己的手。

她悄悄抬头，就见他正一脸期待地望着自己，她心一紧，轻声应了下来："好……"

“当太阳升起的时候，当星星点亮的时候，当风声停止的时候，我听到了你经过的声音。

“当暮色降临的时候，当月亮出现的时候，当雨滴落下的时候，我看见了你路过的踪影。

“我想去最接近你的地方，听候鸟在风里穿梭。

“我想去最接近你的地方，看日暮从远山落下。

“当你向我敞开怀抱的时候，当我慢慢向你靠近的时候，我终于看见了那片好光景……”

她的歌声清甜平缓，像温柔和煦的春风轻轻地拂过人的脸颊，一路淌进心底，让人闭上眼睛仿佛就能看见那片春意盎然的好光景。

听着她唱歌，余昱川心里像是有一头小鹿在乱撞。

他转头看着身旁的女孩。

她的歌声似乎催发了他体内的酒劲，他感觉到一阵令人头晕目眩的醉意。

看着眼前的人，他忽然就控制不住心底那份冲动，偏过脑袋靠过去，鼻尖在她柔软的脸颊上轻轻蹭了蹭。

辛禾脸上一痒，睁开眼睛后就看见他近在咫尺的脸。她倏地一怔。

下一秒，他吻住了她。

温热的唇瓣贴上来的时候，两个人都浑身一颤。

过了几秒，余昱川似乎觉得这样无法满足，他无师自通地含住她的唇吮吸着。

辛禾在他靠上来的时候就僵住了，这会儿双手有些无措地搭在他的肩膀上，整个人微微颤抖着。

这个吻让余昱川体内的酒意翻涌，他的头脑时而清醒时而糊涂，只想吻得更深，索取得更多。他不由自主地抬起手搭在辛禾的后脖颈上，让她更加贴近自己。

他的掌心灼热，贴到她的肌肤上时，辛禾瑟缩了一下，唇瓣微微张开。余昱川就趁着这个间隙加深了这个吻。

辛禾哪里经历过这样的事，她双手抵在他的肩头，脸颊涨得通红，心里生出一丝退意。

余昱川察觉到她的退缩，手垂下来环住她的腰，将她带进怀里。他放轻放缓了动作，温柔地安抚着她。

他口中醇烈的酒意在两个人的唇齿间停留交缠，随着他的吻，辛禾感觉也有了一丝醉意。

她微微睁开眼，就对上了他乌黑漂亮的眼瞳。

辛禾手心一紧，过了好一会儿，她重新垂下眼帘，渐渐放松自己，试着去迎合着他。

感觉到她生涩的回应，余昱川心中一喜，弯起眼睛笑了，手搂着她，加深了这个吻。

片刻后，余昱川松开她，额头抵在她的额头上。

看着眼前的女孩闭着眼睛轻轻喘气，纤长的眼睫因为羞涩微微颤抖的样子，他无声地笑了，叫她："禾禾——"

闻声，辛禾缓缓睁开眼睛。

"嗯？"

余昱川看着她，笑着问："你有什么新年愿望吗？"

新年愿望？

辛禾一愣。

余昱川抬手蹭了蹭她红润的脸颊，笑容醉人："你可以说出来，我帮你实现。"

辛禾沉默了几秒，迟疑地吐出一个字："我……"

余昱川等着她的下文。

辛禾说："我……希望大家都能身体健康，平安如意……"

余昱川直起身来，笑了："有没有什么私人一点的愿望？"

辛禾想了想，想不出还有什么别的。她刚想摇头，就听见面前的人问——

"禾禾，你还想不想继续学音乐？"

闻言，辛禾一愣。

余昱川什么也不说，只看着她，安静地等待她的回答。

辛禾对上他的眼神，过了许久才有些艰难生涩地开口："我……学不了了。"

余昱川问："为什么学不了？"

辛禾微抿起唇，轻声道："我错过了那个时间。"

余昱川了然，勾唇笑道："错过了就错过了，不是还有其他途径吗？"

他给她细数："你可以去考音乐专业的研究生，也可以去拜师，实在不行偷偷溜去音乐学院旁听也行。"

听他说完这些，辛禾愣住了。

余昱川摸了摸她的脑袋，这会儿她完全看不出他的醉意，只听他头脑清醒道："禾禾，我问你，你有想过以后的生活吗？你有想过你读的这个专业、大学毕业后去从事的工作是你真正喜欢的吗……又或者你就甘愿待在桐哥的餐厅里唱歌？"

他的眼神跟声音一样温和，像极了今晚的月色："你难道不想去追求你真正喜欢的？去见识一下比你现在所认知的更高更远的世界吗？"

辛禾心头微颤。他说的这些是她从来都没有想过的。

她一直觉得，自己错过了那年的考试，就等于在音乐这条路上渐行渐远了。像是冥冥之中注定似的，她从来没想过有一天会有人对自己说：去追求你喜欢的音乐，去见识一下比你现在所认知的更加辽阔的世界。

他的这番话挑拨着她，她内心深处逐渐燃起一簇细微的火苗。

辛禾捏紧了手。

"我……从来没想过这些。"

"那你从现在开始可以好好想想了。"余昱川双手撑在身旁，歪头看着她，笑着说，"还记得我说过的话吗？人生在世短短几十年，要让自己活得痛快些。热爱的你就尽管去追求，不要有任何负担和顾虑。你想得越多，考虑得越多，反而会约束自己前进的脚步。"

"我们很多时候只需要坚定一件事。"余昱川指着高远的天际对她说，"我们想要追求的事物在那里，那我们就看准这个目标，埋头前进就好了。这个过程肯定是充满坎坷和艰难的，但是你要相信，等跨过这些曲折，在前面迎接我们的一定会是一片光明。"

辛禾看着眼前的男生，他的眉目张扬俊逸，唇色红艳似火，上挑的眼里带着一丝傲气。那无所畏惧的模样，明艳炽烈得让人心头发热。

她听到自己的心跳声一下快过一下，因他的话涌起的澎湃和激昂的情绪铺陈在心底，浑身的血液似乎也因此变得炽热起来。

辛禾以前从来没有考虑过这些事，但奇怪的是，今晚只听他说了这么一席话，她心头的热血便久久不息。

一种久违的兴奋感和憧憬正在她心底蠢蠢欲动，这种感觉在很多年前——她第一次拿到钢琴比赛的奖项时也感受过。

那是她真正热爱的事物啊，也是她这辈子的信仰和依靠。

辛禾沉默了许久，开口的时候声音有点颤抖："我……可以吗？"

"当然！"

余昱川笑了，笃定道："只要是你想要的，就没有什么不可以的。"

天边升起了几束盛大华丽的烟花，将人的脸庞映得发亮。

余昱川盯着她看了许久，随即俯身低下头来，轻轻抵住她的额头。他弯起眼睛一笑，眼里有比这夜晚绽放的烟花更加明艳绝伦的颜色。

"禾禾，我们一起去实现自己的愿望，一起去变成更好的人吧。"

第13章

她的光芒

余昱川醉得不轻，第二天醒来的时候头痛得快要炸开。

他是被外面嘈杂热烈的鞭炮声吵醒的，睁开眼睛后茫然了好一会儿，才后知后觉地反应过来眼前的场景有些熟悉。

这是在……桐子家?

余昱川愣住了，突然想不起自己是怎么跑到这里来的。

就在这时，他听到餐厅有人走动的声音。

余昱川从客厅的沙发上坐起来，身上的被子滑落在地板上。他伸手捞起被子，然后就听到一道轻缓温和的声音由远及近：“你醒了？”

余昱川直起身来，抬头就看到辛禾走到了跟前。

他将被子放好，伸手抓了一把头发，打了一个哈欠，问道：“我们怎么在这里？”

辛禾轻声说：“你喝醉了……我把你送过来的。”

余昱川的眼神里现出几分迷茫：“我怎么没印象了？”

他鲜少露出这样呆滞的神情，有几分可爱。辛禾浅浅地笑了，对他说：“你先去洗漱吧，我准备了早餐。”

“哦。”余昱川从沙发上站起来，边往浴室走边问，“桐哥呢？”

辛禾跟着他往前走了一段，闻言，放轻了声音说：“舅舅还在睡觉。”

余昱川应了一声，随即转头看向她。

见他突然盯着自己，辛禾茫然道：“怎么了？”

余昱川笑了。

辛禾看到他脸上不怀好意的笑，心突然一紧，毕竟已经有了几次前车之鉴。

她转身刚想走就被他伸手搂住了肩膀。

余昱川带着她往浴室的方向走去，笑了笑，眉眼狡黠：“你有没有趁我睡着的时候占我便宜？”

辛禾推了推他的手，支吾道：“才……没有。”

余昱川挑了挑眉，说：“我这样的美色当前，你竟然不为所动？”

辛禾被他这番自恋的言论逗笑了。

余昱川一路带着她进了浴室。

辛禾在他醒来之前已经帮他备好了干净的牙刷和漱口杯了。

余昱川拉着她站在盥洗台前，辛禾转身想走，就被他单手撑住台面拦住了去路。

余昱川将她半圈在身前，另一只手拿起牙刷。

他歪头亲了一下她的脸颊，笑道：“帮我挤牙膏。”

被亲了一下，辛禾半边脸都红了，支支吾吾道：“你……你自己有手。”

余昱川闻言，挑起了眉，屈起手指刮了刮她的脸颊，笑道：“哟，胆子变大了嘛，现在都学会反驳我了。”

辛禾脸上一阵绯红。

余昱川见她这模样，心里闪过一个主意。

他低头将下巴搭在她的肩膀上，开始装虚弱：“我刚睡醒，头好痛，突然间浑身都没有力气了……”

他说着，还在她的脖颈边蹭了蹭。

辛禾被他的头发蹭得痒痒的，拿他没办法，最后还是帮他挤了牙膏。

见计谋得逞，余昱川笑了，直起身，边对着镜子刷牙还边逗她。

辛禾被他逗得脸颊通红，后来她找到一丝空隙，从他的手臂底下钻了出去。她边走边说：“我……我去看看早餐。”

余昱川看着她落荒而逃的背影，弯起眼睛笑了。

辛禾将两份早餐摆在餐桌上，余昱川洗漱完神清气爽，走到餐桌边，趁辛禾不注意，偷偷亲了她一下。

辛禾一顿，看了过来，余昱川眉眼无辜地冲她笑。他瞄了一眼餐桌，转移话题道：“这是给我准备的爱心早餐吗？”

辛禾一听，脸有些热。

她没回应他的话，只说：“快吃吧，等会儿该冷了。”

余昱川拉开椅子正准备坐下，就听到一阵手机铃声。

是他家里人打来的。

今年是他第一次没在家里过年。

一开始他家里人不同意，尤其是他母亲。他好说歹说，家里人才勉强同意他留在川城。

但做长辈的到底不放心，昨晚除夕夜就接连给他打了两个电话，这一大早，电话又来了。

余昱川起身走到一旁，接通电话后将手机放在耳边，叫了一声：“妈。”

那端说了什么，余昱川笑道：“妈，新年快乐，祝您新的一年平安如意，心想事成，青春永驻。”

电话那端的岑兰女士被他逗笑了：“就你这孩子嘴甜，吃早餐了吗？”

“刚准备吃，您的电话就打来了。”

“学校食堂应该没开吧，你在哪儿吃呢？自己一个人？”岑兰问。

闻言，余昱川撩起眼皮看了一眼坐在餐桌边的辛禾。

察觉到他正盯着自己，辛禾疑惑地抬起头。

余昱川冲她勾唇一笑，对电话那头的人说：“您问那么详细干吗？”

“我这不是关心你吗？”岑兰说，“长这么大头一回自己在外面过年……”

余昱川失笑道：“妈，我已经不是小孩子了。”

“我知道你不是，但在妈心里，你永远都是小孩子……”岑兰在电话里又念叨了他两句，余昱川耐心地应着。

说到后来，他有些心不在焉地看着安安静静喝粥的人，忽地起了心思。他捂住手机走到餐桌边，对辛禾促狭地笑道：“我妈的电话，你要不要跟她打声招呼？”

辛禾愣住了，心蓦地一紧，连忙摇了摇头。

“别怕，她很温柔的。”余昱川说。

辛禾微微捏住手指，抿紧唇，还是摇了摇头。

余昱川原本只是逗弄她一下而已，如果她愿意接的话正好可以借这个机会把她介绍给岑兰认识。但既然她不愿意，那就算了。

岑兰问他："你刚才在跟谁说话？"

"没谁。"余昱川说。

他沉默了几秒后又道："妈，等开学后我带个人给你认识。"

"带谁？"

余昱川勾唇笑了，自信道："一个你肯定会很喜欢并且非常欣赏的人。"

辛禾帮桐子煮了份早餐放在锅里，临走前写了张便笺放在桌上，然后才和余昱川离开。

他们要回学校宿舍洗个澡，再换身衣服。

在站台等地铁的时候，余昱川问她："下午想去哪里玩？"

闻言，辛禾看向他。

"都可以……"她小声道。

余昱川笑了："是不是跟着我去哪里都行？"

辛禾神色有些羞赧，轻轻点了点头。

余昱川摸了摸她的脑袋，笑弯了眼："怎么那么乖呀。"

大庭广众的，辛禾很不好意思，红着脸拉下他的手，说："地铁来了。"

余昱川笑了笑，把手收回来，跟着她一起上了地铁。

傍晚，余昱川带她去了桥东的城隍庙。

今天是大年初一，这里的年味特别浓厚，人非常多，熙熙攘攘的，热闹极了。

门口的城楼上挂了两排巨大的红灯笼，往里的街道店铺也都是一片火红的颜色。这个地方汇聚了五湖四海的美食小吃，是川城最热门的旅游景点。

余昱川牵着辛禾的手站在城楼门口，问："以前来过这个地方吗？"

辛禾摇了摇头，这是她第一次来。

余昱川笑了，牵着她的手往前走。

"走，带你见识一下川城最热闹的景点的魅力所在。"

街道上的人很多，余昱川将她护在身侧，牢牢握住她的手。

两旁的店铺都敞着门亮着灯，摆在门口的锅炉飘着袅袅的烟气。

店铺的老板大冷的天穿着单薄的长衫，卷起袖子，拿着锅铲吆喝着人们过来品尝美食。

往里走，还能看见一些上了年纪的老人家搬着小板凳坐在街边摆摊。他们面前的摊位上摆放着各种各样的手工艺品，人间烟火气十足。

这对第一次来这里的辛禾来说有些新奇。她边走边环顾四周，睁着一双大眼睛，看什么都新鲜的模样，像极了一只胆小畏缩又忍不住好奇的兔子。

余昱川好笑地揉了揉她的脑袋。

路过一家卖豆花的店铺，余昱川说："这家店的豆花是这条街上最好吃的，口感很香醇。"

他说完，让她等在原地，自己走到店铺前跟老板买了一碗豆花。

余昱川买回来后，把碗递给她，说："试一下。"

豆花还是热的，端着碗，原本被冷风吹得冰凉的指尖也跟着暖和起来。

辛禾尝了一口，余昱川看着她，一脸期待地问："好吃吗？"

辛禾点头，真诚道："好吃。"

余昱川笑了："给我也尝一口。"

只有一把勺子，辛禾踌躇了几秒，还是舀了一勺递到他唇边，然后微微红了脸颊。

余昱川吃完后眼睛转瞬一亮，笑道："果然没让我失望，比我之前尝过的还要好吃。"

他们继续往前走，豆花吃完了，余昱川就给她买下一种小吃。

"知道这是什么吗？"

辛禾看了一眼他手里拿着的小吃，眼里微微闪过一丝光。

"酥油饼。"

余昱川的眼睛里带着笑。

"我就知道你肯定认得。"这是申城最著名的小吃，他买了两块，塞了一块到辛禾手里，"尝尝看，这里卖的比申城当地做的还要正宗。"

酥油饼又香又脆，辛禾咬了一口就尝到了熟悉的味道。

余昱川得意地扬起眉，说："怎么样？没骗你吧。"

辛禾抿唇一笑，点了点头。

接下来余昱川带她去吃了小碗馄饨、牛肉锅贴、梅花糕，还有赤豆小元宵。

他对这一带很熟，所有正宗美味的小吃都逃不出他的法眼。他带着辛禾逛了一圈，将所有味道一流的小吃都尝了一遍。

路过一家香味浓郁的门店时，余昱川跟辛禾说让她等一下。

辛禾等在原地，没过多久就见他拎着一袋东西回来了。她问："这是什么？"

余昱川拿了一根烤串出来，一脸认真严肃地说："如果要给这条街上的美食排个名的话，这家店的烤串绝对排第一。"

他看着辛禾，一脸惋惜感叹的表情，说："可惜了，是辣的，你吃不了。"

说完，他故意咬了一口，吃得特别香的模样，还抬起头偷瞧她。

他的模样特别欠揍，辛禾笑了，轻轻推了他一把，转身往前走了。

余昱川跟上来，吃完烤串后问她："吃饱了吗？"

刚刚一路吃了许多东西，辛禾已经有些撑了。她刚想点头，就听见他问："臭豆腐要不要尝一下？"

他们路过一家卖臭豆腐的店铺，这家店生意特别红火，门口排着长队。

辛禾不喜欢吃这种东西，摇了摇头，拉着余昱川就走。

余昱川问："不喜欢？"

辛禾"嗯"了一声。

"你吃过吗？"

辛禾一顿，然后摇了摇头。

余昱川挑眉一笑，摸了摸她的头，说："你不能对臭豆腐心存偏见，这东西可好吃了，虽然闻起来是这味道，但保证你吃了第一次就想吃第二次。"

他这一路谈论起美食的时候都眉飞色舞，完全不掩饰自己对美食的热忱和喜爱。

辛禾很少看到有人像他一样，真诚坦率，喜欢就是喜欢，不喜欢就是不喜欢，不勉强自己，也不强求他人，无拘无束，像一道明媚灼热的阳光，照亮自己的同时也温暖他人。

天色渐渐暗了下来，四周的商铺都亮起了灯，门前的红灯笼也亮了。

金碧辉煌的灯景衬着这火热的氛围，把年节的气氛一下子烘托了出来。

吃完了美食，余昱川带着辛禾去另一条街上挂许愿牌、放花灯。

他们牵着手，悠悠晃晃地走在路上。遇到前方有人在搭台子唱民谣，余昱川拉着她上前去凑热闹。

听台上的歌手唱了两三分钟，余昱川就撇了撇嘴："就这水平，唱得还没我好听呢。"

辛禾听了，抿唇笑了一下。

余昱川将视线移过来，眼睛亮亮的，他含着笑问："禾禾，你要不要上去唱两句？"

闻言，辛禾连忙摇头。

有了前车之鉴，她生怕一不留神就被他带着上台，于是赶忙拉着他走了。

见她拉着自己慌忙离开的模样，余昱川没忍住笑了，逗她："你上去唱的话保证能惊艳全场。"

"走……走了。"

辛禾拉着他走到另一条街上，看到旁边的商铺有祈愿符卖，便在这家店前停下了脚步。

店家一看有人过来了，忙上前招呼道："来看看吧，我们家的符都是开过光的，很灵验的。"

辛禾看了一眼面前摆着的祈愿符，有关于事业的、桃花的、家庭的……她目光一扫，伸手拿起了一道平安符。

余昱川难得见她对某样东西感兴趣，笑着说："想要这个是吗？"

他刚想询问店家价格然后付款，就被辛禾拉住了。

她轻声道："我想买给你。"

余昱川有点意外地挑了挑眉。

辛禾将手中这道平安符买下来，然后送给他。

余昱川接过后，脸上露出愉悦明朗的笑容："谢谢，我会好好珍藏的。"

辛禾羞赧地移开视线，轻轻"嗯"了一声："不用谢。"

余昱川摸着她的脑袋，笑了，见她还停留在原地不动，便问："走吗？"

"等等。"辛禾看回面前摆放的这些祈愿符，说，"我想给宋阳他们也买一个。"

余昱川脸色一变："你说什么，你还要给他们买？"

"嗯。"辛禾点了点头。

刚才浮在心头的喜滋滋的感觉瞬间沉了下去，余昱川二话不说，拉着她走了。

辛禾还在挑选中，突然就被他拉走了。

她愣了一下，见他的情绪似乎不对，犹豫着开口问："你……怎么了？"

余昱川停下来，神色认真地看着她，说："以后买给我的礼物都不准给别人买。"

辛禾茫然地望着他。

余昱川在心底默默叹了一口气，摸了摸她的脑袋，说："你的礼物我要独一无二的，懂吗？"

他说得这样直白，辛禾一下就明白过来了。

余昱川说完这话，似是觉得不好意思，轻咳了一声，眼睛往别处看。

然后他就听见她轻轻柔柔地应了一声"好"。

闻言，余昱川将视线转回来，伸手捏了捏她的脸颊。

"小骗子，之前你也是这样答应我的。结果这才过了多久，你就忘了。"说着，他捂着自己的胸口，一副被人伤透了心的神态。

辛禾赶忙道："我……我记得了。"

"记得也没用。"余昱川话落，眼珠子一转，低头看向她，眼中藏着浅浅的狡黠笑意，"你亲我一下，我就原谅你。"

闻言，辛禾愣住了，脸颊一热。她转头看着人来人往的街道，踌躇着不敢看他，小声道："这……这里吗？"

"不愿意就算了。"余昱川掉头就走。

辛禾赶紧上前拉住他，脸颊泛红，犹豫道："我们找个……人少的地方。"

他们去了一处无人的拐角，辛禾看了看四周，确保没人经过后，才看了一眼面前的人。

她紧张地捏了捏手心，过了半晌才踮起脚亲了一下他的脸颊。

余昱川心头一滞，随后心跳突然加快。

但他面上仍强装镇定，看着满脸羞红的女孩，打趣道："你这亲得也太没诚意了。"

他将她按在身后的墙壁上，用手护住她的后脑勺，低头看着她，粲然一笑："你要像这样……"

说着，他俯身吻住了她的唇。

这种事情一回生二回熟，余昱川现在已经完全掌握了技巧。他亲吻着她的唇，动作轻缓但带有侵略性地撬开她的齿关，温柔又耐心地与她勾缠着。

辛禾直直地对上他温柔缱绻的眼睛，心跳快得要负荷不起了。

她的手不知该往哪儿放，只能揪住他的衣服。她抓得紧紧的，似乎这样才能让自己勉强站稳。

“禾禾……”他低声唤她，有些低沉喑哑的嗓音在这夜晚引得人意乱情迷。

辛禾心一颤。

余昱川含着她的唇辗转缠绵，乌黑清亮的眼睛潋滟生辉，像万里长空骤然升起的光亮，也像这照亮心房的人间烟火，看得人心动不已。

他们在这条无人的巷子里待了许久，余昱川拉着她出来的时候脸上的笑容愉悦而满足，红唇扬起的弧度收都收不住。

辛禾跟在他身后，压低了脑袋，脸颊红红的，唇色鲜艳欲滴。

接下来的几天，余昱川带着辛禾将川城几个著名的景点都游玩了一遍，带她去爬山游江看烟火，过了一段优哉游哉的快乐日子。

春节一过，很快就迎来了下学期的开学。

大家都返校了，余昱川带着辛禾，跟宋阳、顾思明他们几个一起聚餐。

得知他们俩整个寒假期间都待在一起后，宋阳打趣道：“川少，你这假期生活过得美滋滋的呀，你看，左边是学业江山，右边是美人爱情，这小日子过得……啧啧啧——真是羡煞我等。”

“就是呀！川少你这日子过得很让人羡慕啊。”其他人纷纷笑着附和。

余昱川正在帮辛禾剥虾，闻言，他停下手中的动作。

见他停了动作，宋阳心有所感，赶忙躲到顾思明身后。

结果等了半晌余昱川都没动静，他疑惑地抬起头来。

余昱川慢悠悠地拿起热毛巾擦手，然后才挑起眼皮看向宋阳，微笑道：“我突然想起来，这顿饭是阳子请客吧。”

宋阳心一紧。

余昱川放下毛巾，转头扬声喊道：“你好，再帮我拿份菜单过来。”

宋阳脸色霎时一变，飞快道：“川少，我错了，请您手下留情。”

余昱川继续笑道：“过年应该收了不少红包吧，别那么小气呀，一顿饭而已。”

他这招杀人不见血，宋阳心疼地捂住自己的钱包。

辛禾在旁边听着他们的对话，脸上露出浅浅的笑容。

三月上旬的时候，辛禾和余昱川他们提交了参加创新大赛的项目，接下来就只需要耐心地等待初赛结果。

这段时间辛禾每天都会去图书馆借一些乐理方面的书籍来看。

余昱川在除夕夜说的话，辛禾回去深思熟虑了许久。

她刚上大学的时候只想着好好将她现在所读的专业学好，毕业后能有份安稳谋生的工作。至于音乐，她这两年将它放到了一个比较低的地位，只有在空闲的时候她才会研究一下曲子。

但他那天的话让辛禾燃起了一丝冲动。

她是喜爱音乐的，这辈子也没办法将音乐跟她的生命分开。如果有机会能在这条路上深造和发展，她肯定是愿意的。

所以她想，自己是不是能做出一些改变呢？

但她不知道能用什么方式让自己重新走上音乐这条路，她目前能想到的就是看书和练曲，将自己这两年空缺的知识先填补回来。

三月下旬的某一天，余昱川请假带她去了一个地方。

他一大早带她坐了半个小时的高铁到了邻市，出站后就用手机软件叫了一辆车。

这一路上他都神神秘秘的，没让辛禾知晓最终的目的地。辛禾坐在车里，看着窗外飞驰而过的风景，心里莫名有几分忐忑。

忽然，她放在腿上的手被人握住。

余昱川见她似乎有些紧张，笑着说："放心，我不会把你拐跑的。"

辛禾的手被他握着，心忽然就放松下来。

半个小时左右他们就抵达目的地了，余昱川带着她下车。

看到眼前的建筑和门口大石碑上刻着的几个大字，辛禾愣了一下。

余昱川关上车门，就见辛禾傻愣在原地。

他笑着上前拨弄了一下她的头发，然后牵住她的手，说："走，带你进去。"

余昱川带她来的地方是川都音乐学院，这是国内最有名的九大音乐学院之一。

辛禾被他牵着手往前走了几步，回过神来，问：“你怎么带我来这里？”

“带你来观摩和学习呀。”余昱川坦诚道。

辛禾愣了几秒，然后就跟着他往前走了。

他们顺利地进入校园，余昱川轻车熟路地带她在校门口坐车。

他打量着周围的建筑，这些大楼排布得错落有致，现代设计感很强，每一幢都长得差不多。

等车停在一栋深灰色的宏伟大楼前，他就带着辛禾下了车，然后牵着她拐上一旁的阶梯，带着她往里走。

辛禾见他对这里似乎很熟悉，不由得抿唇问：“你对这里很熟？”

余昱川点点头，眼睛看着前方，说：“我以前经常来这边找人。”

辛禾没问他过来找谁，只安静地跟在他身后。

现在是上课时间，这幢大楼里没什么人走动，余昱川带着她穿过一间间教室。

别人在教室里上课，他们两个外来人员在外面走动，辛禾觉得似乎有些不太好。她跟在他后头，有些窘迫地拉了拉他的袖子，小声道：“我们这样……好吗？”

余昱川摸了摸她的脑袋，安抚地一笑：“没事。”

余昱川来这里是有方向和目的的，他很快就找到了地方，停在一间阶梯教室前。

他转身看向辛禾，笑道：“到了。”

辛禾懵懂地看着他。

余昱川牵着她的手走到后门处，叮嘱她：“我们一会儿从这里偷偷溜进去，记得别出声。”

辛禾没想到他真会带自己来听课，心里一阵局促不安。她轻轻地拉住他，抿了抿唇，说：“我们……真的要进去吗？万一被发现了……”

被人赶出来怎么办？

闻言，余昱川想了想，勾唇一笑，神色从容不迫：“被发现了也没事，我们就跟上课的老师说‘我们俩很仰慕您的风采，特地不远万里过来这边听您讲课’。”

听着他胡说八道，辛禾的心情轻松起来，脸上不由自主地带上笑意。

余昱川宽慰地捏了捏她的手，眼里的笑意仿佛能安抚人心。他说："没事，有我在呢。"

辛禾点点头。

因为他的这几句话，她的胆子似乎也变得大了起来。

余昱川伸手抵在唇边做了个噤声的动作，然后握紧她的手，带着她从后门猫着腰偷偷溜进去。

辛禾第一次做这种偷偷摸摸的事情，紧张得一颗心跳得飞快。直到跟余昱川一起坐在了空位上，她的心情都无法平静下来。

早在他们俩从后门溜进来的时候，讲台上的岑兰就注意到了。

昨天晚上她接到余昱川的电话，他说今天会带女朋友来学校见她。

她知道这个消息后诧异了许久，原本以为他是开玩笑的。但后来听他说了女孩的情况，才知道这小子说的是真的。

她扫了一眼最后排的人，很快就移开了视线，不动声色地继续讲课。

见岑兰往他们这边望了一眼，余昱川就知道她发现他们了。他垂眸一笑，看向身旁正襟危坐的女孩。

辛禾察觉到他的视线，转头看过来，眼神有些茫然。

余昱川掩唇笑了，拍了拍她的小脑袋，轻声说："好好听课。"

辛禾以为余昱川真的是带自己来听课的，机会难得，她立马变得认真起来。

这一堂课讲的是基础的乐理知识，辛禾从包里取出小本子和笔，把老师讲的内容都记了下来。

写着记着，她不受控制地想起了以前的事情，手突然微微颤抖起来。

"怎么了？"余昱川察觉到她有点不太对劲，凑过来低声问道。

辛禾将自己的手不着痕迹地藏到桌子底下，捏了捏掌心，看着他浅浅一笑，道："没事……我有点开心。"

余昱川毫不怀疑，笑着伸手轻轻刮了一下她的脸颊："小傻瓜。"

岑兰看着底下认真听讲的学生，笑着说："看大家听得那么认真，我出几个问题考考大家。答对的人我会给你们的课堂成绩额外加分。"

岑兰说完，看着花名册，开始点人起来回答问题。

前面几个人都陆续答对了，到最后一题的时候，岑兰望着最后排正侧着头在跟身旁的女孩说话的余昱川，笑道："最后一题，我们就有请坐在最后排最左边的那个男生起来回答吧。"

最后排最左边……

闻声，余昱川抬起头。

见前面的学生都往自己的方向看过来，他皱了一下眉，神色变得古怪起来。

他有些不确定地看向讲台，就见岑兰笑眯眯地望着他，她还加了一句："对，别看别人了，就是你。"

余昱川：还能这样坑亲儿子的？

辛禾有些担忧地将目光移过去。

余昱川从座位上站起来，看向屏幕上的问题——音乐的基本表现手段有什么？

余昱川微微皱眉。

辛禾见他一直没说话，觉得他应该是回答不上来，心中有些焦急，伸出细白的手指轻轻扯了一下他的袖子，低着头，小声提醒道："有曲调旋律、节奏、拍子……"

余昱川神色自若地重复着她的答案："有曲调旋律、节奏、拍子，还有……什么？"

他微微歪了一下脑袋，最后一句是问辛禾的。

辛禾连忙道："音调、和声、力度和速度……"

"哦，还有音调、和声、力度和速度。"

岑兰点了点头，笑道："回答得很正确，看来上课听得挺认真的。"

余昱川咧嘴笑了，岑兰这句话都不知道是在夸他还是在嘲讽他。

看向身旁紧张得神色紧绷的人，他脸上笑开了花，抓住她正要抽开的手。

辛禾刚要收回手，手就被他握住了。

余昱川捏了捏她细长的手指，瞄了一眼她放在桌上的小本子，这才发现她把屏幕上每个问题的答案都认认真真地写在本子上了。

他勾唇笑了，凑过去靠在她耳边低声道："哎呀，我们禾禾真是天才，你刚才帮了我，我要给你什么奖励好呢？"

他的呼吸扑洒在辛禾的脸颊上，辛禾脸上涌起一阵热意，耳朵也痒痒的。

她生怕引起老师的注意，轻轻推了他一下。

余昱川笑了，知道她还要听课，也不再闹她，坐正了身子。

下课后，教室里的学生陆陆续续离开，辛禾把本子收好，看向余昱川，问：“我们要走吗？”

“等一会儿。”

辛禾不明所以，但还是坐在位子上没动。

下一秒，她看见讲台上的老师往他们这边走了过来。

被发现了！

辛禾神色一僵，下意识地抓住余昱川的衣服。

余昱川被她这胆小畏缩的模样逗笑，轻轻拍了拍她的手背，安抚道：“别慌。”

岑兰走到他们这一排，就看到余昱川对这个长相清秀的女孩笑得一脸温柔。

她微挑起眉，站在他们面前，轻咳了一声。

余昱川闻声转过头来，看到母亲正站在自己面前，他慢悠悠地站起身，笑道：“您来啦。”

辛禾觉得奇怪，听余昱川这语气，他跟这位老师认识？

她来不及多想，见身旁的人站了起来，她也忙从位子上站起来。

抬头就见这个气质端庄的女人正看着她，她心一紧，连忙道：“老……老师好。”

岑兰看着这小姑娘紧张局促的模样，笑着点头：“你好。”

说完，她看向余昱川，说：“可以跟我介绍一下这姑娘了吧？”

余昱川笑道：“这是我女朋友，辛禾。”

虽然岑兰昨晚在电话里就已经提前得知了，但真正看到的时候还是有几分意外：“没想到你这孩子真的交了女朋友。”

余昱川笑吟吟道：“我还能骗您不成？”

话落，他抬手摸了摸辛禾的脑袋，跟她介绍道：“禾禾，这是我妈，川都音乐学院的声乐教授。”

辛禾一怔，然后惊讶地抬头看着他。

余昱川怕她知道后会不敢跟着他来，所以没提前告诉她。

他柔声道：“抱歉，我没提前告诉你。”

辛禾反应了几秒，然后连忙朝岑兰弯了弯腰，紧张到说话都有些结巴：“阿……阿姨好。”

岑兰看着她，脸上的笑容温和而优雅：“禾禾是吧？”

辛禾有些局促，神色僵硬地点了点头。

“我们换个说话的地方吧。”岑兰问他们，“吃中饭了吗？”

“还没。”余昱川道。

岑兰带他们去了校园内的教师餐厅，三个人坐在一张四人位的方桌旁，余昱川跟辛禾坐在一侧。

等菜上来的间隙，余昱川跟岑兰聊着家里的事情。他问：“我爸最近怎么样？”

“还是老样子，整天忙得昏天黑地的。”岑兰说。

余昱川笑了：“他还不肯从那个位子上退下来呢？”

岑兰哼了一声：“就你爸那工作狂的德性，我估计他能在这岗位上坚持到一百岁。”

余昱川笑得肩膀微颤，说：“我都不知道，原来您对我爸积攒了那么多怨气。”

辛禾在旁边听着他们聊天，悄悄抬头看向对面的岑兰，然后才发现余昱川跟她长得有五六分相似。特别是一双眉眼，细长微挑，精致如画。

岑兰察觉到她的目光，看了过来。

辛禾对上岑兰的目光，局促地捏紧了自己的手。

岑兰和善一笑：“禾禾，我听昱川说你也是在申城长大的？”

辛禾点了点头。

“我们这里的食堂师傅也是申城本地的，他做的菜应该合你的胃口，等会儿多吃点。”

辛禾乖巧地应声：“好。”

岑兰莞尔，接着道：“刚才在课堂上，昱川回答的那个问题是你告诉他答案的吧？”

闻言，辛禾踌躇地看了一眼余昱川。

余昱川笑了，替她回答道：“妈，您这不是明知故问吗？”

岑兰不理他，只是目光温和地看着辛禾。

她从余昱川那里大致了解了辛禾的情况，问：“从什么时候开始接触音乐的？”

辛禾抿了抿唇，然后才道：“我……我从三岁开始学钢琴。”

岑兰闻言，看了一眼帮她倒水的余昱川，笑着调侃道：“你三岁开始学钢琴，昱川三岁的时候正忙着在家里搞拆迁。”

辛禾的眼中露出些许不解。

岑兰提起的这段往事，余昱川也想了起来。

他放下水壶，笑着跟她解释：“我很小的时候喜欢拿着螺丝刀拆家里的电器和家具，能拆的东西几乎都被我拆完了，把我爸妈气个半死。”

“但他们都没发现，我从小就在机械技术这方面展现出了惊人的天赋。”他说这话时下巴微扬。

辛禾看着他这副骄傲自得的模样，脸上不禁露出笑容。

岑兰也笑了，对她说：“这孩子从小脸皮就厚，这一点倒是从来没变过。”

他们说着话，气氛渐渐活跃起来，辛禾也逐渐放松下来，不再像一开始那样拘谨。

吃完饭后，岑兰问她：“想不想参观一下我们的琴房？”

辛禾有些讶然和意外，一时间没说话。

余昱川见她不说话，替她回应道：“她想啊。”

他转头看着她，勾唇一笑：“是吧？禾禾。”

他的话给了她勇气，辛禾红着脸，轻轻点头，小声问：“可以吗？”

岑兰笑道：“当然可以。”

他们离开了教师餐厅，岑兰带他们去音乐楼的琴房。

路上，余昱川看着身旁默不作声的女孩，伸手拍了拍她的头顶，笑着问：“怎么不说话？高兴傻了？”

辛禾微抿起唇，看了一眼走在前面的岑兰，然后看向他，说：“我什么都没准备。”

余昱川反应了几秒才明白她在说什么，勾唇一笑：“不用准备，你这样就很好。”

“可是……”可这是她第一次见长辈，什么东西都没准备，辛禾觉得太失礼了。

余昱川握住她的手，说："放心，我妈不是在意那种虚礼的人。"

见她还是一副踌躇不安的模样，余昱川笑着凑到她耳边低声道："你知道我妈最欣赏什么人吗？"

辛禾茫然地睁大眼睛。

余昱川："我妈最欣赏的就是有音乐才华的人。你等会儿去到琴房弹首曲子给她听，她听完之后肯定会很喜欢你。她甚至会在心里想，我儿子眼光怎么那么好，竟然找了一个这么优秀的女朋友。"

辛禾一开始还很认真地听他说，等他说到后面，她才意识到他是在哄她开心，缓解她的忧虑情绪。

她心头一暖，脸上扬起笑意，说："我才没那么好。"

余昱川收了笑，拍了拍她的脑袋，一本正经道："禾禾，你要记住一句话。别掩饰自己的光芒，别否认自己的优秀。就跟我一样，知道吗？"

听他变相地夸自己，辛禾笑了，心里被暖意填得满满的。

岑兰带他们来到音乐楼，这一层的琴房总共有四十几间。

辛禾走在过道上，隐约能听到从这些房间里传来的钢琴声。她指尖一颤，似乎又回到了很久以前的那段时光。

岑兰推开一间空置琴房的门，房间内很空旷，里面只有一架钢琴和一个书架。

她走进去把窗帘拉开，然后招呼门外的人："进来吧。"

余昱川牵着辛禾进了琴房。

岑兰把罩着钢琴的布揭开，然后打开琴盖，回头看着身后的女孩，温和道："要不要来试试？"

辛禾站在原地没动，余昱川在她身后揉了揉她的脑袋，笑着说："别犹豫了，去吧。"

辛禾捏紧了自己的手。她有些紧张，但还是轻轻点了点头。

岑兰退到一边，把位子让给她。

辛禾坐在琴凳上，低头看着这架钢琴，心里一时间涌起许多复杂的情绪。血液在胸腔内沸腾着，她的心跳逐渐快了起来。

就在这时，她察觉到有人搬了张椅子坐在了一旁。她抬起头，余昱川正好看过来。

他朝她一笑，脸上的笑容明朗如日光。

辛禾心里的情绪忽然沉了下去，她微微敛眸，抬起双手放在琴键上。

琴声响起的时候，她的心渐渐平静下来，那些让她不得安宁的纷杂情绪和往事，在这一瞬间似乎都离她远去。

她起初弹的是高山流水、曲径通幽，但随着她弹奏速度变快，琴声像鼓点一般落在人的心里，像是骤然间到了一条不见天日的暗巷，只能听见自己惊悸躁动的心跳声。

她的演奏风格跟余昱川上次在音乐教室里听到的完全不同，他看着眼前这个腰背笔直的女孩，眼中逐渐显露出惊艳之色。

他虽然是个行外人，但从小跟在岑兰身边，耳濡目染之下也能听出一些门道。

他这时才发现辛禾比他想象中还要厉害许多。

听着这震撼人心的演奏，余昱川敛眸笑了。

他终于能懂桐子之前为什么会那么惋惜了，她这样的人天生就是要在音乐这条路上大放异彩的。

辛禾弹完前奏后，岑兰的心突然沉静下来。辛禾弹到后半段的时候，岑兰眼中露出了一丝惊艳和笑意。

她教过许许多多的学生，但很少看到像她这般有天赋和灵气的。

她的琴声很大胆，跟她给人的感觉不太一样。你能听到她对音乐的一腔热忱和由衷的喜爱，她能用琴声带动你的情绪，让人自然而然地进入她的世界里。

辛禾专注地弹着钢琴，纤细的手指在琴键上灵活地跳跃，直到弹完了最后一个音节。

她腰背挺直地坐在钢琴前，体内的血液躁动着，指尖是滚烫的，就像是刚做完一场弥天大梦，梦醒之后所有的喧嚣和悸动都停留在心里。

听到有人给她鼓掌，辛禾回过神来，抬起头，就见岑兰用带着赞许的目光看着她。

余昱川也从椅子上站起来，走到她身边，满眼笑意地看着她。

他朝她眨眼，说："禾禾，看你身后。"

辛禾依言回过头，就看见琴房窗外聚集了非常多的人，男生女生都有。大家都看向这边，掌声是从他们那边传来的。

辛禾一下就愣住了，不知道外面什么时候来了这么多人。

有人问道："岑老师，这是哪里来的大神？以前怎么没见过？"

还有人高声喊道："小姐姐，钢琴弹得太厉害了，能不能加个微信？"

余昱川听到这话，挑起了眉："胆子很大嘛，没看到她男人在这儿？"

外面的人哄笑了一声，辛禾的脸倏地红了。

岑兰走过去赶他们："行了，别聚在这里，都回去上课吧。"

门外的人这才陆续散去。

辛禾从琴凳上站起来，看着岑兰走回来，紧张地捏住了自己的手。

"这首曲子你学了多久？"岑兰问她。

辛禾如实道："半……半年。"

这是她上高中的时候学的曲子。

岑兰看着她，笑着说："你刚才那首曲子弹得很棒，我从事这个行业这么多年，很少看到有人在你这个年纪就能达到这样高的音乐造诣和水平。"

这对辛禾而言已经是非常高的评价了。

她受宠若惊道："谢……谢谢……"

余昱川在旁边笑了，听到岑兰这样夸辛禾，感觉比自己被夸了还开心。

他的笑容不加掩饰，岑兰看到了，又笑："又不是夸你，你乐什么？"

余昱川走过来，伸手揽住辛禾的肩膀，理所当然道："我高兴啊。听到您这个专业人士给禾禾这么高的评价，我替她感到开心。"

听他这么说，辛禾有些害羞地垂了垂脑袋。

"去，别杵在这儿，帮我们买两瓶水回来。"岑兰故意支开他。

余昱川知道她是有话想跟辛禾单独说，于是"哦"了一声，松开辛禾。走之前他揉了一把她的头发，说："乖乖的，等我回来。"

在长辈面前他也没个正型，等他走了后，辛禾红着脸整理了一下被他揉乱的头发。

"来，过来坐。"岑兰拿了两张椅子出来。

单独面对岑兰的时候，辛禾心里那种紧张局促的感觉又回来了。她规规矩矩地坐在椅子上，背脊挺得很直，整个人显得有些拘谨。

岑兰见她这副模样就笑了："别紧张，我应该不是很吓人吧？"

闻言，辛禾连忙摇了摇头。

"那就是了，放轻松一点，我们随便聊聊。"岑兰说。

辛禾微抿起唇，点了点头。

岑兰说："昱川昨晚跟我说今天要带女朋友过来时，我吓了一跳，还以为他是开玩笑的。但今天一看到你，我就知道那孩子没骗我。"

她看了一眼门外，笑道："我看得出来昱川很喜欢你，他长这么大，我还从来没见他对哪个女孩上过心。就连我们亲戚家的几个小姑娘，他的那些表妹和堂妹，他也不愿意搭理。小时候大家见他长得好看，都想跟他玩，但这小子高傲得要命，理都不理。"

辛禾听着岑兰的话，突然就能想到那个画面，于是浅浅地笑了。

岑兰跟她聊了一些余昱川过往的趣事，还邀她下次来家里做客，说要拿余昱川小时候的照片给她看。说到后来，见辛禾不再像一开始那样拘谨了，她才道："禾禾，实不相瞒，昱川跟我说过一些你的情况。"

辛禾表情微顿。

"希望你别介意。他说你很喜欢音乐，想要帮你重新走回这条路上，所以来咨询一下我这个老师。"岑兰说，"不知道昱川有没有跟你提过，我前两年在首都音乐学院当过声乐老师。"

辛禾的目光中流露出些许诧异。

岑兰一笑："如果你高三那年考上这所学院的话，我们有很大概率会成为师生。但现在兜兜转转以这样的方式见面，我觉得也是一种难得的缘分。"

她说："你刚刚弹奏的那首曲子我很喜欢，所以我想问你，现阶段有没有兴趣跟着我学音乐？"

余昱川知道岑兰有话跟辛禾说，所以在外面晃了两三圈才回来。

他重新回到琴房的时候，里面的气氛一片祥和。岑兰坐在钢琴边，拿着曲谱正在跟辛禾讨论节拍。

见他回来了，她们才停止交谈。岑兰问："让你去买两瓶水，怎么去那么久？"

明明就是她找借口支开他，但余昱川不能拆自己母亲的台，便摸了摸鼻子，撒谎道："迷路了。"

岑兰放下曲谱，从位子上站起来，说："我接下来还有课，你带禾禾在校园里到处转转吧，别太晚回去。"

他们先送走了岑兰，余昱川带着辛禾离开音乐楼时问她："我妈都跟你说了些什么？"

辛禾抿了抿唇，安静了几秒后才说："阿姨问我要不要跟着她学音乐。"

余昱川一笑，帮她把被风吹乱的头发拨到耳后，问："那你是怎么说的？"

辛禾坦白道："我很荣幸，如果阿姨不嫌弃我这个学生的话，我是愿意的。"

听着她一板一眼地重复着回答岑兰的话，余昱川笑了。他握住她的手，说："怎么会嫌弃？我妈开心都来不及。你不知道，她做梦都想有个人能继承她的衣钵。我这个儿子不争气，但儿子的女朋友是个音乐奇才，我跟你说，她做梦都能笑醒。"

哪有人这样说自己母亲的。

辛禾："别乱说。"

余昱川耸了耸肩，神色自若地笑道："我没乱说，不信你回头自己问她。"

辛禾才不听他胡说八道，继续往前走，过了几秒，嘴角勾起一丝笑。

余昱川也笑了："小骗子，还说不信，听我这么说，心里都乐开花了吧。"

"才没有……"辛禾连忙否认。

"哦，我不信。"余昱川优哉游哉地往前走。

"真的没有……"

"好吧，你说没有就没有。"余昱川一脸"拿你没办法"的表情。

辛禾见他这模样，就知道他又在逗弄自己。

她轻轻推了他一把，余昱川假装没站稳，往旁边倒了一下，吓得辛禾脸色一变，赶紧扶住他。

余昱川顺势将她搂进怀里，眼里闪过一丝狡黠，笑容满面道："哎呀，怎么那么容易上当受骗呢？"

又被戏弄了。

辛禾别开脑袋，不想理他。

余昱川亲了亲她的额头，讨饶道："我错了禾禾，别不理我。"

辛禾还是不理他。

余昱川又在她耳边低声哄了几句，辛禾很快就心软了，拉了他一下："走了。"

接下来的时间里，余昱川带她参观了一下这所学校。他带她去了音乐院系专用的图书馆、大剧院，还带她偷偷溜进音乐厅，参观了厅内的装潢和展示，最后还去了记录校史的博物馆。

从博物馆出来后，余昱川就准备带她回去了。

路过一家奶茶店的时候，余昱川想起她似乎挺爱喝这玩意儿，就给她买了一杯奶茶。

走在路上，余昱川看着身旁咬着吸管喝奶茶的人，问："这东西有那么好喝吗？"

辛禾点头，轻轻"嗯"了一声。

路过一条无人的街道，余昱川笑道："给我尝一口。"

只有一根吸管，辛禾犹豫着，正要把奶茶递给他，他突然停了下来。她抬起头来，感觉唇上一暖。

余昱川低头吻住她的唇，眼睛里带着显而易见的笑意。

余昱川搂着她吻了一会儿才松开她，他用手轻轻刮了一下自己的嘴角，一脸回味的神情。他道："嗯，味道还行。"

辛禾又羞又臊，脸颊很快就红了。

见她这副模样，余昱川笑得满脸愉悦，牵着这个害羞的小姑娘继续往前走。

"走吧，回去了。"

他们回到学校的时候已经很晚了，余昱川先送她到女生宿舍。

他们在后楼梯分别的时候，他跟辛禾说："回去早点休息。"

"好。"辛禾应了一声。

看着眼前这个模样俊秀的男生，再想起今天的事情，还有岑兰跟她说的那些话，眼眶忽地有一丝潮热。她弯眉朝他一笑："谢谢你。"

她嘴笨，有些话不知该怎么表达比较好，但她真的非常感谢他。

除了她的家人，再没有人像他一样对她那么好了。

见她这副模样，余昱川眉目柔和下来，他伸手摸了摸她的头顶，笑道："禾禾，我不想听你说感谢的话。"

"嗯？"辛禾抬头看着他。

余昱川低头亲了一下她的额头，接着道："我想听你说喜欢我。"

他抵着她的额头，眼睛里藏着比这世间万物都还要明丽的色彩，他说："我还没听你说过喜欢我，你说一声给我听，好不好？"

闻言，辛禾的脸很快就涨红了。她抿了抿唇："我……"

余昱川一脸期盼地看着她，静静等着下文。

辛禾脸颊涨得通红，支支吾吾了半天也说不出一个字，心跳得飞快。

余昱川笑了："再不说我就要亲你了啊。"

辛禾抬头看着他，见他眼中笑意灼灼，她羞涩地垂眸，极小声道："我……我喜欢……你。"

这里很安静，她的声音虽然小，但余昱川还是听见了。

他心花怒放地笑了，在这寂静的夜里，心跳如擂鼓般咚咚咚地响着。他微垂下眼帘，掩饰住眸底的欣喜，故意道："你说什么？我没听见。"

辛禾信以为真，踌躇了几秒，红着脸继续道："我……喜欢你。"

余昱川忍住笑意，煞有介事地侧过耳朵，说："什么？你的声音好小，我听不见。"

辛禾捏了捏掌心，重复道："我喜欢你。"

"再说一次？"

辛禾看到他脸上没忍住的笑容，这才意识到他在戏弄自己，她轻轻推开他。

余昱川也不再忍了，用手背抵住唇，一双细长漂亮的眼睛笑得弯了起来。他将她搂进怀里，笑声愉悦动听。

辛禾听着他的笑声，羞窘地将红透的脸颊埋进他的怀里。

她听到他说："我知道了。

"我也喜欢你，禾禾。"

岑兰有个朋友在川城开琴行，她找那人租了一间琴房，每逢周六、周日都会约辛禾去那里练琴。

一段时间后，岑兰就发现辛禾的本事比她预想中的还要好一些，她说的一些知识点辛禾几乎一点就通，并且能够很好地运用到自己的弹奏上。

她们相处的时间越久，岑兰就越喜欢这个腼腆害羞的女孩。辛禾能给人带来的惊喜太多了，虽然她平时话很少，人也比较内敛，但她的天赋和才华让岑兰这个在音乐路上走了几十年的前辈都叹为观止。有一次她甚至还开起辛禾的玩笑，直言余昱川挑人的眼光真的很不错。

时间长了，桐子也知道辛禾现在在跟余昱川的母亲学音乐的事情。他很替她开心，还主动张罗着要请岑兰吃饭。但因为时间对不上，所以他一直没能找到合适的机会请客。

四月中旬的时候，余昱川通过岑兰的关系帮辛禾找到一份新兼职，是教一个小女孩钢琴。

辛禾知道的时候很意外，余昱川在电话里对她说："这份家教时薪很高，我觉得你可以去试试。"

辛禾站在宿舍外的走廊上，看着外面漆黑的天，下意识地拒绝道："我……我不行的。"

她自己在钢琴方面都还只是个学生，怎么能有本事去教别人？

"你行的禾禾，别轻易否定自己。"余昱川声音温和，"再说别人只是要求基础入门，你钢琴弹得那么厉害，这种入门级别的对你来说是小意思了。"

辛禾抿了抿唇，还是有些犹豫："可是，我……"

见她半晌没说话，余昱川轻叹了一声，道："禾禾，这份兼职是我找了很久才找到的，你难道要浪费我的一片苦心吗？"

每次他用这种语气说话，辛禾很容易就会动摇。她犹豫了半晌才道："那我……试试？"

余昱川就等着她说这句话，他在电话那端笑道："好，那我明天下午两点带你去见一下那家人。"

隔天下午，余昱川带着辛禾去了那户人家。这户人家离川都大学还挺近的，方便辛禾以后上课来回。

余昱川和辛禾站在门外，按了门铃后，很快就有人来开门了。

门一开，余昱川就跟对方打了声招呼："时阿姨好。"

辛禾反应慢半拍，朝对方点了点头。

"你好，是岑老师介绍你们来的吧？"女主人开口道。

余昱川应了一声，对方便让他们进来了。

女主人带他们到客厅入座，然后让用人倒了两杯水送上来。

她看向辛禾，说："这位应该就是来教我们小琪的老师吧？"

辛禾心一紧，忙道：“您……您叫我辛禾就可以了。”

女主人微笑着说：“好，辛禾，那我们长话短说，我想先了解下你的一些基本情况，可以吗？”

辛禾点头。

“我想了解一下，你学了多长时间的钢琴？”

辛禾从进门前就有点紧张，放在腿上的手微微蜷起来。一旁的余昱川握住她的手，递给她一个安抚的眼神。辛禾这才道：“十五年。”

女主人点点头，问：“那你有钢琴十级的证书吗？”

“有……有的……”辛禾从包里翻出证书递给她。

女主人看完证书后还给她，又打量了辛禾两眼，笑着说：“看你们的模样都还小，应该还是学生吧？”

辛禾轻轻点了点头。

“你是岑老师的学生吗？”女主人问。

“不是的。”辛禾摇头说。

“我听岑老师说今天会介绍人过来，还以为是她的学生呢。”女主人笑道，“那可以冒昧地请问一下你现在就读于哪所音乐学校吗？”

辛禾闻言一顿，转头看了一眼余昱川。

余昱川捏了捏她的手，笑着跟女主人解释道：“我们都是川大的学生，她目前读的专业并不是跟音乐相关的。”

女主人有些意外，沉默了一会儿，然后朝他们抱歉一笑：“抱歉，我之前没有了解到这个情况，如果是这样的话，我们的时薪可能要做出一些相对应的调整。”

辛禾浅浅地抿起唇。

余昱川闻言，神色从容道：“这个不着急，方便的话你可以先听听她的琴声。”

女主人点头：“行，你们跟我过来吧。”

她带着他们去了一间卧室，房间里有一架钢琴。余昱川站在门口摸了摸辛禾的脑袋，说：“去吧。”

辛禾转头看向他，余昱川朝她一笑，眼神温和。辛禾捏了捏手掌，朝那架钢琴走去。

她坐下后把琴盖揭开，盯着黑白琴键安静几秒后才将手指放上去，开始弹奏曲子。

辛禾弹琴的时候有种难以形容的魅力，无论看多少次都会为她展现出来的超高琴技所惊艳，被她深深折服，目光只要停她身上就不会想移开了。

余昱川靠在门边，目光牢牢地定在她身上，眉眼间因她多了几分傲然的神色。

一曲终止，一个不知道从哪里冒出来的小女孩抱住女人的腿，大声喊道："妈妈，这个姐姐弹琴好厉害，我想跟着她学钢琴。"

辛禾站起身来，正好听到这句话，神色显现出几分羞赧。

她一抬头，就见余昱川靠着门框弯起眉眼，脸上的笑容明媚又张扬，就像外面温暖和煦的日光。

辛禾只用一首钢琴曲就征服了这一家人，最后时薪没变，她顺利拿下了这份家教的兼职。

走在路上，辛禾看了一眼身旁心情愉悦的人，安静了几秒，最终还是将心里的疑问脱口而出："你……你怎么突然要给我介绍兼职？"

"你那时候不是跟我说学音乐要花很多钱吗？"余昱川看着她，笑着说，"所以我去帮你打听了一些适合你赚钱的法子。"

辛禾一愣。她那时候只是随口一说而已，没想到他真的记住了。

余昱川瞧着她呆愣的模样，勾唇笑了："说吧，我对你这么好，你打算怎么报答我？"

闻言，辛禾认真地想了想，轻声说："我请你吃饭，可以吗？"

余昱川微微挑眉，假装不满道："一顿饭就想打发我了？"

辛禾抿了抿唇，犹豫地问："那……两顿？"

余昱川忍着笑："你怎么不干脆说请一个月呢？"

辛禾认真地思考了一会儿，片刻后道："也……也行。"

余昱川被她这严肃正经的小模样逗笑，停下来揉了揉她的脑袋。

"小傻瓜。

"我不用你请吃饭，你只要答应我一件事就行。"

辛禾也停下来，转头看着他。

余昱川低头看着她漆黑的眼瞳，语气沉着：“你答应我，以后有任何顾虑或者难处都要和我说，能解决的我都会帮你解决，不能解决的我们就一起想办法。”

辛禾看着他，轻轻眨了眨眼睛。

他抬起手来缓缓蹭过她神色呆滞的眉眼，笑着说：“你别以为我不知道，你什么都喜欢憋在心里。如果我不问，你就永远都不会说。”

“可是禾禾，我是你男朋友，未来我们还会在一起生活，我希望你能将所有好的和不好的事情都跟我分享。”余昱川的眼神柔和起来，“我想成为你可以毫无顾忌地倾吐的对象，想成为你最亲密无间的人，让你不用再把所有的事情都藏在心里。

“我需要你做的就是首先迈出这一步，可以吗？”

第14章

我们的未来

余昱川送辛禾回去后，自己也回了宿舍。

顾思明看到他回来，就对他说："川少，辅导员今天跟我说了保研的事情。现在已经四月份了，下个月各大高校就开始招收夏令营的学生名单了，他说我们要报名的话现在要抓紧时间准备材料了。"

"我刚刚收到他的消息了。"余昱川点头。

他在回来的路上就收到了辅导员发来的消息。

宋阳刚打完一局游戏，摘掉耳麦就听到他们在说这事儿。他开口问："你们都想好了要申请保研吗？"

"对呀，我老早就定好了要读研。"顾思明说完，反问道，"你呢？阳子，好像还没听你说过毕业后的打算。"

"我呀。"宋阳撇了撇嘴，"我毕业后要回我爸的工厂里搬砖。"

"真的假的？"顾思明笑道。

"真的，我爸都把岗位给我留好了。"宋阳说，"现在我要趁这最后一年赶紧潇洒一下，要不然毕了业日子就没那么悠闲自在了。"

说着，他又感慨了一声："唉，唯一的遗憾就是没能在大学期间交个女朋友，可惜了我这英俊潇洒的容颜。"

闻言，余昱川嗤笑了一声："喂，要点脸好吗？"

宋阳："你这个有女朋友的人别跟我说话。"

余昱川无言片刻，笑着骂道："有病。"

“川少，你想好到时候保研资格下来后申请哪所学校了吗？”顾思明把话题扯回来。

“大概有方向了，但我打算先报夏令营看看。”余昱川说。

提起这件事，宋阳推着椅子靠过来，说：“川少，你申请保研的事情小师妹知道吗？如果你不申请留在本校的话，那你们俩可是要分隔两地了哟。”

这件事情辛禾确实还不知道，余昱川打算找个合适的时间再告诉她。他微抬起下巴道：“分隔两地又怎样？又不会影响我们之间的感情。”

“哟，你倒是挺自信的。”宋阳笑着说。

过了两天，余昱川去实验室跟项目的时候，林教授也跟他提起了保研的事情。

他那会儿刚结束手头上的工作，约了辛禾准备去吃饭，走出实验室的时候，林教授叫住了他。

“走了？”

余昱川跟林教授打了声招呼，见对方似乎有话跟自己说，便率先开口道：“您不会又突然给我安排任务吧？事先声明啊，我可是约了女朋友吃饭的。”

“臭小子。”林教授笑着骂了一句，“不耽误你，边走边说。”

他们边往前走，林教授边说：“我听说你们最近在准备夏令营的事？”

“嗯。”余昱川应道。

“打算报哪几所学校？”

余昱川说了国内几所在机械技术这个专业版块顶尖的高校：“申城、首都的两所学校都报了。”

林教授点头，直奔正题道：“我有个老朋友在首都大学任职，前两天我们聊天的时候我跟他提起你的事，他对你挺感兴趣的，也看过你研发的作品。他知道你要读研，有意收你。”

“他以前是从工程研究院出来的，现在研究的主要方向跟你想学的一致，所以问问你的意思。”林教授说，“如果你也感兴趣的话，我把他的邮箱给你，你自己去沟通，或者也可以趁这次夏令营去那边了解一下。”

听林教授说完这番话，余昱川有些意外。他半开玩笑道：“老林，你是不是跟人家夸我了，要不然别人怎么会这么高看我呢？”

“高看又怎么了？从我手底下出去的人，有几个是差的？”林教授扬眉道。

余昱川笑了：“哎哟不得了了，老林你现在膨胀了，还学会骄傲了。”

闻言，林教授故意板着脸斥他：“没大没小。”

余昱川勾起唇，说：“那您的意思呢？也想让我去这所学校？”

林教授：“首都大学机械科研这方面在全国乃至世界都是顶尖的，以你的成绩和水平，上这所学校肯定没问题。如果你想往更好的方向发展，这所学校会是你很好的选择。”

余昱川沉默了一会儿，笑着道：“您自己不也挺厉害的吗？干吗不劝我留下来？我不是您的得意门生吗？我还一度以为您会劝我留在本校跟着您做研究呢。”

“就你小子最油嘴滑舌。”林教授哼笑了一声，“这资源配置能一样吗？你自己也说了你是我的得意门生，我当然希望你去更好也更适合你的地方发展。”

说话的工夫，他们已经走到了实验楼外。

辛禾已经等在门口，她乖巧地打了声招呼：“林教授好。”

林教授朝她点了点头，不打算做这俩年轻人的电灯泡，临走之前对余昱川说：“我刚才跟你说的话你回去考虑一下。”

辛禾还在这儿，余昱川没有多说，只点头道：“行，我回去想好了再答复您。”

林教授走后，余昱川揽住辛禾的肩膀往前走，说：“今天怎么来得这么早？”

辛禾：“我下了课就过来了。”

“中午想吃什么？”

辛禾想了想，仰头看他，说：“想吃……上次那家的面。”

余昱川挑眉，刮了一下她的鼻尖，笑着说：“今天不随便啦？”

以前他每次问她想吃什么，她都说“随便”，今天她难得提了个要求。

余昱川察觉到了她最近的变化。

自从那天跟她说了那番话后，他能感觉到，她最近这段时间跟他在一起的时候，会学着主动表达一些自己的想法。虽然她话还是不多，但不再像以前那样藏着掖着了。

辛禾稍稍红了脸。

余昱川笑着问："你请客吗？"

"嗯，我请客。"辛禾认真地点了点头，眼睛里有笑意，"我今天发工资了。"

她这模样看得余昱川的心软成一团，他捏了捏她粉嫩的脸颊，笑了："哦，小心我把你拿到手的工资都吃没了。"

他们去了上次那家面馆，余昱川跟老板点了两碗面。

等面上来的间隙，他对辛禾说："禾禾，有件事情我想告诉你。"

辛禾抬起头来。

"我想跟你说一下我毕业之后的打算，我准备去读研。"余昱川看着她说，"接下来的这段时间，我会做一些申请保研的工作，六月份的时候大概会去参加几所学校的夏令营。"

这件事情辛禾是第一次听他提起，所以这会儿听他这么说，她感觉有几分突然："你想好申请哪所学校了吗？"

"还没，我打算等夏令营结束了再考虑一下。"

他说完，她一时半会儿没说话。

他看着她，微挑起眼角，笑着问："你希望我留在川城吗？"

他说的这件事情让辛禾没有丝毫防备，反应过来后，她心里涌起一阵说不上来的情绪，像是失落，又有点替他感到开心。闻言，她摇了摇头，看着他，认真道："你要去读最好的学校。"

川都大学研究生的软硬件环境设施并不是国内顶尖的，特别是他这个专业。辛禾之前也有所耳闻，关于机械技术这一块，最好的学校在首都。

辛禾这么说，反倒让余昱川愣了几秒。他以为她心性柔软，应该会舍不得他离开，却没想到她的态度出乎他的意料。

余昱川掩唇笑道："哦，我还以为你想让我留在川城。"

"如果我去别的城市读研的话，那我们就会分开了。你舍得我吗？"他问。

辛禾抿唇安静了几秒，还是摇了摇脑袋。她脸颊微红，小声说："舍不得……"

她抬起头看向他，一本正经道："但是，你要去更好的地方发展。"

在她心里，余昱川是个特别优秀的人，他应该要在属于他的领域走得更远，飞得更高。

辛禾是这么想的。

尽管心中有万般不舍，但她也不愿意让自己困住他的脚步。

余昱川沉默了半晌，然后笑了："怎么办，你这么替我着想，我有点感动。"

他们的面端上桌了，余昱川取了双筷子递给她，接着道："禾禾，我心里有道声音告诉我，要继续留在川城念书。我其实也觉得留在本校读研挺好的，老师同学什么的也很熟。这里的软硬件设施虽然比不上外面，但也不会差到哪里去。跟着老林，我混个好出路肯定是没问题的，最重要的是还能经常见到你。"

辛禾看着他带着浅浅笑意的眼睛，又听他继续道："但是，我心里还有另一道声音告诉我，这不是我想要的。我想在这个领域走得更加长远，想去见识一下更高更广的世界。"

"可是这样的话，就意味着我要跟你分隔两地，我舍不得，我知道你也舍不得我……所以禾禾，我有个想法想问问你。"他抬头看向她，笑道，"如果我决定去首都的话，你要不要跟我一起去？"

辛禾闻言一愣，有点没明白他话里的意思。

见她一脸呆滞的模样，余昱川微微笑了一下："我前两天咨询过我妈了，她说以你的水平，再学个一年半载，去考首都音乐学院的研究生应该不成问题。"

辛禾愣愣地眨了眨眼睛。

听他这么说，她有些不知所措。她觉得现在能跟着岑兰学习音乐已经非常好了，更进一步的事情她完全没考虑过……更别提去音乐学院读研究生了。这对她来说是比梦还遥远的事情。

余昱川勾起唇，轻笑道："禾禾，我知道你的能力。如果是你的话，一定可以的。"

辛禾呆呆地看着他，安静了半晌。她张了张嘴，一时间有些语塞。

见她半晌没说话，余昱川垂眸一笑，语气轻松道："你知道吗？我都想好了，如果去了首都，我们可以在学校附近租一间小房子，两个人一起住，然后每天早上吃完早餐我就送你去上学，下午放学后我再去接你回来，晚上没事的时候你可以弹琴给我听，我们还可以一起看书、看电影……"

余昱川说着，微微眯起眼睛憧憬了一下，而后朝她笑得一脸明媚灿烂：“怎么样？你要不要考虑一下？”

见他不知怎么的就扯到了同居的事情上，辛禾的脸颊顿时红了。

“我……”

她不知道该说什么好。

余昱川知道她有些犹豫，说：“你不用马上给我答案，时间还长着呢，等你回去想好了再说。”

正事说完了，余昱川又恢复了以往轻松自在的神情。他拿起一旁的辣椒酱加进碗里，故意岔开话题：“唉，饿死我了。”

他低头吃了一口面，见对面的人还没有动静，笑着提醒道：“别发呆了，快吃吧，面都要冷了。”

用完餐，他们离开了面馆。走在路上，余昱川看了一眼身旁默不作声的人，微勾起唇，抬手轻轻拍了拍她的头顶。

“吃饱了吗？”

闻声，辛禾回过神来，点了点头，说：“饱了。”

余昱川点头，随即道：“还在想刚才的事情呢？”

辛禾抿唇。

余昱川轻轻揉了揉她的脑袋，温和道：“不用给自己太多的负担和心理压力，如果你不愿意的话，就当我刚才在胡说八道好了。你不需要觉得勉强或者为难，一切只要遵循自己的心意就好。”

一切只要遵循自己的心意就好。

辛禾晚上躺在宿舍的床上，一闭上眼睛就想起余昱川今天中午跟她说的那番话。

说实话，她是有点动心的。

自从父亲的事情过后……因为很多因素堆积，她彻底断了考音乐学院的念头，一直以来也没有人跟她说过让她再去学音乐。

她走了一条跟以往的设想完全不一样的道路。她本来以为这样安安分分地走完这条路就可以了，中途却出现了另外一个人。那个人燃起了她深藏在心底的冲动和热爱，彻底勾起她打消了许久的念头。

如果有机会能去首都音乐学院学习，当然很好，这是她梦寐以求多年的学校。可是……

辛禾睁开眼睛看着天花板，心中还是有一些必须面对的顾虑，这让她没办法真正下定决心。

外面的光映在天花板上，辛禾安静地看了一会儿，重新闭上了眼睛。

保研夏令营的报名提交上去后，结果很快就出来了。余昱川和顾思明都被申请的几所高校通过了，各所学校的夏令营开展时间也相应公布。

因为有些学校的活动时间刚好对上了，没办法错峰进行，余昱川最后就只选择了首都的两所学校。

六月初，余昱川在出发的前一天约了辛禾出来见面。

这天是周五，辛禾下午正好没课，收到他的消息时正待在宿舍里。收到他已经等在楼下的消息后，辛禾起身收拾了一下随身物品。

准备离开前，她犹豫了一会儿，从衣柜里拿出一套衣服重新换上。

下楼后，她就见余昱川等在宿舍门口。

最近天气十分炎热，余昱川站在一棵大树下乘凉，穿着一身简洁干净的白T恤和休闲裤，看着格外清爽帅气。

余昱川低头看着手机，似有所觉般抬起头来，就见辛禾出现在宿舍门口。看到她的一瞬间，他感觉眼前霎时一亮。

辛禾穿着一条白底碎花的裙子，裙身收腰，显出她窈窕纤细的腰肢，裙摆自然垂落，正好遮住膝盖，露出一双笔直白皙的小腿。

穿着这条仙女裙，她整个人显得袅袅婷婷，像从画里走出来的优雅淑女。

余昱川看呆了，等她走到面前，他才回过神来。他看着她，挑眉一笑，轻轻吹了声口哨："哟，这是哪家的漂亮姑娘？"

听着他轻佻打趣的口吻，辛禾微微红了脸颊。

余昱川伸手揽住她的腰，低头看着她，笑道："没人认领的话我就带走了啊。"

宿舍楼附近人来人往的，辛禾红着脸轻轻推了他一下。

"走……走吧……"

辛禾穿这条裙子太好看了，余昱川牵着她走在路上，还时不时地转头看她。

他视线灼灼，辛禾不好意思地低下头，推了他一下，嗔道："看路。"

余昱川勾唇一笑，故意逗她："我不想看路，只想看你。"

看着她越来越红的脸颊，余昱川脸上的笑容更深了："你这身裙子好看，之前怎么没见你穿过？"

辛禾支支吾吾道："太招摇了……"

余昱川笑了，明知故问道："那今天怎么又穿出来了？"

辛禾踌躇了半天也说不出个所以然来，耳根也跟着红起来。

见她这副模样，余昱川的心里升起一丝愉悦。他兀自猜测道："是不是穿给我看的？"

他压低的嗓音里藏着一丝明显的笑意，说完，眉眼都弯了起来，愉悦的心情丝毫不加以掩饰。

辛禾脸颊红扑扑的，几不可察地点了点头，轻轻柔柔地"嗯"了一声。

听到她的回答，余昱川眉开眼笑地看着她，开口道："既然这样的话，以后都只穿给我一个人看，好不好？"

辛禾实在是太漂亮了，刚刚他就察觉到有几个路过的男生往这边看过来，搞得他都想拿块布把辛禾遮起来，只给自己一个人看。

辛禾没多想，只是觉得自己这身裙子确实不太日常，便点头应了下来。

余昱川摸了摸她的脑袋，心情舒畅道："乖。"

余昱川在校外拦了辆车，上车的时候，辛禾问他："我们去哪里？"

"带你去看电影。"余昱川说。

车子停在附近的商城门口，余昱川带着她下车，进了商城后再带着她搭电梯去顶层的电影院。

今天是周五，电影院的人并不是很多，余昱川带着她站在正在上映的电影排期栏前。他站在辛禾身后，手臂搭在她的肩膀上，问："禾禾，你想看什么电影？"

辛禾对电影并没有太多关注和研究，她大概看了一眼，回答他："都可以。"

余昱川笑道："那我就随便挑一部啦？"

辛禾点头。

余昱川用手机买好票，就让辛禾坐在一旁等着。

他去买了爆米花和果汁回来，折返的时候就见她安静乖巧地坐在位子上，盯着大荧幕上的电影预告片看得入神。

“看什么看得那么入神呢？”

转头看见他回来了，辛禾浅浅一笑，对他说：“我很久没来过电影院了。”

她已经记不清自己上一次来电影院是什么时候了。以前一到周末或者节假日，她就去练琴和学习了，很少有时间出来玩。她的朋友也很少，有一两个玩得来的，约了她几次后，知道她没什么时间，渐渐也就不怎么约她出来玩了。

这些事情都可以追溯到她十多岁的时候了，而自那以后，她就更没有这个时间和机会了。

余昱川摸了摸她的脑袋，说：“以后有的是机会。你有空的话，我每个周末都带你来看电影。”

知道他是在安慰自己，辛禾朝他温和一笑。

她不求别的，现在这样她就已经非常满足了。

电影开场前，余昱川带着辛禾进到厅内。他先把果汁递给她，然后又帮她拿着爆米花，时不时投喂她一两口。

周围的灯光很快就熄灭了，大荧幕发着光，电影开始了。

辛禾专注地盯着大屏幕。只见屏幕上的画面骤然黑暗，紧接着，一个穿着白色衣服的女子在一条狭窄漆黑的走道上仓皇奔跑着。镜头照在她的脸上，她的神情惊恐又慌张。就在这时，她身后晃过一阵鬼魅般的幻影……

辛禾看到这一幕，被吓了一跳，脸色都白了几分。她下意识地转头看向身旁悠闲地吃着爆米花的人。

余昱川察觉到她的视线，也看了过来。见到她带着一丝讶异和愕然的神情，他垂眸一笑，摸了摸她的脑袋，凑过去说：“哦，忘了告诉你，这是一部恐怖片。”

听到这儿，辛禾抿起唇。

“没事，等会儿你害怕的话可以扑过来抱住我，我不介意的。”余昱川笑着说。

这才是他的真实目的。

“第一次看恐怖片？”余昱川问她。

“嗯。”辛禾点了点头。

余昱川轻轻一笑。

辛禾不明所以，踌躇着开口问："怎么了？"

余昱川压住脸上的笑意，对她说："没什么，就是觉得挺荣幸的，你那么多第一次都给了我。"

听他这么说，辛禾的脸上涌起一阵热意。这时，突然响起的轻松欢快的背景音乐将她的视线吸引过去，她看向大屏幕。

开头恐怖的场面已经过去，现在开始描述主角的生活了。

前半段都没出现什么恐怖的画面，直到中间突然出现了一下鬼魅的踪影，吓得辛禾赶紧用手遮住眼睛。

余昱川被她这胆小畏缩的模样逗得险些笑出声来，压着笑声道："好了好了，恐怖的地方过去了。"

辛禾信了，慢慢挪开自己的手，结果就看到了屏幕上的鬼影。她吓得脸都白了，慌忙捂住自己的眼睛不敢看。

余昱川被她逗乐，捂着肚子笑得直不起腰来。

"你……你骗我……"辛禾轻声控诉道。

听她声音颤抖，余昱川这才意识到她是真的不敢看这些。他突然感觉利用她最恐惧的事情来逗她挺混账的，于是收起笑意，将她揽进怀里安抚道："对不起，我错了，我不逗你了……"

意识到自己的错误，余昱川接下来端正了态度。只要出现恐怖的场面，他都会提前帮她捂住眼睛，等到吓人的画面过去后才把手挪开。

"过……过了吗？"他把手挡在眼前的时间有点长了，辛禾忍不住问。

余昱川看着大屏幕，说："还没。"

辛禾忍不住好奇，轻声道："我……看一点点？"

"你确定？"余昱川挑眉问。

"嗯……"

辛禾握着他的手往下压了一寸，就看到屏幕上摆在简陋过道的镜子里出现了一个鬼影。她被吓得紧紧握住余昱川的手，慌忙闭上眼睛。

余昱川被她逗笑，但又不敢笑出声来。他用力憋着，肩膀轻轻颤抖着。

他摸了一下她瑟缩的脑袋，声音含笑："都跟你说了，你还不信，胆小鬼。"

看场电影看得辛禾胆战心惊，电影结束后，她走到外面都还有些恍惚。

余昱川见她魂不守舍的模样，笑着轻轻敲了一下她的脑袋，问："还没回神呢？"

辛禾抬起头看着他。

余昱川说："下次不带你来看这种片子了。"

辛禾回过神来，回想起刚才的电影画面，说："好像还好……没有想象的那么恐怖。"

听了这话，余昱川挑起眉，忍不住笑了："哟，还敢大言不惭呢，刚刚是谁抓着我的手抓得紧紧的，你看……"

余昱川把手伸出来，说："看到没有，都被你掐出红印来了。"

辛禾没看到哪里有红印，后知后觉地反应过来他是在逗弄自己，有些羞恼地推了他一下。

余昱川嬉皮笑脸地凑上来揽住她的肩膀，辛禾被他带着往前走，脸上也跟着露出几分笑意。

他们路过一家K歌房，余昱川突然起了兴致，拉着辛禾走进去。

他们开了一间K歌房，辛禾坐在其中一个位子上，看着余昱川兴致勃勃地摆弄着面前的屏幕和设备。

他还问她："你想听我唱什么？"

看着他似乎对自己的歌喉万般自信的模样，辛禾笑着说："都可以。"

"那我给你唱这几首好了。"余昱川说。

他将旁边的麦克风取下来，听着音乐伴奏响起，数着拍子，然后就开口唱起来。

听着他完美错过了所有节拍，辛禾神情一滞，转头看了他一眼。

余昱川还沉浸在自己的歌声中，似乎没觉得有哪里不对劲。

辛禾踌躇着，不知该不该提醒他。

直到唱完前半段，他才察觉到有点不对。他把耳机摘下来，看着屏幕嘀咕道："我是不是唱快了，这节奏怎么没跟上？"

辛禾没忍住笑了。

听到笑声，余昱川转头看过来。辛禾立马抿唇，有些心虚地移开视线。

"你刚刚是不是笑了？"

辛禾心一紧，连忙摇头。

“你是不是知道我节奏没卡准？”他又问。

辛禾都不敢动了。

余昱川单手箍住她的肩膀，佯怒道：“小坏蛋，故意不提醒我，存心看我笑话呢？”

辛禾被弄得痒了，握着他的手臂想拉开一点，挣扎道：“没……没有……”

“还说没有？”余昱川微挑起眉，故意说，“你这样太伤我的心了。”

他垂下眼帘，一脸“我不管，我不开心了，你得哄我”的神情。

辛禾见状，信以为真。她轻轻拉了一下他的衣服，轻声说：“对不起……”

“罚你亲我一下。”余昱川说。

辛禾闻言犹豫了几秒，见四周都被帘子挡住了，她才鼓起勇气上前亲了他一下。

余昱川顿时眉开眼笑，像个孩子一样，傲娇地轻哼了一声：“这还差不多。”

辛禾也笑了。

余昱川唱了几首歌，中途取了另一支麦克风让辛禾跟着他一起合唱。

辛禾陪着他唱，差点被他五音不全的歌声带偏。她好几次想帮他把调给拉回来，可是他非常执着地保持着自己的音调，辛禾只好放弃，待在一旁默默地欣赏他沉浸式的歌唱。

“禾禾，我想听你唱。”余昱川唱了两三首歌后，就让她上前选歌。

辛禾挑了一首《有可能的夜晚》，前奏响起，她拿着麦克风开始唱。

她的歌声好听极了，又轻又柔，像潺潺流过的溪水。

余昱川的视线全程放在她身上，专注地看着她，舍不得移开半分。他眼中的情绪都沉静下来，眼神像湖面上倒映的月光般温柔缱绻。

辛禾正专注地看着屏幕，察觉到身边人的注视，她转头看去，正对上他柔情似水的目光。她的心跳骤然加快。

这时，她刚好唱到最后一句——

“如果要我选择，只能爱一个人，让我成为你的有可能。”

余昱川在她唱完最后一句的时候就靠过来吻住了她。

余昱川单手搂着她的腰，另一只手轻缓地抚摸着她的脸颊和下巴。后来可能是觉得这样的姿势不太舒服，他干脆将她整个人抱过来，让她坐在自己的腿上，然后再仰头亲她。

辛禾吓了一跳，下意识地搂住他的脖子，余昱川轻笑出声。

辛禾脸颊红红的，乖乖地配合他，双手轻轻地搭在他的肩膀上。她的眼睛也有些红了，整个人像只兔子似的。

余昱川看着她这模样，把她拆骨入腹的心都有了。

他抱着她，亲她的眉眼、鼻子和下巴，沿着她的下颌线亲到她的耳后。他起了一点坏心，轻轻含住她圆润的耳垂，然后就感觉到怀里的人轻轻颤抖了一下。

他笑了，心里没来由地涌上一阵疼惜。他亲了亲她的耳朵，温柔道："我不走了好不好？"

他明天就要启程去首都了，也不知道是有意还是无意的，两个人今天都十分默契地没有提起这个话题。但现在，余昱川忍不住先提起了。

辛禾一愣，没想到他会突然说这个。

余昱川搂着她，继续说："我不去了，等会儿就把机票退了，留在川城陪你好不好？"

他的语气里带着柔和的笑意，同时也带了那么几分认真……

辛禾彻底愣住，轻轻拉开跟他之间的距离，傻傻地看着他。

"你怎么……"

"我就留在川城，哪儿也不去了。老林研究的方向我也挺感兴趣的，回头我去求求他，看他愿不愿意收我。"余昱川说。

辛禾不知道他怎么会突然说这些，讶然地看着他，温声道："你别冲动……"

余昱川眼神温和地看着她，说："我是认真的。"

辛禾微微抿唇。

余昱川问她："如果我想留在川城，你支持我吗？"

辛禾不知该点头还是摇头，沉默了半晌，轻声开口："你跟我说过要遵循自己的心意，我希望你也能……遵循自己的心。"

余昱川盯着她，过了片刻，有些败下阵来似的轻叹一口气。他放松了眉目，拍了拍她的脑袋，笑着说："禾禾，如果你刚才点头的话，我说不定真的会留下来不走了。"

他摸了摸她的头发，将她重新揽进怀里，勾起唇，半开玩笑道："我好不容易在刚才那个瞬间下定决心留下来，你知道自己错过什么了吗？”

辛禾靠在他的肩膀上，几秒后，她轻轻抬起手臂环住他的后腰。

“我会等你的。”她开口道，声音温柔又坚定。

余昱川一愣。

她的声音轻轻的，温柔又有力量，轻而易举地击溃了他心里最柔软的地方。

他在这一瞬间明白了她想跟自己表达的一切，心蓦地一软，忽然有千言万语涌上心头。但他最后只是垂下眼帘，轻轻地拍了拍她的脑袋，将她抱得更紧，说了一句——

“小傻瓜。”

余昱川走了，他搭乘的是第二天上午十一点的飞机。

他没让辛禾送他，只是在微信里跟她说了一声，让她别太想自己。

因为他参加了两所高校的夏令营，时间一前一后，所以他这次去的时间比较长，要在首都停留大概半个月的时间。

顾思明也跟着他一起去了，但他只参加了其中一所学校的活动，只待一个星期就能回来。

余昱川离开后，辛禾的世界好像突然安静了下来，没了他的声音，她有些不太适应。他离开后的前两天，早上路过他经常等待自己的车站，辛禾都会下意识地停留一阵，然后才离开。

她最近这几天都是自己一个人上课、吃饭、下课，原本以前也是这样过来的，但现在变得有些不同了。重回一个人的生活后，她竟然感到了几分冷清和孤寂。

余昱川临走前交代过宋阳，让他在学校里替自己照顾一下辛禾。

他刚走的那几天，宋阳和一帮兄弟也约辛禾出来吃过两三顿饭，在饭席上变着法子逗她开心。但不知道是不是因为少了那么一两个人，这个气氛总是有些不太对劲。

后来大家渐渐察觉出这个微妙的气氛，有人甚至还说：“我突然发现川少和顾思明都已经准备考研了，这也就意味着离我们毕业不远了。以后我们毕了业，是不是就不能再像现在这样经常聚在一起玩闹了？”

宋阳朝那人丢了颗花生米过去，说：“乱说些什么！我们当然可以经常聚在一起玩啊。你小子是不是想毕了业就甩了我们自个儿远走高飞去？”

其他人也附和道：“是啊，阳子说得对，你是不是想甩了我们？”

大家都围上去摁住那人，嬉笑着捉弄他。

宋阳说：“再说了，离毕业还有一年时间，那么伤春悲秋干吗？是吧，小师妹？”

辛禾笑着看他们玩闹，听到宋阳点名，她反应过来，点头道：“嗯，师兄说得对。”

“所以你也别想那么多了，川少就算收到了录取通知书，也得等一年才会离开这里呢。”

辛禾闻言愣住，转头看向宋阳。见对方笑着看她，她一顿，也跟着笑了。

“谢谢师兄。”

原来，不知不觉间，她的身边已经围绕了这么多温柔细心的人，她真的非常感谢他们的出现。

宋阳一笑，端起酒杯，说：“来，我们走一个。”

辛禾端起面前的杯子，宋阳看到她杯中液体的颜色，连忙制止道：“哎，等等……等会儿……”

宋阳看清杯里的东西，脸色一变，赶忙问：“小师妹，这杯东西你还没喝过吧？”

辛禾茫然地摇了摇头。

宋阳的一颗心这才放下来，他朝那群玩闹的男生们吼道：“你们谁往小师妹的杯子里倒了酒？！”

他起身走过去，怒道：“快说！谁倒的！还好我发现得及时，要是被川少知道了，不得弄死我！”

宋阳走过去跟他们打成一团，喊道：“哪个混账玩意儿敢陷我于不义？！老白，是不是你？”

“不是我啊。”

“俊哥？”

“阳子，你别乱点名啊，可不是我……”

辛禾看着他们打打闹闹，心里生出一股暖意。

余昱川离开的头几天，他每天晚上都会给辛禾打电话，但后来不知道他是不是太忙了，辛禾等到睡着了都没有接到他的电话。直到第二天，她才看到他凌晨两三点发来的消息。

辛禾嘱咐他要注意休息，保重身体，他每次都会回“好”，但隔天还是一样。

虽然他不在，但周末辛禾还是要去做家教和练琴。她上午教小女孩弹钢琴，下午就去琴房里等岑兰。

岑兰今天有事来晚了，辛禾就独自坐在钢琴前练习。

等到她弹完一首曲子，岑兰才出现。

她走进来，朝辛禾笑着说：“今天这琴声里有心事啊？”

辛禾愣了一下，没想到岑兰会突然出现，回过神后连忙喊道：“岑老师。”

岑兰把东西放下，看着她，微笑着说：“想我们昱川了？”

闻言，辛禾的脸颊悄悄红了。她抿着唇，有些不好意思地垂下脑袋。

“还害羞呢，你的琴声都告诉我了。”岑兰打趣她。

辛禾红着脸从琴凳上站起来，搬了张椅子给岑兰坐下，然后将刚才进门后就准备好的温水倒了一杯递给她。

岑兰在椅子上坐下，道了声谢，接过她递来的水，没再继续刚才那个话题，而是说：“禾禾，你也搬张椅子坐过来，我们讨论一下上次那首曲子。”

辛禾点了点头。她知道岑兰的时间宝贵，不敢有半点耽搁，立马搬了张椅子坐在岑兰身旁。

她们讨论完上次那首曲子后，岑兰说：“禾禾，我考你几个问题。”

辛禾端正了神色：“您说。”

岑兰考了她几个关于和声和音乐作品赏析的问题，每个问题辛禾都回答上来了，而且答得非常好。岑兰看着她，眼中流露出赞许和欣赏的神色。

等辛禾答完题，岑兰语气柔和：“禾禾，你真的比我想象中还要出色太多。”

辛禾被夸得有些羞赧，她小声道：“您……过奖了。”

“你知道我刚才问你的都是什么问题吗？”岑兰问。

辛禾的眼中流露出些许茫然。

岑兰说：“我刚才问你的都是往年首都音乐学院招考研究生的题目。”

辛禾愣住了。

见她没说话，岑兰莞尔道：“禾禾，方便问一下你毕业之后有什么打算吗？”

“我……我还没想好。”辛禾回过神，说。

岑兰：“那你想不想考首都音乐学院的研究生呢？”

辛禾稍怔，微微捏紧手指，抿起唇，不知该怎么回答这个问题。

岑兰笑道：“昱川那小子之前询问了我很多关于跨专业考音乐研究生的问题，我不知道他有没有跟你提起过。他跟我说，想让你和他一起去首都。但是这段时间跟你相处后，我觉得他更多的是想帮你弥补自己的遗憾，让你走上自己真正热爱的那条路。”

辛禾听完这番话，脑海里突然闪过那天余昱川在面馆里跟她描述的在首都生活的画面。

那是他唯一一次跟她说起让她去考音乐学院的事情，在那之后他就再没有提过这个话题。

辛禾想，他应该是不想让自己感觉到任何压力和负担。

而她在那天过后，也没有明确地给他一个答复。

辛禾突然想起他离开前一天在K歌房里跟她说的话，他说他不想走了……是不是他认为自己已经拒绝了他那天的提议，所以他才想留下来？

辛禾后知后觉地反应过来，随即就感到一阵懊恼。

她应该在那个时候就察觉到的……她心里蓦地升起一阵愧疚和自责，捏紧了手。

辛禾沉默许久，然后犹豫着开口问：“岑老师，如果……我这种情况去考研的话，成功的概率大概有多少？”

岑兰的眼底现出笑意，她不答反问：“你自己觉得有多少？”

辛禾抿了抿唇，迟疑着答道：“我觉得……一半一半。”

岑兰笑了，告诉她：“如果你自己去考的话，确实像你说的，一半一半。但是再加上我这个在首都音乐学院待了很多年的声乐老师的话，概率就会增加许多了。”

辛禾微愣，眼里随即露出柔软的笑意：“谢谢你，岑老师。”

“别谢我，等昱川回来，你去谢他吧。”岑兰说。

这天晚上，辛禾在Dream's餐厅驻唱结束。她收好吉他下台后，靠着墙静静地站了好一会儿。

桐子路过的时候见她站在边上发呆，于是停下脚步，问她："想啥呢？魂不守舍的？"

"舅舅。"辛禾闻声，抬起头来。

桐子笑着打趣她："跟舅舅说说，在想谁呢？是不是在想昱川那小子？"

辛禾红着脸回道："没……没有……"

"没事儿，别害羞啊，这很正常。舅舅也谈过恋爱，知道你们这种处于热恋期的男女在这种时候都很舍不得离开对方的。"桐子说。

听着桐子胡扯，辛禾脸颊红红的，支吾了半天也不知道该说什么，只好转移话题道："舅舅，你等会儿有空吗？"

"后头好像需要帮忙，我得去看看。"桐子说完，看了一眼辛禾犹豫的神色，问道，"你有话跟我说？"

辛禾点点头。

桐子见状，微微扬起眉，辛禾难得会主动找他。

他沉吟了一会儿，道："行，你先去外面找个空位坐一下，我去后头仓库看看，一会儿过来找你。"

辛禾应了声"好"，然后就背着吉他去外面了。

桐子从仓库回来的时候，就见辛禾坐在靠窗边的位子上等着他。他走过去时让人送两杯水过来，随即就在辛禾的对面坐下，开门见山道："说吧，禾禾，你要跟我说什么？"

辛禾对接下来要说的事情感到有几分不好意思，踌躇着不知该怎么开口比较好。

桐子等了好一会儿都不见她开口，见她神色犹豫的模样，他笑道："没事，你有什么就直说。我们俩是什么关系，你还跟舅舅假客套呢？"

辛禾捏了捏手，这才开口道："舅舅，我……我想向你借点钱。"

这话有点出乎桐子的意料，他讶异道："怎么了这是？"

辛禾正想着要怎么解释这件事，桐子兀自猜测道："是不是生活费不够用了？还是要交学费了？你这孩子，缺钱怎么不早点跟我说……"

辛禾愣了一下，连忙摆手。

"不……不是的，舅舅……"她解释道，"我想考首都音乐学院的研究生，所以需要用钱……”

这回换桐子愣住了，他有点不敢相信：“你刚刚说什么？你要考首都音乐学院的研究生？”

辛禾抿唇点了点头。

“你怎么突然……”意外过后，桐子的心里顿时涌上一阵喜悦，他惊喜道，“禾禾，你想重新回去学音乐了？”

辛禾那天听完岑兰的那番话，回去想了许久。她觉得自己应该要勇敢一点，放下所有的顾虑迈出这一步。

做好决定后，她没有想象中那么焦虑和不安，反而觉得心情很放松。在那一瞬间，好像所有的一切都变得明朗起来了。

闻言，辛禾郑重地点了点头：“嗯。”

“太好了！”桐子喜上眉梢，大手一挥，“你跟我谈什么借钱，你要多少我都给你。”

辛禾摇头。

“不行的，舅舅。”她有自己的坚持和原则，“这钱是我向你借的，我以后会还给你的。”

桐子知道她固执，无可奈何地应了下来：“行，行，这钱就当我借给你的，等我们禾禾以后当上音乐家，赚了大钱来还给我。”

他说着，搓了搓手，高兴道：“你肯回去学音乐真的太好了，你都不知道你之前来川城读大学的时候我有多替你感到可惜。这下好了，我姐和姐夫在天之灵一定会很欣慰的。”

听桐子提起她的父母，辛禾沉默下来，低头看着自己的双手。

是啊，她重新走回这条路，她的父母应该会很开心。特别是她的爸爸，他从很早以前就期冀着她能成为优秀的钢琴家。她希望这次……不要辜负了他一直以来的期望才好。

桐子问她接下来有什么打算，辛禾都一一跟他说了。她打算继续跟着岑兰学音乐，然后在这一年时间里做足准备工作，等明年就报名参加首都音乐学院的研究生招考。

“不过禾禾，你怎么会突然间做出这个决定？”桐子问她。

辛禾安静了片刻，垂眸掩盖住眼中逐渐蔓延开的柔和神色。

“舅舅，有人告诉我，人生短短几十年，要勇敢一点，去追求自己心里真正喜爱的事情，这样才不会辜负这一辈子。我想按照他说的，去尝试着迈出这一步，让自己能够过好这一生。”

辛禾是在宿舍里收到余昱川明天早上回来的消息的。他在微信里告诉她，他会搭乘明天早上九点的航班回来，回到川城正好是中午，他让她乖乖在学校里等他。

收到余昱川的这条消息后，辛禾的心里隐约升起一阵期待和欢喜。

自从在一起后，他们还从没试过分别这么长时间，辛禾发现自己非常想念他。

她的这份欣喜别人也感受到了。

晚上她在餐厅唱歌的时候，小梦问她：“禾禾，什么事这么开心？”

辛禾放下手中的曲谱，微微垂眸，有些羞赧。她轻声道：“他要回来了。”

小梦当即就反应过来辛禾口中的“他”指的是谁。看着辛禾脸上带着的温和笑意，她笑着开口：“唉，早知道我就不问这个问题了，平白无故让自己吃了顿‘狗粮’。”

辛禾一顿，脸有些红了。

辛禾在台下准备着演唱歌曲，登台前十分钟，小梦领着一个女生过来找她。

“禾禾，这位客人找你，说想跟你商量些事情。”

女生笑着和辛禾打了声招呼：“嗨。”

小梦把人带到后就先走了，辛禾看着面前的女生。

女生看上去年龄不大，一张娃娃脸，五官很甜美。

辛禾朝对方礼貌地点了点头。

“你就是这家餐厅的驻唱歌手吧？我知道你哦，你唱的歌都好好听！我很喜欢。”女生说。

辛禾愣了一下，腼腆一笑：“谢……谢谢，你找我有什么事吗？”

“我找你是想商量一件事。一会儿我想跟一个男生告白，可以麻烦你等会儿在台上唱这首歌吗？”女生把手机递给她看，“就是这首，我跟他都很喜欢这首歌。”

看着女生热切期盼的眼神，辛禾顿了顿，然后点头说：“好。”

“太好了，那就麻烦你了。”女生笑着说。

辛禾在台上唱了一段时间，就看见坐在舞台正下方的女生偷偷给她打手势。

辛禾会意，手握麦克风，声音轻柔如水：“接下来的一首歌，是一个女生送给她喜欢的人的。”

歌声响起的时候，有人从门外走进来，径直走到餐厅角落的位子坐下。

小梦走过来，见到是他，吃了一惊。

余昱川压低了帽檐，朝她一笑，伸出手指抵在唇边，比了个噤声的手势。

小梦看了一眼正在台上唱歌的人，笑了，装作没看见他，转身走了。

最后一首歌唱完，辛禾从椅子上站起来，朝观众席鞠了一躬，然后就拿着吉他下台了。

刚才请她帮忙的女生带着自己刚告白成功的男友过来找她。

“刚才真的谢谢你！”女生喜悦的心情都映在脸上了。

辛禾看着他们俩挽在一起的手，内敛一笑：“恭喜。”

那两个人离开后，辛禾跟桐子打了声招呼，背上吉他就离开了餐厅。

刚才那一对小情侣让她不自觉地想起了余昱川，不知道他现在在做什么，夏令营的活动一切顺利吗……

她边走边想，就在这时，身后突然有人靠上来揽住了她的肩膀！

辛禾猛地一怔，随后耳边传来一道清朗含笑的声音：“小姐姐，我仰慕你很久了，可以做我女朋友吗？”

听到这道熟悉的声音，辛禾彻底呆住。她转过身去，就见余昱川站在自己身后，风流俊秀的脸上蕴着笑意。他正笑吟吟地望着她，一双乌黑的眼睛熠熠生辉。

辛禾愕然道：“你……”

余昱川勾唇笑了，摸着她的脑袋，宠溺道：“我不在的时候乖不乖？有没有想我？”

辛禾看着他，有些说不出话来。

余昱川微微歪了一下脑袋，伸手在她面前挥了挥，问：“傻了？”

辛禾回过神来，张了张嘴：“你……不是明天才回来吗？”

“哦，那是我骗你的。我坐的今晚的航班，一下飞机就过来了，想给你一个惊喜。”余昱川说着，伸手轻轻刮了一下她的脸，笑着问，“见到我开心吗？”

辛禾点头，脸上露出浅浅的笑容：“嗯！”

她垂眸，又羞涩道：“我很想你。”

余昱川愣了一下，然后笑了。他低头亲了一下她的脸颊，头抵着她的额头，说：“我也想你了，很想。”

他们俩牵着手往地铁站走，辛禾转头看向他，问：“你累不累？”

他说一下飞机就赶了过来，辛禾担心他因为长途奔波太疲惫了。

余昱川握着她的手往前走，闻言，转头看着她一笑：“有点，不过看到你就不觉得累了。”

辛禾脸颊一热，笑了。

“一切顺利吗？”她问。

“顺利。”余昱川点头。

他跟她讲了在夏令营期间遇到的人，还有一些有趣的事。

说完之后，余昱川问她：“你呢？我不在的这段时间你过得怎么样？”

辛禾说：“还好，就跟平时一样。”

余昱川笑问：“有没有想我想到睡不着觉？”

辛禾：“才没……没有。”

“骗我的吧？”

“没……没有。”

“还说没有，你一说谎就结巴。”

“我……”辛禾说不过他。

余昱川决定让她一步：“行吧，你说没有就没有。”

他们坐在地铁车厢里，他低头靠在她耳边说：“但是我有。我每天晚上躺在床上，一闭上眼睛满脑子想的都是你，所以我就想立马飞回来见你。”

他这话说得太直白露骨，辛禾的脸一下子就红了。

余昱川看着她绯红的脸颊，垂眸笑了。

地铁到站后，余昱川帮她背吉他，牵着她的手下车，出了地铁站。

辛禾看着身旁哼着小曲的人，犹豫了半晌，最后轻轻扯了一下他的衣袖。

“我……有件事想告诉你。”

余昱川停下来，转头看她。

辛禾对上他细长漂亮的眼睛，心里的情绪一下就安定下来。

她轻声道：“我想考首都音乐学院的研究生。”

听了这话，余昱川一愣，有点不敢相信自己的耳朵：“你刚刚说什么？”

辛禾看着他，声音轻柔但坚定地重复了一遍：“我想考首都音乐学院的研究生。”

余昱川这回听明白了，眼睛骤然一亮，惊喜道：“真的？”

辛禾笑着点了点头。

余昱川欢呼一声，什么都顾不上想了，将她抱起来在原地转圈。

这还是在大街上！

辛禾轻轻打了他一下，害羞道：“快……快放我下来……”

余昱川将她放下来，搂着她，笑容愉悦至极：“禾禾，我很开心。”

辛禾看着他笑容满面的模样，也忍不住笑了，但还是小声提醒他：“我……我不一定考得上。”

她只是做了这个决定而已，不代表最后真的能如愿考上这所国内最顶尖的音乐学府。

余昱川看着她，眉眼间的笑意明朗得令人心动。

他注视着她的眼睛，说：“我相信你，如果是你的话，一定能考上。”

辛禾心里一动，告诉他：“我会努力的。”

余昱川一边揽着她往前走，一边跟她规划未来：“禾禾，你说我们的房子到时候租在哪个地方比较好呢？”

事情八字还没一撇呢，他就已经开始规划了。

辛禾看着他喜悦憧憬的模样，到底没忍心打断他，听他继续道：“到时候我们租个大点的房子，给你弄间琴房好不好？”

“对了，还得给你买架钢琴，吉他也得准备几把……还有音响、耳机……”

听着他在自己耳边絮絮叨叨地说着以后的事情，辛禾的心里蓦地涌上一阵强烈的感动，眼眶忍不住一酸。

她从来没想过自己有一天能遇上他这样的人，他明媚得像道光，点亮了她的生活，也照耀着她前行的路，让她心有所向，不再彷徨和孤独。

“想什么呢？”余昱川摸了摸她的脑袋。

辛禾匆忙压下眼底的潮意，摇了摇头，说：“没什么。”

余昱川看着前方的道路，忽而一笑，喊她：“禾禾。”

“嗯？”

他勾起唇：“我们的卧室到时候买张大一点的双人床好不好？”

辛禾一愣，脸颊倏地红了。她支支吾吾道：“才……才不要……和你住。”

余昱川伸手抵着唇笑了，揉了揉她的头发，眼中神采明丽。

“逗你的，小傻瓜。”

看她被逗得一脸通红，余昱川垂眸笑了，脑海里闪过她刚才红润的眼眶，心一软。

小傻瓜。

第15章

我在云端看见黎明

九月下旬，余昱川就收到了首都大学的录取通知。

顾思明跟他一样，也顺利保研了。但他去的是首都的另一所学校。

录取通知出来的那天，宋阳嚷嚷着让他们请客吃饭，还是一个人请一顿的那种。

余昱川心情好，欣然应允，当晚就组织了饭局。

他们去了校外新开的一家烤肉店，大家围在一起喝酒吃肉，说说笑笑。余昱川边帮辛禾烤肉，边跟顾思明聊着天。整个餐桌上，唯独一个人安静得格外反常。

宋阳坐在位子上给自己灌酒，他喝光了一瓶酒，“砰”的一声用力把酒瓶搁在桌上。

辛禾就坐在他身边，被他这动静吓了一跳。

见辛禾被吓到，余昱川瞪了宋阳一眼：“有病是不是？”

宋阳从刚才入座后就一个人闷头喝酒，现在他面前已经摆了好几个空酒瓶。

辛禾在他刚才喝酒的间隙劝过他，但他不听，现在他已经有些醉意了。

闻言，他拍了拍自己的胸脯，大声道：“我没病，我就是心里难受。你们一个两个都去首都了，就连小师妹也准备考到首都去……你们都不要我了，要把我一个人丢在这里……”

他这话一出口，在场的人都愣住了。

平时大家看宋阳笑嘻嘻的，还以为他什么都不放在心上，没想到他是把所有事情都放在了心中。

辛禾担忧地看着他："师兄……"

余昱川轻轻拍了一下辛禾的肩膀，示意和她换个座位。

他坐在辛禾的位子上，看着喝得醉意十足的宋阳，有些没好气地笑了："你是小孩子吗？"

"我不是！"宋阳大声嚷嚷。

"不是你能说出这种话来？"

宋阳扶着酒瓶，有些委屈巴巴道："我就是不开心……

"看到自己的好兄弟能有个好前程，我是替你们高兴的，但我又觉得难受……"

余昱川伸手拿了两瓶酒，用开瓶器把瓶盖撬开，一瓶放到宋阳跟前，一瓶自己拿在手里。

他说："觉得难受是吗？我陪你喝，今晚不醉不归。"

听了这话，辛禾在旁边轻轻拉了他一下。

余昱川转头朝她一笑，安抚道："没事，这人就是心里不痛快，我陪他发泄一下就好了。"

他说完，碰了一下宋阳的酒瓶，说："喝！"

"算我一个。"顾思明拿着酒瓶凑过来。

"哎，喝酒怎么能少得了我呢。"

"还有我。"

"我！"

"……"

大家纷纷拿着酒瓶凑上来，争先恐后地跟宋阳碰酒瓶。宋阳被他们围在中间，人都有些蒙了。

余昱川扬眉笑道："喝啊。"

"喝！喝！喝！"大家拍着手起哄道。

宋阳被众人鼓着劲，将手里这瓶酒一口气全喝光了。

余昱川陪着他把酒喝完，然后把空瓶子搁在桌上，看着他说："还难受吗？"

宋阳愣了一会儿，点点头。

“再来！”

余昱川陪宋阳喝完两瓶酒，伸脚踢了踢宋阳的椅子，挑了挑眉，神情张扬傲气，笑道：“要不这样好了，你喊我一声‘爷爷’，等你哪天想来首都混了就来找我，只要我有一口饭吃，就有你一口饭吃，怎么样？”

宋阳这会儿已经醉得不轻了，傻傻地看着他。过了一会儿，宋阳伸手抹了把眼睛，说：“爷爷……”

余昱川咧嘴一笑，应了一声：“乖孙子。”

大家都笑趴了，就连辛禾也在一旁默默笑了。

到后面大家几乎都醉倒了，好在还有那么两三个人清醒着，他们负责把醉倒的人都扛上车带回学校。

余昱川也喝了很多酒，但他还没醉，他负责扛醉得意识不清的宋阳回去。

车停在校门口的时候，余昱川对辛禾说：“禾禾，我要把这孙子送回去，就不送你了，你自己路上小心。”

辛禾点点头，说：“你们也小心。”

宋阳这一觉睡到了第二天中午。

他从床上坐起来，愣了好一会儿神，才想起昨晚的事情。他自言自语道：“我昨晚是不是发酒疯了？”

余昱川刚洗漱完回来，见他起来了，笑道：“孙子，醒啦？”

宋阳：“……”

余昱川：“醒了正好，去帮我把衣服洗了。”

宋阳：“……”

他彻底想起了昨晚丢人的经历。

余昱川顺利保研后，还是跟平时一样去上课和进实验室，但没有之前那么忙了。

他现在每天都能抽出时间陪辛禾，周末还能去她做家教的地方接她，然后陪她去琴房练琴。

余昱川总是会在辛禾练完琴后一顿夸她，每次都夸得辛禾不好意思。他有时候甚至会趁着岑兰不在的间隙对她动手动脚，把她撩拨得一阵面红耳赤，钢琴都没办法好好练。

有一次余昱川对她做出些亲密举动时正好被岑兰撞见，辛禾尴尬羞涩得恨不能找条地缝钻进去。

自那以后，她就坚决不让余昱川再踏进琴房一步。

日子就这么有条不紊地过去，六月，余昱川他们这一届大四学生迎来了毕业典礼，辛禾买了礼物和鲜花前去观礼。

“这是给我的？”余昱川看着她手里的鲜花和礼物，笑了。

辛禾点点头，把手里的东西递给他。

余昱川从她手里接过礼物，笑着说：“礼物我收下了，鲜花你自己留着，我一个大老爷们儿拿着束花像什么样。”

“我看到其他人……”辛禾刚才在来的路上就看到好多毕业生都捧着鲜花，男生女生都有。

“小师妹，这花川少不要，你送给我好了。”宋阳笑嘻嘻地凑上来，“都没人给我送花。”

辛禾还没说话，余昱川就瞪了他一眼，骂道：“滚滚滚，这是禾禾送给我的，有你什么事儿？”

“你不是不要吗？”宋阳说。

余昱川从辛禾怀里接过花，说：“我现在改主意了，这束花我要了。”

“啧啧啧——你就说你一大老爷们儿幼不幼稚吧。”宋阳摇了摇头，无可奈何地耸了耸肩。

余昱川脸色一沉，阴恻恻道：“你是不是讨打？”

宋阳笑了，朝辛禾吐了吐舌头，溜走前还喊了一句：“你们小两口别腻歪太久，等会儿记得过来拍照。”

辛禾看着捧着花束的余昱川。

他穿了一身学士服，身形挺拔，面容白净如玉，精致昳丽的五官比他手里的花都还要明艳几分。

余昱川捏了捏她的脸颊，笑了：“干吗一直盯着我看？”

辛禾笑着摇了摇头。

余昱川揽住她的肩膀，说：“走吧，我们去拍照。”

他们走到毕业典礼的背景墙前，宋阳和顾思明他们正站在那里拍照。见他们过来了，宋阳忙说："来，我们给川少和小师妹挪个位子。"

把他们俩加进来后，他们又拍了几组合照。然后余昱川搂着辛禾站在背景墙前也单独拍了几张。

宋阳作为他们的摄影师，喊道："川少，你跟小师妹别这么光站着呀，做些动作。"

顾思明在旁边看热闹不嫌事大，附和道："对呀，比如亲一下什么的。"

听他这么一说，一群男生们就开始起哄："对对对！亲一个！亲一个！亲一个！"

周围还有许多学生和家长，辛禾被他们这么一闹，白净的脸颊很快就浮现两抹红晕。

余昱川看着那群看好戏的男生，笑着骂道："你们几个是不是欠揍？"

"川少，别扭捏呀，你看小师妹还在等着你呢。"宋阳笑着说。

"我没……"辛禾连忙否认。

他们一群人闹得厉害，余昱川看着她，无奈地弯了眉眼："怎么办？你只能让我亲一下了。"

辛禾红着脸看着他。

余昱川将学士帽摘下来戴在她的头顶，朝她明朗一笑，然后低头亲了一下她的脸颊。

辛禾心跳漏了一拍，被他亲过的脸颊以肉眼可见的速度红了。

大家纷纷鼓掌欢呼起来。

有人喊道："川少，别光亲脸啊，亲嘴的来一张。"

闻言，辛禾低头看着地板，脸颊连着耳朵都红透了。

余昱川没跟着他们瞎闹，转头看着辛禾，说："别理他们，无聊。"

辛禾笑了。

余昱川忽地想起什么，回头冲那群男生说话。

辛禾抬起头来，看到的就是他清朗俊秀的侧脸轮廓。她静静看了一会儿，伸出手轻轻拉了一下他的袖子。

余昱川的视线移过来。

对上他乌黑明亮的双眼，辛禾对他笑道："毕业快乐。"

余昱川也笑了，抬手摸了摸她弯弯的眉，说：“谢谢。”

九月，余昱川就去首都大学报到了。

他在临行前跟辛禾说：“我先去那边安顿好，然后等你。”

辛禾应了下来。

他离开后，她将所有的时间和精力都专注在音乐的学习上。

今年首都音乐学院的硕士招考时间定在十二月，辛禾在考试的前一天就抵达了首都。

余昱川接她去了酒店，将她安顿好后，他说：“今晚什么也别想，好好休息，养足精神才能应对明天的考试。”

他为了陪她，特意多开了一间房，就在她的隔壁。如果她有什么事情，可以及时来找他。

第二天，余昱川起了个大早，先带辛禾去吃了早餐，然后拦了辆车送她去首都音乐学院。

今天学校有很重要的考试，规定了无关人员不允许踏入校门，余昱川就只能送她到校门口。

“禾禾，考试的时候别紧张，尽力就行。”余昱川叮嘱她。

他的这番话辛禾在来的路上已经听了好几次，但她仍然不厌其烦地点头笑道：“好。”

余昱川还想多说两句，又怕影响她的状态，最后只轻轻吐了一口气，摸了摸她的头，说了一句：“我相信你，去吧。”

这场考试一共进行三天，第一天是考外语和思想理论，接下来的两天才考跟音乐相关的科目。

辛禾这次报考的是钢琴系，是首都音乐学院最难进的科系之一。今年的硕士招考一共只招三名学生，名额有限。再加上她本科的专业并不是跟音乐相关的，所以她承受的压力和考试的难度系数会比旁人高出许多。

但是当辛禾走进这所曾与她失之交臂的学校时，她的心反而沉静了下来。

她看着眼前的每幢建筑，并没有想象中的紧张和焦虑，一反常态地变得格外从容平静。

第三天下午，辛禾从考场走出来，一眼就看到了等在校门口的人。

余昱川站在人群中，格外引人注目。

他看到辛禾后，笑着朝她招了招手。

首都十二月的天气很冷，昨天还下了一场小雪。

辛禾望着朝自己招手的人，也不知道他在这里等了多久，赶忙加快脚步走过去。

辛禾走到他面前，余昱川将刚才买好的热奶茶递给她，开口的第一句话就是——“冷不冷？”

辛禾摇头，说：“室内有暖气的。”

她反问：“你呢？”

余昱川：“我也不冷，我出门前穿得可厚了，里面穿了三件保暖衣。”

见她盯着自己，他扬眉道：“不信？”

辛禾还没说话，余昱川就开玩笑道：“不信我脱给你看看。”

话落，他真的伸手去拉外套的拉链。

辛禾赶忙拦住他的手，说：“没有不信，你别脱，等会儿该着凉了。”

余昱川笑了，反手扣住她的手。

“走吧，我带你去吃东西。”余昱川牵着她往前走，“我跟你说，这里的烤鸭不愧是最有名的，那味道，啧啧啧——真是绝了！”

他眉飞色舞地讲述着首都当地的美食，在路口等红绿灯的时候，辛禾忍不住开口问他：“你怎么不问我考得怎么样？”

闻言，余昱川看着她，挑眉道：“这还用问？”

他笃定道：“你这么优秀，肯定能考上的。”

说着，他转了一下眼珠子，说：“如果这都考不上的话，我这书也不读了，陪你回川城去。”

听他又在胡说八道，辛禾赶忙道：“你……别乱说。”

事实证明余昱川没有乱说，初试成绩出来后，辛禾就被安排进了复试。复试顺利完成以后，录取结果在来年四月中旬就出来了，辛禾果真不负众望地以第一名的成绩被录取进了首都音乐学院的钢琴系。

知道录取结果的那天，余昱川就陪在辛禾身边。他们坐在一家咖啡馆里，两个人并排坐着，面前摆着一台电脑。

辛禾登录界面准备查询的时候，余昱川比她还紧张。

辛禾看着他不断颤抖的腿，轻轻一笑："你别紧张。"

余昱川"哦"了一声，故作云淡风轻的模样。

他从旁边拿起一本杂志，翻开来挡住脸，从容不迫道："我不紧张，你查吧，查完了告诉我。"

辛禾笑了，输入自己的准考证号和密码，登录了界面。

余昱川若无其事地翻着杂志，其实所有的注意力都放在辛禾身上。他听她敲击着键盘，整颗心都提起来了。

过了一会儿，他就听见她说："我查好了。"

余昱川立马放下杂志，急忙问："怎么样？过了吗？"

话落，他就看见屏幕上辛禾的名字高高挂在第一位，拟录取的结果显示——是。

余昱川笑了，看着身旁的女孩。

辛禾的脸上同样带着笑容。

"哎呀，我们禾禾真的太棒了，就是个天才！"余昱川抱着她狠狠地亲了一口。

辛禾被他亲了一下，脸都红了。她推了他一把，有些不好意思："还有人……"

余昱川太开心了，喜悦之情溢于言表，哪里还顾得了旁人在不在场。他忍不住又亲了她一下，眼睛里的笑意明晃晃的。

"禾禾，你开心吗？我们可以一起去首都了。"

辛禾看着他目光灼灼的眼睛，也跟着笑了，点头道："嗯！开心。"

余昱川揉了揉她的脑袋。

"傻孩子。"

很久以后，辛禾都会想起这个下午。

暖暖的日光透过玻璃窗，照在人的身上。她眼前的这个人比这午后的太阳还明媚温暖，一双漂亮细长的眼睛光彩熠熠，胜过她见过的一切风景。

这天下午，宋阳和顾思明还有一众男生带着余昱川来到 Dream's 餐厅。

余昱川不知道他们要做什么，他们一路上神神秘秘的，问什么都说："别问，问就是不知道。"

这句话他们重复了好几次，搞得余昱川火大，他差点就在路上跟他们动手了。

可他后来还是忍住了，然后就这么稀里糊涂地被带了过来。

他们进入餐厅的时候，发现店里除了几个店员就没有别人了。

小梦负责招待这群男生。

余昱川觉得奇怪，问她："今天不营业吗？怎么没有客人？"

小梦点头一笑，故作神秘道："今天营业呀，我们在等一位非常重要的客人。"

余昱川皱了皱眉。

"川少，你就别问那么多了，看看想吃什么，今天阳子请客。"顾思明笑道。

宋阳瞪了一眼顾思明，见余昱川看过来，只能顺着他的话说："对，那什么……今天我请客。"

"你会这么大方？"余昱川挑眉。

"哎呀，我们这么久没见面了，当然要大方一点。"宋阳硬着头皮道。

顾思明岔开话题："川少，师妹怎么没跟你一起回来？"

余昱川翻着菜单，闻言答道："她的导师临时给她安排了一项任务，她得晚几天才能回来。"

宋阳："那你怎么不等她一起回来？"

余昱川说："我也想啊，但我爸前两天过生日，我得赶回来给他老人家庆生。"

宋阳和顾思明暗地里对视一眼，宋阳说："原来是这样。"

等酒上桌之后，宋阳招呼着众人说："来来，我们敬川少一杯，祝他早日学成归来。"

他们喝完酒后，舞台那边忽然传来了动静。

余昱川的注意力被吸引，转头看去。下一秒，他的视线就顿住了，整个人一愣。

辛禾抱着吉他从一侧的台阶走到了舞台上，站在麦克风前，看着底下的人。

"哦——"男生们顿时开始起哄。

余昱川看了一眼朝他挤眉弄眼笑成一团的男生，顿时反应过来：他们跟辛禾联合起来了。

他看向台上的女孩，不知道她要搞什么名堂，无奈地弯了眉眼。

辛禾也同样看着他，对他一笑，笑容腼腆恬静，像山谷里盛开的花。

“我写了一首歌，想送给我喜欢的人。”

余昱川看着她，缓缓挑起眉。

辛禾垂眸，纤细的手指扫过琴弦，清扬明亮的音乐声传来，像旷野上悠扬的鸟鸣。

“故事开始的时候，漫天荒野从眼前飘过，白云在蓝天里流浪，陪在天际的是虚无的风。

“我在这座城市漂流，留在身侧的是孤影，我生活的地方，是故事的迷影，是灯塔无法越过的距离。

“我像个过路人，无心无情无以为继，直到有一天，我从心河里窥探了你，我才知道，你是我在云端看见的黎明，你是我从星河淌入人间的秘密。

“我从你的眼中，看到了破晓后的天空，也看到了永恒的星流。”

辛禾睁开眼睛看着底下的男生，目光清澈又温柔。

她原本以为音乐会是自己这一生唯一的信仰，直到遇见了他，她才知道原来自己的生命里还可以有其他热爱的人和事。

她看着他的眼睛，手指拨着琴弦，继续唱——

“我曾流浪在这座城市，无心无情无以为继，直到那一天，我在云端看见了黎明，也在黎明深处看见了你……”

直到那一天。

我在云端看见了黎明，也在黎明深处看见了你。

番外

一房二人三餐四季

辛禾考上首都音乐学院后，余昱川在他们就读的两所学校之间租了一套三室两厅的房子，两间装修成卧室，一间改造成琴房。

他还特地买了全新的钢琴、吉他，以及一些音乐设备。

辛禾第一次来的时候，看到余昱川帮她精心准备的这些，诧异又惊喜，心里蔓延开一阵感动。

余昱川现在还包揽了早餐和晚餐。他厨艺不精，刚开始每次都需要辛禾帮他收拾残局。但他屡战屡败，屡败屡战，终于在最近这段时间掌握了厨艺这项技能，还在辛禾面前炫耀了一番。

这天下午，余昱川来接她下课。收到他微信消息那会儿，辛禾正跟同学走在路上。

来到这所学校后，她认识了一两个志趣相投的朋友，平时都会跟她们结伴去上课或者练琴。

“我要先走了。”辛禾收到微信后跟身旁的女生说。

女生：“男朋友又来接你了？”

辛禾点点头。

女生笑着说：“真羡慕你有个这么帅、这么贴心的男朋友。”

辛禾腼腆一笑。

跟女生分别后，她就独自一人往校门走去。

她一到校门口，就看见那道熟悉的身影，她赶忙快步走过去。

“等很久了？”辛禾问他。

“没等多久。”余昱川笑着把手里拿着的冰糖葫芦递过去，“这个给你，刚刚在路上看到有人在卖，给你买了一根。”

“谢谢。”

余昱川牵着她的手，说：“走吧，我们去超市买菜，今晚我要给你展示一下我的厨艺。”

余昱川带她去了他们家楼下的生活超市，他推着购物车，边走边跟辛禾说：“我今天给你做一些申城的名菜好不好？”

辛禾闻言看向他，余昱川兀自道：“像什么清蒸鲫鱼、芙蓉蟹斗、红烧茄子……”

他一一给她数着菜肴，辛禾看着他，忍不住笑了。

“笑什么？”余昱川看她一眼，“你不信我能做出来？”

辛禾连忙摇头，说：“我信。”

“小骗子，你刚才明显就是不信。”余昱川轻哼了一声，“我今晚就做出来给你看。”

辛禾浅浅一笑，没说什么。

他们买好食材回到家，辛禾主动提出帮忙。余昱川拒绝了，他说：“我自己一个人可以，你去外面歇着，等着被我的厨艺惊艳吧。”

“真的不用帮忙？”辛禾不放心地问了一句。

余昱川双手搭在她的肩膀上，将她转了个身，推出了厨房。

“不要怀疑你的男人。”

辛禾见他这副自信满满的模样，迟疑了一会儿，最终离开厨房了。她坐在沙发上看书，但到底没办法彻底放心，注意力一直放在厨房那边。

余昱川在厨房里捣鼓了许久，终于端了第一道菜出来。

辛禾看着这道色香味俱全的清蒸鲫鱼，忍不住诧异地望着他。

余昱川扬起下巴，有些得意地说：“你男人厉害吧？”

辛禾笑了，点头道：“很厉害。”

余昱川勾起唇，脸上骄傲的神情完全掩饰不住。

“光说没用，你要用实际行动奖励我一下才行。”他说着，伸手点了点自己的脸。

这里没有旁人，辛禾也不扭捏了，上前亲了他一下。

余昱川笑开了花。

几秒后，他忽地想起什么，脸色一变。

“我的茄子。”说完，他飞快地冲进厨房揭开锅盖。

看着差点烧干的茄子，他心里一阵庆幸。他差点得意到忘记还在做菜了。

余昱川一共做了三菜一汤，他坐在餐桌旁，给辛禾夹菜。

“快尝尝大厨的手艺。”

辛禾看着他一脸期盼的神情，笑了。

她刚尝了第一口，余昱川就迫不及待地问：“怎么样？”

辛禾点头说：“好吃。”

余昱川顿时眉开眼笑，像个吃到糖的孩子。他感叹了一句：“这样的话我是不是得考虑以后开家小餐馆发家致富？要不然白白浪费了我这能惊艳八方的厨艺。”

辛禾笑了。

她发现这人真的不经夸，一被夸就无法无天了。

吃完饭，辛禾准备收拾碗筷。余昱川不让，把她推到客厅，然后独自包揽了所有的活儿。

“辛苦了。”余昱川出来后，辛禾给他倒了一杯水。

余昱川坐在沙发上，将她拉过来，看着她一笑：“你男人今晚表现如何？”

他一口一个“你男人”，说得辛禾有些羞臊。

她轻声道：“特别好。”

余昱川心满意足地亲了她一下。

“在看什么书？”他问。

辛禾把手上的书的封面给他看，她在看自己的专业书。

余昱川：“你看吧，我也看一会儿书。”

他们俩就这样靠在沙发上各自看书。

起初还好好的，到后来余昱川就开始不安分了。他将辛禾揽过来靠着自己，然后他单手翻着书，另一只手悄无声息地放到她的腰间，轻轻拨开她的衣服滑了进去。

辛禾一愣，连忙按住他的手。她直起身来，红着脸看着他。

“你……”

余昱川将书合上，看着她一脸惊慌失措的表情，靠过去亲了亲她的脸，在她耳边说：“不看书了好不好？我们做点别的事情。”

他呼吸间的热气拂过辛禾的耳侧，让她忍不住瑟缩了一下。

闻言，她怔了一下，还没反应过来，整个人就被他扯过去，坐在了他的腿上。

余昱川轻轻吻了一下她的眼睛，再往下亲她的鼻尖，最后吻住了她的唇。

他有技巧地含着她的唇吮咬着，一只手揽着她的腰，另一只手抚摸着她的脸颊。

辛禾看着他乌黑明亮的眼睛，脸颊逐渐升温，轻轻攀着他的肩膀，迎合着他。

余昱川的眼睛里闪过一丝笑意，他将她拦腰抱起来就往她的卧室走去。

身子突然腾空，辛禾被吓了一跳，慌忙搂住他的脖子。等反应过来，她已经在自己的卧室里了。

余昱川将她放在床上，整个人压上来，继续吻她。

辛禾愣住了，预感到接下来会发生的事情，心里一慌，伸手推了推他。

余昱川被她推了几下才翻身倒在她身旁，辛禾赶紧从床上坐起来。

气氛一时间有些微妙，她捏了捏自己的手，完全不敢看他，局促道：“我……我先去洗澡了。”

说完，她就跑了。

余昱川躺在床上平复着气息，将手搭在自己的额头上。想到刚才的事情，他轻轻“啧”了一声。

真要命。

他原本只是想逗逗她而已，没想到把火引到自己身上来了。

辛禾洗完澡出来后，见他还躺在自己房间的床上，她在原地踌躇了一会儿才走过去。

“你……起来吧。”

余昱川闻言，睁开眼睛看着她，心里忽地起了逗弄的心思。他笑了，无赖道：“我突然动不了了，今晚可能得睡在这里了。”

听着他胡说八道，辛禾捏了捏自己的手，说：“那我……我去你的房间……”

说完，她转身要走。

余昱川伸脚轻轻绊了她一下，她没站稳，跌坐在床边。她还没回神，身后就有一股力拉着她，让她倒在了床上。

恶作剧成功后，余昱川搂着她，头靠在她的脑袋旁，笑得眉眼弯弯。他边笑边说：“你一个女孩跑去睡男生的床，害不害臊？嗯？”

辛禾被捉弄后心里升起一股羞恼，伸手推了他一下。

余昱川抱紧她，收起笑意，在她耳边道：“我刚刚吓到你了？”

听他提起刚才的事情，辛禾脸一红，眼睫微微一颤，声若蚊蚋地“嗯”了一声。

半晌，她抿了抿唇，小声道：“我……我还没准备好……”

“我知道。”余昱川抚摸着她羞红的脸颊，温柔道，“我刚才没打算真的把你怎么样，只是逗逗你而已。”

他说着，低声说了一句：“禾禾，我今晚睡在这里好不好？”

辛禾一怔，抬起头看着他。

余昱川朝她一笑：“只是睡觉，你别想太多啊。”

辛禾心一紧，下意识地想拒绝。

见她半天没说话，余昱川轻声重复了一遍：“禾禾，我留下来好不好？”

他的语气里带了一丝柔软和央求，辛禾哪里听得了他这样说话，心一软，拒绝的话一时半会儿说不出口了。

“你不说话我就当你默认了啊。”见她这副害羞的模样，余昱川笑了，揉了揉她的头发，“我去洗澡，乖乖等我。”

辛禾看着他的背影，面上一阵羞臊。

余昱川洗完澡出来，就见辛禾躺在床边背对着他。

他轻轻一笑，走了过去。

听到他出来的动静，辛禾慌忙闭上眼睛，没过多久就感觉身旁一沉。

然后她就听到他笑着说：“你躺过来一点。”

辛禾还没说话，余昱川继续道：“你半夜要是睡得掉下去，我可不会把你捞上来。”

辛禾这才踌躇着往里挪了挪身子。

余昱川靠过去。

“小傻瓜。”

辛禾第一次跟他躺在同一张床上，心里有几分紧张。

察觉到她全身紧绷，余昱川开玩笑说：“紧张什么？我还能把你吃了不成？”

“睡……睡觉。”辛禾不想跟他说话了。

“哦。”

辛禾努力让自己适应身旁多出来的一个人，闭着眼睛，才过了片刻就感觉身旁的人不安分了。

余昱川将手伸过来搂住她的腰，辛禾一惊，慌慌张张地按住他的手，红着脸说：“你……你说了……只是睡觉的。”

余昱川漫不经心地“哦”了一声，假装无事发生般将手收回来，语气有一丝委屈：“我就碰一下，碰一下都不行吗？”

“不……不行。”辛禾坚决抵制他的这种行为。

余昱川轻轻哼了一声，伸手戳了戳她的脸颊。

“小气鬼。”

身旁这个人有时候幼稚得跟小孩似的，辛禾没好气地笑了。

辛禾拒绝他之后，他接下来就老实了，没再对她动手动脚，俩人一觉睡到第二天早上。

辛禾比他先醒，她转过身，静静地看了一会儿身旁的人俊秀安静的睡颜，浅浅地笑了。

“干吗这样盯着我，是不是觊觎我的美貌呢？”余昱川睁开眼睛就对上辛禾的目光，他将她揽进怀里，勾起唇嘀咕了一句。

辛禾笑着轻轻推了他一下。

“起来了，要迟到了。”

“哦。”余昱川搂着她不让她动弹，闭着眼睛说，“亲我一下，我才能起来。”

辛禾被他揽住动不了，只好无奈地亲了他一下，余昱川这才肯放过她。

她去浴室洗漱的时候，余昱川也跟了进来。他拿起牙刷挤了点牙膏，就站在她旁边刷牙。

刷牙的间隙，他总是做些小动作来闹她，不是戳脸颊，就是摸头，弄得辛禾面红耳赤的不想理他了。

吃完早餐，余昱川送她去学校。

在校门口分别的时候，他趁着周围无人的间隙上前亲了她一下，随即心满意足地笑了：“走了，别太想我。”

辛禾笑道：“你路上小心。”

余昱川应了一声，双手放进兜里，哼着轻快的小曲优哉游哉地往前走了。

辛禾转身进了校门，看着今天明媚灿烂的天空，片刻后，垂眸笑了。

今天天气真好。